AN CLÉIREACH

AN CLÉIREACH

DARACH Ó SCOLAÍ

LEABHAR
BREAC

An Chéad Eagrán 2007
© Darach Ó Scolaí 2007

ISBN 1 898332 29 9

Clóchur, dearadh agus pictiúr clúdaigh: Caomhán Ó Scolaí
Clódóireacht: Clódóirí Lurgan

Dámhadh Duais an Oireachtais 2007 ar an leabhar seo.

◧ Bord na Leabhar Gaeilge

*Tugann Bord na Leabhar Gaeilge
tacaíocht airgid do Leabhar Breac*

Leabhar Breac, Indreabhán, Co. na Gaillimhe.
Teil: 091-593592

d'Anna

AN CLÉIREACH

Brollach

Earrach na bliana 1650 bhíomar sé chéad fear agus trí scór marcach ag máirseáil isteach trí gheata bhaile an Teampaill Mhóir dhúinn, an cornal Ó Flatharta ar ár gceann, bratacha ar foluain agus drumaí á mbualadh. A thúisce i seilbh an bhaile sinn tháinig an chéad mharcach chugainn anoir, fear óg gan hata gan bhearradh ag scairteadh in ard a chinn go raibh Cill Chainnigh i lámha an namhad. Chaitheadar na fir an samhradh ag daingniú mhúrtha an bhaile, ag ardú na mballaí agus ag gearradh claiseanna thart timpeall orainn, agus sinn ag brostú marcach i ndiaidh a chéile siar thar Sionainn le scéalta an chogaidh. Thiteadar Cluain Meala agus Cathair Dhún Iascaigh. Chailleamar arm an tuaiscirt i Scairbh Sholais. Ghéilleamar Port Láirge.

Naoi lá a chaitheamar faoi thuairteáil na ngunnaí móra sular fhágamar slán leis an Teampall Mór agus d'éalaíomar amach thar mhúrtha an bhaile cheithre chéad fear le garfan na hoíche. Mhalartaíomar piléir ghunnaí leis an namhaid agus, tar éis dianshiúl inar fhágamar ár gcompánaigh sínte feadh an bhealaigh, le chéad shoilsiú an lae thugamar na coillte orainn féin.

I

An Raitréat

Ar chreig crochta os cionn na caschoille a chruinníomar, buíon bheag oifigeach is giollaí, hataí leathna fáiscthe anuas ar chloigne cromtha, cruach is leathar ag lonrú faoin ngealach, agus sinn ag labhairt de ghlórtha íslithe. Thoir i mbéal an ghleanna mar a rabhadar an tríú complacht i ngleic fós leis an namhaid bhí an torann lámhaigh imithe i léig, agus ó am go chéile chualamar glórtha sa dorchadas agus fir mná is easláin á dtreorú tríd an mbogach fearnóige is sailí cois abhann, nó ag dreapadh aníos faoin gcoillearnach coill is caorthainn chun iad féin a shíneadh amach go traochta ar an maolán glas raithní thíos fúinn.

Le m'ais, ardaíodh glór os cionn an mhonabhair chainte, ag moladh go dtabharfadh tine misneach dho na fearaibh agus go dtreoródh sí an chuid eile dhen reisimint chugainn.

Threoródh agus an namhaid, a deir glór eile.

Amhail mar a bhíos an t-uan ag méileach, a deir Seonac Ó

hAllúráin i mo chluais, níl a fhios aige an gcloisfidh an chaora
é nó an mac tíre.

Rinne beirt nó triúr gáirí dóite faoina ndrad agus thit an
tost in athuair nó gur labhair an cornal dhe ghlór bog, beal-
aithe ag tobac is uisce beatha. Tóirse ná tine ná lastar, a deir sé,
ach bíodh an uile dhuine faoi airm agus ullamh chun bóthair
roimh bhreacadh an lae.

D'fhanadar na hoifigigh go gcloisidís an raibh aon aguisín
le cur leis sin, agus nuair nár labhair an cornal in athuair
théaltaíodar leo ina nduine is ina nduine gur fágadh cruth
beag déanta an chornail ag breathnú na spéire, agus a dhear-
tháir Dónall Ó Flatharta ina chuaille fada cam lena ais.

Rinneas casacht bheag sular labhair. A chornail, a deirim,
níl tagtha slán dhen mhiúinisean ach na clogaid agus an
luaidhe. Ní fheicim dé ar bith go fóill ar an bpúdar ná ar na
pící.

Ach in áit an chornail ba é Dónall Ó Flatharta a d'iomp-
aigh chugam, a dhá lámh ar a choróga aige agus a chorsailéad
dubh is a phlátaí ceathrúna ar taispeáint. Atá sé sin ceart go
leor a chléirigh, a deir sé dhe ghlór géar tanaí, tá cuntas an
mhiúinisin tugtha agam féin don chornal.

Baineadh an chaint díom. Níor tugadh cléireach mar theid-
eal orm ó d'éag an t-iarmháistir airm i gCluain Meala dhá
bhliain roimhe sin agus ó thógas féin cuntas an mhiúinisin ar
láimh, bíodh is nach raibh laoi ná litir agam ón gcornal i
bhfianaise ar m'ardú gradaim. D'fhéachas ar an gcornal ach
bhí a cheann caite siar aige agus é ag amharc in airde ar an
spéir. Folaíodh an ghealach faoi smúid agus rinneadh sundaí
balbha dhen triúr againn.

D'éirigh cruth beag déanta Ruairí Uí Chadhain, sáirsint an gharda, aníos go dorcha lenár n-ais. Atá, a deir sé, an leitionant Ó Gnímh agus buíon den treas complacht tagtha isteach.

A chornail, a deirimse, agus é dhe rún agam mo chuid a rá beag beann ar Dhónall Ó Flatharta is ar an sáirsint.

Ach ba é an cornal a tháinig romham an iarraidh seo. Gan a shúile a bhaint den scamall dorcha a bhí ag leathadh anonn tharainn labhair sé go bog meáite liom, ag tabhairt m'ainm orm go muinteartha. A Thaidhg, a deir sé, déan deimhin de go bhfaighe tú greim lena ithe. Tá oíche chrua amach romhainn.

Agus lá fada romhainn amárach, a deir Dónall, agus clabhsúr á chur aige ar an gcomhrá. D'iompaigh sé chuig an gcornal ansin agus mhol go mbreathnóidís na fir, agus fágadh mise ag amharc ina ndiaidh gur leádar an bheirt uaim san oíche.

Bhraitheas súile Ruairí Uí Chadhain orm sa dorchadas nó gur chas sé féin ar a chois is gur imigh i ndiaidh na beirte. Ansin thiteadar na chéad bhraonacha, tharraingíos mo bhrat aníos thar mo cheann agus d'fháisc thart timpeall orm é. Sa spéir thoir rinne réaltóg aonair rince preabach os cionn bharra na gcrann.

Faoi chrann coill a shíneas mé féin siar an oíche sin, mo dhiallait faoi mo leiceann agam agus mé ag éisteacht le drumadóireacht na báistí ar na duilleoga os mo chionn. In ainneoin mo mhórthuirse níor thit mo chodladh orm go ceann i bhfad, ach nuair a thit chodlaíos go sámh agus níor airíos na complachtaí eile á dtabhairt aníos i rith na hoíche gur cliseadh as mo chodladh mé le cling airm agus le díoscán leathair is adhmaid i mo thimpeall.

D'aithníos cruth an ghearráin le m'ais agus, in ainneoin fuacht na mochmhaidine, d'íslíos mo cheann ar an diallait in athuair gur dhún mo shúile. Bhíos ag baint sásaimh as an gcumhracht féir is duilliúir agus as boladh an ghearráin féin, nó gur líonadh mo pholláirí le púr tobac. Chuala monabhar cainte ar an uile thaobh dhínn agus ansin glórtha an mhaoir scoir Ó hUiginn is an leitionaint Ó hAllúráin sna crainnte ar mo chúl agus iad ag déanamh grinn.

Tá an stócach ina dhúiseacht.

Beag a cheapfadh nach leagtha amach acu a bhí sé agus an mharbhfháisc air.

Mura gcorróidh an loiciméara leagfad féin na hordóga air.

Shuíos aníos go righin, scaoil an tsnaidhm faoi mo ghiall agus bhain díom an giobal éadaigh a bhí cuachta thar mo chluasa agam. D'éiríos gan mo chlóca fliuch a bhaint díom, thóg an t-éadach agus chuimil an bháisteach dhe dhroim an ghearráin leis, ansin chroch an diallait in airde ar a mhuin, chrom fúithi agus d'aimsíos súgán an uchtaigh sa dorchadas, á cheangal. Nuair a bhí an t-uisce fáiscthe as an éadach agam cheanglaíos ar mo mhála é dhe chúl na diallaite agus shuigh in airde ar an ngearrán. D'fhanas mar sin ar fhoscadh na gcrann ag cuimilt mo dhá lámh ar a chéile agus ag análú go mall réidh nó gur imigh an creathán asam, ansin ar chlos dom na gcapall á ngléasadh ag mo chuid compánach ar mo chúl ghluaiseas amach as na crainnte.

Le glas-sholas na maidine d'éiríodar líne fhada mhí-
chumtha na bhfear amach romham, agus iad ag dreapadh in
airde tríd an bhfiataíl bháite, muscaeid is pící ar a nguaillí agus
a gcloigne cromtha in aghaidh an cheobhráin bháistí. Thugas
na glúine dhon ghearrán, á thabhairt ina choiscéim dheas
réidh i líne comhthreomhar leo. D'éirigh capall coille dhe
phléasc as an luachair agus d'imigh ar scinneadh uainn siar
thar ghualainn an tsléibhe. D'ardaigh an ceo gur nocht cruth
beag aonraic an chornail amach romham ina hata is a chlóca
agus é ag imeacht ar bogshodar in aghaidh fhairsinge liath an
chriathraigh. Bhioraíos mo dhá shúil go bhfeicfinn cé a bhí
ina fhochair agus, nuair ba léir go raibh sé ina aonair,
d'iompaíos sa diallait lena thaispeáint do mo chompánaigh.

Bhí an bheirt ag teacht de choisíocht mhall réidh i mo
dhiaidh. An chéad mharcach agus a hata tarraingthe anuas
thar a chluasa aige, Seonac Ó hAlluráin as Rinn Mhaoile Ó
Thuaidh, reanglamán fada a raibh fríd an gháire dhe shíor ar
a bhéal agus an mhísc ag lonradh ina shúile. Ar a chúl bhí
Mathúin Ó hUiginn, seanfhile Shliabh Damh agus maor
capall na reisiminte, nó maor scoir mar a deireadh sé féin ar
an sean-nós, é cuachta in airde ar a chapall ina chuid breacán
agus a fhallaing mhór crochta aníos thar a cheann. Agus mo
lámh á crochadh agam orthu tháinig marcach eile amach as an
doire coill de shodar réidh. D'aithníos meirgire an tríú
complachta, Toirealach Carach Ó Conchúir, as cleith na brataí
a bhí ag gobadh aníos taobh thiar dá chloigeann maol. Nuair
a tháinig sé chomh fada le Mathúin baineadh croitheadh beag
as sa diallait, sheas an capall agus shleamhnaigh Toirealach
Ó Conchúir anuas go talamh.

Atá an fáisceán scaoilte uirthi, a d'fhógair Mathúin, agus a mhéar thanaí á síneadh i dtreo chapall an Chonchúraigh aige.

Nuair a thugas an gearrán thart bhí Toirealach Ó Conchúir cromtha faoina chapall agus Seonac is Mathúin á bhreathnú le spéis. Go deimhin ba deacair dhó cromadh óir, ní hionann is an triúr againne nach raibh d'éide chatha orainn ach ár gcótaí bufa, bhí lúireach trom iarainn is pláta droma airsean agus iad dubhtha aige in aghaidh na meirge. Dhírigh sé é féin aníos go righin agus shéid ar a mhéaracha dearga feannta, á bhfáisceadh faoina ascaill agus á gcuimilt ar a chéile sular chrom sé faoin diallait in athuair.

Lig Mathúin a fhallaing anuas ar a ghuaillí gur nocht boinéad gorm agus éadan fada cnámhach a bhí ar aondath lena fhéasóg liath. D'íslidh sé dá chapall agus thóg súgán ó chúl na diallaite. Seas siar a stócaigh, a deir sé, go gcuirfeadsa gad inti dhuit.

Dhírigh Toirealach Ó Conchúir aníos chun Mathúin a ligean isteach faoin gcapall agus chuimil a lámha ar a chéile in athuair. Atá nimh air, a deir sé.

Chonac caróg ar ball ag titim as an spéir, a d'fhógair Seonac os ard, agus aon leic amháin reoite déanta dá sciatháin.

Geall nár fhágabhar cleite uirthi.

Níor fhágamar an ubh féin inti. Bhí sí feannta bruite agus slogtha againn sular fhéad sí gráig a ligean aisti.

Lig Toirealach Ó Conchúir gáir meidhreach as agus chuimil a mhéara de chneas dearg fliuch a chinn. Bhíodar mo dhá lámh féin dingthe isteach faoi mo dhá ascaill agam, agus fuarnimh i mbarra mo mhéar.

B'fhéidir, a deirimse le Seonac, nár mhiste dhúinn deifir a

dhéanamh? Agus mé ag fanacht le freagra uaidh luigh mo shúil ar an gclogad marcaigh Sasanach a bhí crochta go mórtasach aige ar chúl na diallaite sa gcaoi is go bhfeicfí an logán sa mblaosc cruinn cruaiche san áit a mhaíodh sé gur buaileadh an t-iarúinéir le dorn a chlaímh. Labhraíos leis in athuair. Tá faitíos orm, a deirim an uair seo, go n-imeoidh an cornal rófhada chun cinn orainn.

Fóill ort a Thaidhgín a mhic.

Thug Mathúin tarraingt ar an súgán, á fhéachaint. Suigh in airde uirthi go bhfeicimid.

Táim buíoch díot, a deir Toirealach Ó Conchúir. Tharla cleith na brataí tite ar leathmhaing dhírigh sé ar dtús í agus d'fháisc an ceangal uirthi sular shuigh sé in airde sa diallait.

Chuireas mo ladar sa scéal. File freisin é an meirgire Ó Conchúir, a deirim.

Dhírigh Mathúin aníos agus chuimil an bháisteach as a shúile. An aithním thú?

Toirealach Ó Conchúir, mac Ruairí Charaigh, complacht an mhaorsháirsint Ó Mealláin.

Chuir Mathúin strainc air féin le drochbhlas ar chlos ainm an mhaorsháirsint dó. An sionnach i gcraiceann na gcaorach, a deir sé.

Ó Mealláin? a d'fhiafraigh Toirealach Ó Conchúir dhe, agus an dá mhala crochta thar a bhaithis aige.

Na hUltaigh ar fad, a deir Mathúin. Deirid go dtroidid ar son an rí ach dhíolfaidís a n-anam leis an diabhal riabhach ar son leathbhaile sléibhe is trí bhó sheasc.

Ag tagairt d'Ultaigh an tríú complachta a bhí Mathúin, an complacht céanna a raibh Toirealach Ó Conchúir ina mheirgire orthu. Nuair nár labhair Toirealach rinne Mathúin iarracht an faobhar a bhí ar a chuid cainte a mhaolú. File, a deirir?

D'fhreagair Toirealach é go humhal. Cumaim rannta beaga go fánach, a deir sé, do-chum sásamh na gcompánach.

Éilíonn bé na héigse staidéar a stócaigh. Agus foighne. Cá rabhais ar scoil?

Ag an máistir Mac Fhlanncha. Tomás na Scoile Mac Fhlanncha ar an gCloich Scoilte. Dúiche Éanna.

Níor chuala caint air.

Mhúin sé na rudimentae dhúinn. Laidin, Béarla agus smuta dhen mhatamaitic is den Ghréigis.

Agus an Ghaeilge?

Bhí tost ann sular thug Toirealach freagra air. M'athair a mhúin léamh na Gaeilge dhom, a deir sé.

T'athair, tuigim. Agus is file t'athair?

Ní hea.

Tuigim. Shuigh Mathúin in airde ar a chapall, thug súil in airde ar an bhfearthainn a bhí ag titim as spéir liath gan bhriseadh gan bhearna, agus chroch an fhallaing throm olla aníos thar a bhoinéad. Tar chugam tar éis an tsuipéir, a deir sé, agus cuirfead in aithne dho chompántas na héigse thú. Má lagaíonn an bháisteach gheobhaidh tú éisteacht agus fáilte.

Ghlac Toirealach Ó Conchúir buíochas leis in athuair agus thosaigh Mathúin ansin ag aithris dó féin de ghlór ard reacaireachta i gclos don uile dhuine againn an dán dár tús Is róthrom ualach na héigse. Chaoch Seonac a shúil orm agus d'fhreagraíos-sa é le miongháire a cheil mo mhífhoighid leis. Ag féachaint thar a ghualainn dom chonac beirt mharcach ag fágáil chúl líne na gcoisithe agus iad ag deifriú leo aneas thar an bhfraoch chugainn, an t-athair Brian Mac Giolla Coinnigh ina aibíd mhór liathghlas, agus a ghiolla ar ghearrán lena sháil. D'fhógraíos a dteacht, stad Mathúin dá chuid reacaireachta agus lig gnúsacht as.

Chuala ceann maith i dtaobh an tsagairt, a deir Seonac. D'fhéach sé ó dhuine go duine orainn agus cár leathan gáirí air.

Lá dhe na laethaibh, a deir sé, i dtávairne an Dá Choileach ar an Teampall Mór bhíodar buíon dhe na fearaibh ag gabháil fhoinn go súgach agus tháinig an t-athair Brian isteach agus ruaig as an teach iad cé is moite dh'aon oifigeach amháin, meirgire an chomplachta, a d'fhan ann ag ól. Thug an sagart íde béil don mheirgire a rá go raibh droch-shampla á thabhairt do na fearaibh aige, agus d'fhiafraigh sé dhe an raibh a fhios aige céard is peaca an chraois ann?

Thug Seonac súil thar leiceann ar Thoirealach Ó Conchúir sular lean sé dá scéal. Is é a dúirt an meirgire, a deir sé, nach ag déanamh peaca an chraois a bhí sé ach ag déanamh aithrí is leorghnímh. Conas sin? a d'fhiafraigh an sagart de.

D'fhéach Seonac ó dhuine go duine orainn go bhfeicfeadh sé an rabhamar ag éisteacht leis. Go deimhin ba deacair a chreistiúint nach raibh a dhordán ardréimneach le clos ag an sagart féin agus é ag teannadh linn thar an gcriathrach.

Lean sé dá scéal. A deir an meirgire á fhreagairt, Nach bhfuil sé ráite ag an mbráthar bocht Mac Aingil ina leabhar beannaithe gur chóir dhon pheacach fuath a thabhairt don pheaca? Atá, a deir an sagart. Is fuath liomsa, a deir an meirgire, an craos is an mheisce. Cad chuige, a d'fhiafraigh an sagart de, a bhfuil tú anseo sa távairne ag ól mar sin? Nach bhfuil sé ráite sa leabhar céanna, a deir an meirgire, gur chóir dhon pheacach aithrí is leorghníomh a dhéanamh ina pheaca trí phianós a dhéanamh? Atá go deimhin, a deir an sagart. Agus tá sé ráite gur chóir dhon phianós a bheith i gcontráltacht don pheaca, a deir an meirgire, agus mar gur fuath liomsa an deoch mheisciúil ólaim an deoch chun píonós a chur orm féin, agus nuair a bhíonn a leordhóthain di ólta agam canaim in ard mo chinn mar phíonós don uile pheacach eile i mo chomhluadar.

Lig Seonac gáir as agus d'aithris sé an abairt dheireanach in athuair agus a lámh á bualadh dá cheathrú aige le teann sásaimh. Rinneamar an uile dhuine gáirí dár mbuíochas, agus mo shúil fós agam ar ghualainn an tsléibhe os mo chionn mar a chonaic an cornal ala beag roimhe sin, agus gan anois ann ach an criathrach glas-rua is an spéir liath ag leá ina chéile. Bhí an bháisteach lagtha. Ar chlos theacht na marcach dhom d'iompaíos thart sa diallait.

Bhí an gáirí leáite dhe bhéal Sheonaic agus é ag fáiltiú go glórach roimh an sagart. A athair, a deir sé, tá deifir oraibh.

Tháinig an giolla Éamonn chomh fada linn ar dtús, fearín tanaí crua a raibh caipín olla air agus seanchlóca paistithe, agus maide mór draighin ina ghreim aige. Sheas sé a ghearrán beag íseal ar an gcíbleach le hais an chosáin gur tháinig an t-athair Brian Mac Giolla Coinnigh chomh fada leis ar a staigín mór cnámhach, a aibíd crochta aníos thar a cheann aige agus a chosa tanaí nocht go dtí na glúine. Gan freagra a thabhairt ar Sheonac ná binn an chlóca a isliú dá cheann, chroch an seansagart dhá mhéar fhada fhíneáilte agus ghearr fíor na croise san aer. Moladh go deo le Dia, a deir sé dhe ghlór bríomhar láidir a cheil a thrí scór go leith bliain. D'fhan sé go bhfuair freagra ón uile dhuine againn sular labhair in athuair. Tá ordú agam dhon fhile, a deir sé.

Cé gur leag an sagart béim tharcaisneach ar an bhfocal File, chas Mathúin thart go scafánta sa diallait chuige. Is mé do sheirvíseach dílis a athair, a deir sé le teanntás, ach abairse an focal.

Ní ar Mhathúin a bhí an sagart ag amharc, ach ar Thoirealach Ó Conchúir. Tá gnó ag an maorsháirsint duit, a deir sé.

Tá go maith, a deir Toirealach Ó Conchúir agus é deargtha go bun na gcluas.

D'fhéach Seonac go hábhailleach ar Thoirealach Ó Conchúir, ansin d'iompaigh sé chuig an sagart agus labhair go mall maolaigeanta. Shíleas a athair, a deir sé, gurb é an file eile, Mathúin Ó hUiginn anseo, a bhí i gceist agat. Is mairg dhon té a thugann údar míshásaimh dho na filí.

Agus is ró-mhairg dhon fhile a chaitheann a chuid talann i dteach an óil in áit iad a thíolacadh don Eaglais le moladh don Tiarna Uilechumhachtach Íosa Críost, a deir an sagart gan a shúile a bhaint de Thoirealach Ó Conchúir aige.

Chrom Toirealach a cheann agus a chapall á thabhairt thart aige ionas nach bhfeicfí an streill mhór gháire a bhí air. Ghéaraigh an colg i súile Mhathúna. Chúbas uaidh le náire, agus bhíos ar tí na spoir a thabhairt don ghearrán nuair a tháinig bloscadh piléar chugainn ar an ngaoth. Chasamar an seisear againn sna diallaití in éineacht agus thugamar féachaint imníoch síos thar líne na gcoisithe, agus in airde ar na beanna mórthimpeall orainn, ar na scamallaibh is ar an gceo, agus ar lúb luaidhe-ghlas na habhann á nochtadh féin san iarthar. Thíos fúinn ar chúl na gcoisithe d'éirigh seitreach is

liúireach mar a rabhadar buachaillí is mná an armlóin ag tarr-
aingt ar na beithígh iompair agus ag streachailt le sínteáin na
n-easlán agus, thíos fúthu sin arís, marcaigh an chúlgharda á
leanacht go mall cúramach amach as an gcoill agus suas tríd
an gcriathrach briste báite.

Ardaíodh port ar bhéal Sheonaic agus an abhainn á dúis-
eacht ag ga solais a múchadh arís faoi mhúr trom báistí.
Tharraing sé a hata ar ais anuas thar a bhaithis. Ar fheiscint
mo lámh ar stoc mo ghunna ghlaice dhó thug sé croitheadh
réchúiseach dá ghuaillí. Aníos ón ngleann a tháinig sé sin, a
deir sé.

Ba é Mathúin a d'fhreagair é, agus goimh ina ghlór nár
bhain le hurchair ná le gunnaí. Gleo mór sa ngleann, a deir sé,
agus gan tada ar bith ann.

Ghluaiseas chun cinn ar na marcaigh agus tar éis cúpla uair an
chloig dian dreapadóireachta bhaineas mám an tsléibhe amach
mar a fuaireas romham clár leathan fraoigh ag ardú go réidh
i dtreo shéipéil bhig gan díon a bhí neadaithe isteach faoina
mhullach. Ar thulach bheag i m'aice chonac buíon marcach
buailte fúthu ar an talamh, a gcuid capall scaoilte agus iad ag
cuardach solamair éigin sa bhfiataíl, agus chasas an gearráinín
ina dtreo ag ceapadh gur ann a bheadh an cornal. Chuala béic
ard aniar ón tulach mar a dhéanfadh gearrchaile agus ansin
gártha fear a thug le fios dom gur i mbun chártaí is díslí a
bhíodar na hoifigigh nó i mbun obair mhíchuibhiúil éigin eile
agus mheasas gur dhen chríonnacht mo ghearrán a thabhairt
thart arís, á dhíriú ar ais i dtreo cheann an tslua.

Ba ghearr mar sin dúinn nuair a tháinig an t-ordú seas-amh chugainn agus cé nach raibh aon amharc faighte agam ar an gcornal ó chonac uaim ar leataobh an tsléibhe é cuireadh an focal ó bhéal go béal nó gur sheasadar líne fhada bhriste an chomplachta thosaigh. Bhí an dara complacht ag dreapadh aníos thar ghualainn an tsléibhe nuair a d'íslíos sa bhfraoch fliuch. Le m'ais, ina shuí ar a ghogaide bhí drumadóir óg, a shúile dúnta aige, a dhruma dingthe idir a dhá chos nochta agus é ag bualadh amach poirt cheoil dó féin le barra a mhéar. Sheasas ala beag ag amharc ar na saighdiúirí ag cruinniú ina mbuíonta beaga go ndáilfí deoch orthu nó go dtáinig óganach chomh fada liom lena bholgán beorach. Chrochas an bolgán ar a cheann agus d'ól go cíocrach as.

Labhair an t-ógánach liom go fiafraitheach. Deirid, ar sé, go bhfuilid marcshlua Walair sna sála orainn?

In áit freagra a thabhairt air chuimlíos an bheoir shearbh dhe mo smig agus shín an bolgán ar ais chuige. Cé nach raibh san ógánach ach glas-stócach goiríneach a trí nó a cheithre bliana déag ní raibh aon leisce air mé a cheistiú.

An fíor, a deir sé, go bhfuilid Luimneach is Caisleán Uí Chonaill timpeallaithe ag an namhaid, agus go bhfuilimidne ag cúlú siar thar Sionainn?

Cé nach raibh freagra agam ar a chuid ceisteanna ba léir ón sioscadh cainte a bhí ar bun inár dtimpeall go raibh an scéala sin á leathadh ar a chéile agus á chíoradh ag na saigh-diúirí. D'fhan an t-ógánach i ngreim sa mbolgán agus é ag stánadh as a dhá shúil mhóra orm ag fanacht go labhróinn. Chuardaíos focal éigin misnigh a shásódh é ach níor tháinig dhom a rá ar deireadh ach go mba chóir dhó orduithe na

23

n-oifigeach a chomhlíonadh agus a mhuinín a chur sa gcornal. Sháigh an t-ógánach amach a liopa íochtarach le stuaic agus d'éirigh sé chun an bolgán a shíneadh chuig an drumadóir.

Thógas mo bhriosca deireanach min choirce aníos as mo mhála, chroith an brus amach ar mo bhois agus leag an mála fúm ar an bhfraoch, ach sula bhfuaireas deis mo phroinn a chaitheamh faoi shásamh chuala glór grúscánach sháirsint an gharda ag fógairt go raibh ordú aige ón gcornal don mháistir airm. D'itheas faoi dheifir agus Ruairí Ó Cadhain ag teacht ina bhurlamán tríd an slua chugam, a hata ina bhileog mhór bháite anuas thar a cheann, an t-uisce ag plobarnaíl ina bhróga agus, in éagmais a halbaird a chaill sé gan amhras sa raitréat, leathphíce ar a ghualainn aige. Tá an cornal ar do lorg, a deir sé go práinneach.

D'fhiafraíos de cá raibh an cornal agus chroch sé a mhéar i dtreo na tulaí sin a ndeachas thairisti go gairid roimhe sin agus ar cheapas gur ag imirt chártaí a bhíodh na fir ann.

Atá scéala faighte aige, a deir Ruairí Ó Cadhain, go bhfuilid buíon de na Muimhnigh ar ceathrúin in Áth an Chuilinn ar an mbóthar amach romhainn agus go bhfuil áit sa távairne ann do na hoifigigh. Leath cár gáirí air agus é, gan amhras, ag cuimhneamh ar an díon a bheadh os a chionn an oíche sin. Dhe leathchogar chrom sé chugam. Ar chualaís go bhfuilimid le tabhairt ó thuaidh go Port Omna?

Siar thar Sionainn?

Titfidh sé orainne an t-áth a chosaint ar Adhartan is Walar.

Ag amharc siar thar mo leiceann dom chonac an t-óganach ag streillireacht gháire leis an drumadóir. Le croitheadh dá cheann chomharthaigh Ruairí Ó Cadhain dom deifir a dhéanamh. D'éiríos, brus á chuimilt de mo bhéal agam le mo mhuinchille, an gearrán á tharraingt i mo dhiaidh ar srian, agus mé ag déanamh ar an tulach sin in athuair. Sular thánag chomh fada leis an gcuideachta chonac meirgire an chornail Seán Mac Conraí ag teacht ón tulach, a ghruaig slíoctha anuas ar a leiceann agus a bhuataisí marcaíochta deargtha ag móin an tsléibhe. Ina seasamh leis na caiple taobh thiar dhe bhí giolla capaill an chornail chomh maith le triúr nó ceathrar dhe gharda is de ghiollaí na reisiminte, an Seilmide ina measc, ní a thug údar dóchais dom óir ní minic a d'fheictí an Seilmide i bhfad siúil óna mháistir. Óganach dhá bhliain déag a bhí ann a raibh airm ghaisce an chornail mar chúram air agus sinn ar an mbóthar. Bhí an clogad mór buirginéadach agus na plátaí ceathrúna i mála ar a ghualainn, agus lúireach mhór an chornail a chaitheamh aige, rud a d'fhág cuma an tseilmide air agus é cromtha faoin mblaosc throm iarainn a bhí anuas go dtí na ceathrúna air.

Bheannaíos do Sheán Mac Conraí agus é a dhul tharam ar an gcosán agus d'amharcas i mo thimpeall in athuair ach ní fhaca aon dé ar an gcornal féin. Ar mo theacht i láthair na cuideachta ghlaos amach ainm an chornail agus d'iompaigh Dónall Ó Flatharta chugam ina hata leathan dubh is a chleití báite.

Cá rabhais? Bhíothas ar do lorg.

Sula bhfuaireas deis a insint dó go rabhas féin ar lorg an chornail tháinig Dónall Ó Flatharta romham arís. Atá gnó agam dhuit, a deir sé go borb. Cé nach raibh na seacht mbliana déag slánaithe fós ag an nglas-stócach seo a bhí ina leitionant ar an gcéad chomplacht, ná sé mhí féin caite aige leis an reisimint, labhair sé le húdarás a dhearthár is a shinsir Fhlathartaigh. Beir teachtaireacht uainn, a deir sé, chuig an máistir ceathrún ag iarraidh air seisear fear ar ghearránaibh agus ábhar bainte adhmaid a chur chugainn, agus abair leis an gcaiptín Búrc sa gcúlgharda go bhfuilimid ag iarraidh dáréag marcach lena gcosaint.

Cé nach leis an gcéad chomplacht a bhaineas-sa, ach le hoifigigh an chornail, ba deacair dom an leitionant óg a eiteach nuair is ag maíomh gur ag labhairt ar son an chornail a bhí sé. Thugas féachaint eile i mo thimpeall le súil go bhfeicfinn an cornal agus, in ainneoin na bpianta a bhí i mo cheathrúna agus an fuachtán a bhí i mo ladhracha, d'éiríos in airde ar mo chapaillín beag gearrchosach chomh scafánta saighdiúrtha agus ab fhéidir liom. Bhíos suite sa diallait nuair a theann Dónall Ó Flatharta isteach chugam, a hata mór á bhrú siar óna éadan tanaí cnámhach aige gur nocht a shúile. Níorbh í an fhéachaint seachantach a bhí iontu mar a chuimhníos air agus é ina ghearrbhodach mioscaiseach i mBaile na hInse, ag faire ar dheis mo pheann a sciobadh orm nó dúch a dhoirteadh ar mo chuid páipéar, ach súil sotalach dhána nár cheil aon bhlas den drochmheas a bhí aige orm. D'fhreagraíos an fhéachaint le gnúis dhúr dhúnta ach níor chúb an leitionant a shúile uaim.

Níl a fhios agam, a deir sé, an bhfuil a fhios ag an gcaiptín Búrc ná ag a mheirgire nár chóir go mbeadh aon bhratach ar taispeáint roimh bhratach an chornail. Stop sé agus labhair arís. Bratach chaiptín an mharcshlua san áireamh, a deir sé.

Más ceist a bhí ann níor thuigeas cén freagra a bhí uaidh. D'fhanas go ndéarfadh sé rud éigin eile ach ní dhearna sé ach

a smig a chroitheadh liom i gcomhartha dhom imeacht agus
ansin, gan chlaonadh dhe mo cheann ná mo chead a ghabháil
aige, thugas an gearrán thart agus d'imigh liom sa siúl.

II

An Odaisé

Is minic do dhuine ní amháin a iarraidh agus ní eile a fháil dá bhuíochas. Féach Uiliséas mac Laertes a thug aghaidh abhaile ar an nGréig ach a cuireadh siar i ndiaidh a chúil ar feadh deich mbliana ar an bhfarraige. Ach chuimhníos-sa freisin, agus m'aghaidh á thabhairt ar ais agam sa treo as a dtánamar, gur minic gurb é an ní a fhaigheann an duine gan iarraidh a théann chun tairbhe dhó agus, cé gur dhe m'ainneoin é, thugas an gearrán ar ais anuas le fána an tsléibhe dhe choisíocht bhog réidh agus ghluais ó dheas thar shaighdiúirí an gharda is thar shaighdiúirí an chéad chomplachta agus iad cruinnithe ina mbuíonta beaga ag ithe a gcuid brioscaí mine agus ag cur thart na bpíopaí tobac. Ach ní i mo Uiliséas a bhíos-sa acu ach i m'Amadán Mór na foraoise, mo dhá throigh is binn mo chlóca á dtarraingt i mo dhiaidh tríd an bhfraoch agam, agus an uile shúil sa gcomplacht orm féin is ar mo chapaillín beag gearrchosach. In éagmais na mbuataisí

29

marcaíochta a thug uathu coicís roimhe sin ní raibh orm ach péire bróg shaora agus ceirteanna éadaigh casta aníos thar mo lorga is thar osáin mo bhríste. Chailleas mo hata agus sinn ag cúlú faoi thine an namhad, chailleas mo chlaíomh an oíche roimhe sin sa mbruíon taobh amuigh de bhallaí an Teampaill Mhóir. Ní raibh dhe chomharthaíocht an tsaighdiúra anois orm ach mo chóta bufa agus an piostal a bhí i dtruaill éadaigh ar chrios súgáin agam, rud a ghoill orm agus a thug orm suí aníos go díreach sa diallait agus mé ag imeacht ar bogshodar siar thar na saighdiúirí.

Chroch Seonac Ó hAllúráin a lámh orm. Fainic thú féin ar na trúipéirí, a deir sé dhe bhéic i gclos don uile dhuine. Táid chomh sceimhlithe thiar ansin go bhfuilid ag caitheamh leis na luchain sa bhfraoch!

Más ea, a deir guth fonóideach éigin i measc na saigh-diúirí, fanadh Taidhgín in airde ar a ghearrán agus ní baol dó!

Ligeadar an uile dhuine racht gáirí astu, agus cé gur aithníos cóta paistithe an tsaighdiúra Ó Dálaigh sa mbuíon sin as a dtáinig an gháir bhí a fhios agam go rímhaith go raibh fuar agam é a thógáil air óir ba chúis ghrinn riamh an fear pinn ag an gcosmhuintir. Agus cé gur ghoill an dímheas orm, in áit sin a chur in iúl rinneas gáirí chomh mór le duine agus mo leathlámh crochta i mbeannú agam dhóibh. Thugas na spoir dhon ghearrán ansin agus ghluais romham ar sodar amach thar an gcriathrach.

Cé gur dualgas a bhí ann a thaitníodh go mór liom dhe ghnách mar go dtabharfadh sé deis dom complachtaí is trúpaí iomlána na harmála a bhreathnú i mbun gluaiseachta, idir phící mhuscaeid agus chapaill, ní le fonn a thugas an gearrán ó dheas i dtreo bhéal an mháma an iarraidh seo. Ní hamháin go raibh amharc ar an slua á cheilt orm ag an bhfearthainn ach ní go rómhór a thaitin sé liom m'aghaidh a thabhairt ar ais ar an aird as a rabhadar an namhaid ag teacht, go háirithe agus sinn sa ngábh ina rabhamar. Sheachnaíos an cosán a bhí déanta ag na saighdiúirí mar gur bhraitheas go mbeadh an talamh róbhriste ag an slua agus, cé gur baol do chapall na poill is na logáin is na seanphréamhacha dóite a bheadh faoi cheilt sa bhfraoch, roghnaíos bealach i leathchiorcail thart timpeall ar an slua a chasfadh ar ais go béal an mháma mé, agus mé airdeallach i gcaitheamh an ama ar aon ghluaiseacht tobann i measc na bhfear a thabharfadh le fios go rabhadar an namhaid chugainn.

Nuair a thosaigh mo chamshiúl do mo thabhairt ar ais i dtreo na harmála fuaireas amharc maith ar shlua coisithe an dara complachta agus iad fós i mbun siúil .i. complacht an leitionant-chornail Bairéad, agus murach go raibh a fhios agam go rabhadar a bhformhór gan chótaí gan bhróga agus ar bheagán armlóin ba bheag a cheapfadh, a deirim liom féin, nach iad tercios dhlútha Mhansfelt is Wálanstaen nó briogáidí Lochlannacha Ghustavus féin a bhí amach romham. Ach dhe réir mar a bhíos ag druidim leo ardaíodh an ceobhrán báistí agus an dalladh intinne a bhí orm agus fuaireas léargas in athuair ar chloigne cromtha, ar airm ar sliobairne, ar ghuaillí silte agus ar ghéaga craplaithe. Ghabh míshuaimhneas mé agus ghluais faoi dheifir i dtreo chúl an tslua.

I mbéal an mháma bhíodar complacht an mhaorsháirsint Ó Mealláin cruinnithe ina mbuíonta beaga ag ligean a dtuirse ar an bhfraoch. Bhí a n-uimhir laghdaithe, b'fhacthas dom, agus bhíodar líon mór dhíobh a raibh ceirteanna fuilteacha fáiscthe ar a gcloigne nó ar a ngéaga. Ach cé go rabhadar na hUltaigh, mar a tugadh ar shaighdiúirí an treas complachta, níos gearrtha gioblaí ná mar a bhíodar a gcomhleacaithe Connachtacha sa dá chomplacht tosaigh bhí cuma níos airdeallaí orthu, níos saighdiúrtha, rud a thug ardú beag meanmna dhom. Déanta na fírinne ní raibh deichniúr ar fhichead Ultach sa gcomplacht. Ba Laighnigh a bhformhór ach gur tugadh Ultaigh orthu i ngeall gur Ultaigh a bhí ina gcuid oifigeach agus i ngeall ar an líon seansaighdiúirí ina measc a throid faoi Alastar mac Ránaill i reisimint an iarla Aontroma agus faoi Alastar mac Colla in Albain. Ach níorbh é a laghad Ultach is mó a dhéanadh iontas dom, ach an gaisce a bhí acu, seansaighdiúirí mhic Colla ach go háirithe a chaitheadh ribíní nó saiseanna a stialladh as seanbhrait bhreaca na hAlban mar chomhartha aitheantais. D'aithníos an leitionant Ó Gnímh is an meirgire Ó Conchúir ag siúl i measc na bhfear, a hata ar leathmhaing ag an leitionant agus é ag gáirí, agus bhíos ar tí dhul anonn chucu nó go bhfaca an maorsháirsint ina shuí ag an bpost faire agus é ag amharc anuas thar lucht an mhiúinisin a bhí fós ag streachailt in aghaidh an aird. Lena ais bhíodar triúr fear ina seasamh ar dualgas, sponc deargtha ag saighdiúir acu agus a arcabús faoi réir.

Chugainn an caballero Ó Dubháin, a deir duine dhen triúr dhe gháir mhagaidh.

Ar mo theacht chomh fada leo dhíríos aníos sa diallait agus bheannaigh dhon mhaorsháirsint, nó mar a thugadh a chuid saighdiúirí féin air le meas is le ceanúlacht, an Sean-saighdiúir, fear buí reicneach a d'éirigh chugam go scafánta ina chulaith ghaisce, a chlogad círíneach crochta ar a shean-nós féin ar chúl na corróige aige, a shúile geala gorma ar beo-lasadh ann agus a phíopa gan deargadh ina dhrad. D'fhiafraigh sé dhíom cén scéala a bhí agam ón máistir campa agus d'eachtraíos imeachtaí an chogaidh dhó mar a chuala ón sáirsint Ó Cadhain iad. D'insíos dó freisin cá raibh beartaithe ag an gcornal, nó ag an máistir campa mar a thabharfadh seansaighdiúirí na Spáinne air óir ba dhuine dhíobh siúd an maorsháirsint, seasamh agus soslongfort na hoíche a dhéanamh. Nuair a chuala sé cé na horduithe a bhí agam dhon chaiptín Búrc tharraing sé cois a phíopa as a bhéal agus theilg seile amach thar an gcíb.

Dar Mahmad Mór is Beag, a deir sé, óir ba é sin an gnás a bhí aige, ní a chuireadh olc ar an athair Brian agus ar an leitionant-chornal ach go háirithe. Ach is gránna, a deir sé, an obair í sin a tugadh dhuit. Bí fíorcháiréiseach i do chuid gnothaí leis an mBúrcach agus labhair leis amhail is gur lena fhear gaoil iarla mór Chlann Riocaird féin atáir ag caint.

Ghlacas buíochas leis as a chomhairle agus, cé go mba leasc liom dídean na nUltach a fhágáil i mo dhiaidh, ghabhas mo chead ag an maorsháirsint agus ghluais ó dheas thar ghualainn an tsléibhe go bhfuair amharc níos fearr ar an lucht iompair .i. lucht an bhagáiste is an mhiúinisin, a bhí gaibhte in aimhréidh ar shleasa an tsléibhe. Ní raibh aon amharc ar an marcshlua ná tuairisc féin orthu ó chonac an mhaidin sin iad sa ngleann thíos fúm, rud a bhí ina chúis imní dhom agus mé ag imeacht liom faoi dheifir síos le fána.

Ba i measc an lucht iompair a thánag ar an máistir ceathrún nua Brian Ó Gnímh, rúpálaí mór láidir a chaill

leathlámh leis i scliúchas leis na hAlbanaigh i dtús an chog-
aidh. Bhí sé tagtha dá chapall chun cabhair a thabhairt do
thriúr ban a bhí ar a ndícheall ag iarraidh gearrán ualaigh a
tharraingt as poll. Bhí Brian Ó Gnímh linn ó cailleadh an
seanmháistir ceathrún, Allúránach as Beárna nár fhan againn
de ach a fhallaing dhonnbhuí crochta sa doras nuair a thit
piléar gunna móir ar an teach ina raibh sé féin is an píobaire
agus ceathrar dhen lucht iompair ag imirt chártaí. Chuir an
cornal ceannas an bhagáiste faoi Bhrian Ó Gnímh ansin, fear
a tháinig chuig an reisimint in éineacht lena dheartháir óg, an
leitionant, agus leis an maorsháirsint Ó Mealláin féin, nuair a
thánadar na hUltaigh chugainn as fuílleach reisimint iarla
Aontroma i ndeireadh an tsamhraidh. Ar an gcúis sin ní raibh
deis faighte fós agam aithne a chur air, rud nár mhiste dhon
mháistir airm a dhéanamh tharla go rabhas ag brath air agus
cuntas le tabhairt agam dhon chornal ar an líon gunnaí is
púdair a bhí sa mbagáiste, agus nach raibh a fhios fós go cruinn
cé méid den mhiúinisean ar éirigh linn a thabhairt slán.

Thugas mo ghearrán suas le taobh an mháistir ceathrún
agus bhéiceas orduithe an chornail chuige. Bhí súgán ceang-
ailte aige dhen ghearrán iompair agus ceann an tsúgain thart
timpeall ar a choim aige, agus bhíodar na mná i ngreim ar
úmacha an ghearráin. Lena leathlámh tharraing sé ar an súgán
agus thosaíodar na mná ag iarraidh an gearrán a ardú aníos as
an bpoll. Bhéiceas an t-ordú in athuair agus thug an máistir
ceathrún croitheadh dá cheann gan a thabhairt le fios cé acu
a chuala sé mé nó an é go raibh sé ag iarraidh orm fanacht go
mbeadh faill aige ar chluas a thabhairt dom. Nuair nár thug an
ceathrúnach freagra ná comhartha eile uaidh d'iompaigh

duine dhe bhuachaillí an mhiúinisin chugam, Laighneach óg bricíneach rua a raibh gunna glais ar a ghualainn aige, a rá go labhródh sé féin leis. Cé gur labhair an t-óganach go cneasta liom ní rabhas cinnte cé acu ba chóir dhom fanacht agus teachtaireacht an chornail a thabhairt don mháistir ceathrún in athuair nó leanúint orm.

Tháinig bean eile ar an láthair ansin, amasóin ard bhuíchraicneach a raibh Cúruisce mar ainm uirthi, agus a tháinig as an Tír Íseal i gcuideachta an mhaorsháirsint Ó Mealláin. Ar fheiscint iarrachtaí an mháistir ceathrúin is na mban di labhair sí go sciobtha leis na mná, agus nuair a ligeadar siúd orthu féin nár thuigeadar a cuid cainte chlis ar an bhfoighid uirthi agus thosaigh ag tabhairt na mionn is na móid ina teanga féin .i. in Almáinis nó i nDúitsis, gur scaoileadh a ceannbheart línéadaigh agus gur dhoirt a dlaoithe fada fionnbhána anuas lena droim, agus thosaíodar na mná eile ag rachtaíl gháire, ní a chuir tuilleadh cantail uirthi. Cheangail sí a folt arís, ansin tharraing sí duine de na mná siar ón mbruach agus chuaigh ag baint na málaí dhen ghearrán ina háit. Ar deireadh nuair a tuigeadh dhom go bhféadfadh fanacht fada a bheith orm chroitheas mo cheann leis an óganach, á bhfágáil faoina gcúram, agus ghluais chun cinn.

Ag marcaíocht síos thar na gearránaibh iompair dhom rinneas iarracht iad a chuntas ionas go bhfeicfinn céard a bhí againn agus céard a bhí caillte againn. D'aithníos ceann de na ceaigeanna púdar gunna agus an luaidhe agus na lasáin agus na cleitheanna agus na gunnaí foghlaeireachta agus na clogaid agus ábhar paiviliúin an chornail ach ní fhaca dé ar bith ar an dara ceaig púdair ná ar na pící. Thugas féachaint eile thar m'ais ach bhíodar ag gluaiseacht rómhear dhom agus ba ghearr go ndeachas amú sa gcomhaireamh. Ag teacht go cúl an tslua dhom ligeadh glam agus eileatram á tharraingt tharam ag buachaill is gearrán. Chasas thart go sciobtha agus luigh mo shúil ar fhear óg a bhí dhá oíche roimhe sin ag dreapadh anuas de mhúr bhaile an Teampaill Mhóir le m'ais faoi thine ghunnaí móra an namhad agus é anois ceangailte dhen leaba iompair agus é ag éagaoin a leathchoise. Le huafás agus le náire, d'iompaíos mo shúile uaidh.

Nuair a bhíodar na heasláin is cúl an tslua bailithe tharam is mé ag gluaiseacht romham go mear dhearcas i mo thimpeall agus ní fhacas ach an fraoch in aontonn go bun na spéire agus bean óg donnrua chugam, a leanbh fáiscthe ina fallaing ar a droim aici agus seanghearrán ualaigh á tiomáint roimpi aici le maide. Tharla nach raibh amharc fós ar an marcshlua agam, d'iompaíos mo ghearráinín ina treo go gcuirfinn a dtuairisc léi. Níor thug sí aon fhreagra díreach orm ach, gan oiread is féachaint a thabhairt sa tsúil orm, chas sí ar a cois agus a méar á síneadh uaithi ó dheas le fána an tsléibhe. Ansin d'iompaigh sí ar ais ar a cúram agus d'fhág ann mé ag féachaint i ndiaidh a cúilín cuachta rua agus mé ag fiafraí dhíom féin an bhfaca sí ar chor ar bith mé.

Thugas m'aghaidh romham in athuair agus ghluais anuas le fána go mall aireach agus an gearrán á sheasamh agam gach re scaitheamh chun cluas a chur orm féin agus chun súil a thabhairt i mo thimpeall. Ach in ainneoin na contúirte ina rabhas, óir ní raibh amharc ar bith agam ar shaighdiúirí na reisiminte agus bhí an baol ann gur a dhul i ndiaidh mo mhullaigh siar i gcraos an namhad a bhíos, ní rabhas in ann an bhruinnillín óg ghlas-súileach a chur as mo cheann. Stopas an gearrán agus chas thart sa diallait chun féachaint a thabhairt siar thar mo ghualainn uirthi. D'imigh giorria ag pocléimneach trasna an chriathraigh. Ní raibh aon amharc ar an mbean óg, ná ar an lucht iompair. Thugas féachaint i mo thimpeall. Bhíos liom féin ar chlár leathan fraoigh, gan aon duine le feiscint thuaidh thoir thiar ná theas. Faoin tráth seo bhí faitíos ag teacht orm go rabhas gaibhte amú agus dá ngabhfainn níos faide go raibh an chontúirt ann go dtiocfadh an namhaid idir mé agus an chuid eile dhen reisimint. Rith sé liom go mb'fhéidir nárbh ann don chúlgharda níos mó, go dtáinig marcshlua Walair orthu sa ngleann fad a bhíomar an chuid eile againn ag ardú an tsléibhe is gur maraíodh an uile dhuine acu, nó mar a bhí á thuar i gcogar i measc na gcoisithe, gur imíodar na marcaigh is gur fhágadar i dtigh an diabhail sinn, rud a d'fhágfadh go mb'fhéidir nach iad an cúlgharda a chasfaí orm ag dreapadh aníos thar an sliabh chugam ach garda tosaigh an namhad.

Bhí an oiread imní orm faoin tráth seo gur shocraíos i m'intinn filleadh ar ais chomh fada leis an miúinisean chun tuairisc an mharcshlua a chur leis an máistir ceathrún, ach sula bhfuaireas faill ar a dhéanamh thosaigh móin an tsléibhe ag creathadh faoi chosa an ghearráin agus d'éirigh torann bodhar na gcapall i mo chluasa. Thugas súil i mo thimpeall ach ní raibh dé ar chapall ná ar mharcach. Leagas mo lámh ar stoc mo phiostail nó gur rith sé liom go mba amaideach an mhaise dhom a bheith ag iarraidh sluaite Chromail a chosc le piléar gunna glaice agus thugas an gearrán timpeall go scafánta. Bhíos ar tí na spoir a thabhairt dó nuair a d'éirigh an chéad mharcach in airde as logán sléibhe thíos fúm agus bratach bhuí is dearg an chaiptín Búrc ar taispeáint aige. D'éiríodar cúig cinn déag dhe thrúipéirí ar eacha móra gallda aníos as an bhfraoch ansin, agus ar a gcúl, a dhá oiread sin ar chapaillíní beaga éadroma, agus cé gur i ndeireadh an tslua agus i dtosach na contúirte a bhíos, bhraitheas mo mheanma is mo chroí ag ardú chomh mór sin ionam go mba dheacair dhom gan mo phiostal a ropadh as mo chrios, urchar a scaoil-eadh in aer agus imeacht ar cosa in airde chucu ag liúireach is ag béiceach.

Choinníos mo bhéic i mo phloic agus mo phiostal i mo thruaill. Chroch lámh i mbeannú dhóibh agus thiomáin liom dhe shodar réidh tomhaiste tríd an gcéad bhuíon marcach go bhfaca cleite mór dearg an chaiptín Búrc i measc na dtrúipéirí amach romham agus é féin suite go hard ar stail mhór dhonn, bóna bán lása is coirsiléad snasta Iodálach faoina chlóca dubh olla, agus buataisí leathair aníos thar na glúine air. Nuair a thánas chomh fada leis bhí sé i ndáil chomhrá lena chuid trúipéirí agus níor lig air féin go bhfaca sé amháin mé, ach lean air ag caint nó go raibh deireadh ráite aige, ansin d'iompaigh chugam le sotal rí Gréag, sháigh amach a ghiall teann Búrcach agus d'iarr mo ghnothaí orm. Chuireas mé féin in aithne agus thug teachtaireacht an chornail dó.

Chaithfeadh sé go gceapann Éamonn Ó Flatharta go mbeidh sé ar mo chumas a thóin a chosaint le leath-thrúpa marcach, a deir an caiptín Búrc. Labhair sé go hard ar mhaithe leis na trúipéirí a bhí ina thimpeall. Sin nó caithfimid cleas an Cheithearnaigh a dhéanamh, a deir sé, agus a dhul roimhe is ina dhiaidh chun é a choimeád slán ó gach contúirt.

Rinne na trúipéirí gáirí. Níor dhúras-sa tada. Ghlaoigh an caiptín chuige a leitionant, ach in áit an dáréag a d'iarr an cornal, d'ordaigh sé dhó ochtar fear a thabhairt leis. Ag cuimhneamh dhom ar chomhairle an mhaorsháirsint Ó Mealláin ligeas tharam é, óir ní mheasann marcaigh gur obair chuí dhóibhsean freastal ar na coisithe ná ní maith le caiptín ar bith faoin spéir go roinnfí a thrúpa féin agus go bhfágfaí ar uireasa dáréag fear é i gcruachoimhlint chatha. Ach is dóigh freisin, a mheasas, go raibh cúis phearsanta le col an chaiptín leis an ordú mar gur mheas sé nár chuí dhósan, Búrcach, agus mac dearthár dhon iarla, glacadh le hordú ó dhuine dhe Fhlathartaigh Iarchonnacht, fiú is gur cornal a bhí sa bhFlathartach agus nach raibh ann féin ach caiptín. Dhe ghrá an réitigh, níor insíos dó ach oiread a raibh ráite ag Dónall Ó Flatharta i dtaobh na brataí, ach ghabh mo chead aige.

Agus mé ar tí imeacht luigh mo shúil ar ghearrán iompair a d'aithníos i measc na gcapall, nó go fírinneach ba í an cheaig bheag a bhí in airde air a d'aithníos, ceann de na ceaigeanna púdair a bhain leis an miúinisean, ba dhóigh liom. D'osclaíos mo bhéal chun an dea-scéal a fhógairt .i. go dtáinig an dara ceaig slán, ach dhún mo bhéal chomh sciobtha céanna nuair a chonac súile an chaiptín ar an gceaig chéanna agus aoibh mhíshásta air. D'fhéach sé ar ais orm agus iarraidh beag dhe bhoige ina ghnúis an uair seo.

Cé mar a ainmnítear thú a ógáin?

Cé go raibh m'ainm is mo ghrád tugtha agam dhó roimhe sin d'fhreagraíos go humhal é. Ansin, agus níl a fhios agam fós céard a thug orm é a dhéanamh, dhe rois sciobtha cainte dúras leis gur mé an máistir airm agus gur mé a bhí freagrach as arm

is púdar na reisiminte. Níor labhair an caiptín ná duine ar bith
dhe na trúipéirí a bhí thart orainn, ach d'fhanamar mar sin
gan chorraí agus an t-aer ag ramhrú le teannas inár dtimpeall.
Ar deireadh thug an caiptín croitheadh dá smig i gcomhartha
dhom imeacht agus, gan mo chead a ghábhail aige, thugas na
spoir dhon ghearrán agus ghluais go mear amach ar an
bhfraoch, mar a rabhadar a leitionant .i. mac dearthár an
chaiptín, agus an t-ochtar marcach imithe romham, agus gan
a fhios agam nach piléar a d'fhaighinn idir mo dhá shlinneán.
Níor mhoillíos sa siúl ina dhiaidh sin go rabhas tagtha chomh
fada leis na marcaigh agus mé ar aon bharr amháin allais.

Ba mhór idir é seo agus an chéad dreapadh. Bhí puiteach
déanta dhen chriathrach ag na coisithe is ag lucht an armlóin
agus bhí fíorchontúirt ann do na caiple. Gan chaint, dhreap-
amar go cúramach gur shroicheamar béal an mháma mar a
rabhadar an Laighneach rua a bhí le lucht an bhagáiste, agus
cúigear buachaillí ar ghearránaibh maille le ceithre ghearrán
iompair faoi réir ag an máistir ceathrún dúinn. Thuas ar ardán
an tsléibhe bhí druma á bhualadh agus complacht an mhaor-
sháirsint ag imeacht rompu ina líne fhada dhea-chóirithe. Ar
ár bhfeiscint dó scairt an maor-sháirsint a bheannacht amach
thar an bhfraoch chugainn agus d'fhreagraíos ar an gcuma
ghealgháireach chéanna é agus sinn ag imeacht uaidh dhe
choisíocht deas réidh. Ní dhearna an sáirsint sna trúipéirí a
bhí ag marcaíocht le m'ais ach Bundún Spáinneach a mhugailt
faoina anáil. Rinneas gáirí le mífhonn, a rá gur taca maith i
gcomhrac a bhí sa mbundún céanna.

B'fhurasta dhó, a deir an sáirsint, agus gan a dhath le cailliúint aige.

Ar chlos na cainte sin don leitionant a bhí ag marcaíocht chun tosaigh orainn d'iompaigh sé thart ina dhiallait agus thug féachaint chrosta ar a sháirsint, ansin bhrostaigh a chapall chun cinn ionas go mb'éigean don uile dhuine againn imeacht ar sodar ina dhiaidh.

Nuair a bhaineamar an séipéal briste amach, fuaireamar amharc ar an gcéad dá chomplacht agus iad ag imeacht romhainn ina líne fhada suas thar mhullach an tsléibhe .i. complacht an chornail a bhí faoi mhaoirseacht a dhearthár Dónall, agus complacht an leitionant-chornail Bairéad. Ar an mbán féarach ar aghaidh bhallaí loiscthe an tséipéil bhíodar Uaitéar an Bhreathnaigh agus an sagart ag fanacht linn. Chroch an t-athair Mac Giolla Coinnigh a lámh orainn nuair a chonaic sé ag teacht sinn, agus nuair a thánamar chomh fada leis d'íslíos den ghearrán agus lig amach ar an bhféar é. D'fhágas mo bheannacht ansin ag an leitionant, Uiliog Búrc, fear nach raibh chomh bainteach lena fhear gaoil, an caiptín, a mheasas. D'iompaigh an Búrcach chugam agus cuma an iontais air amhail is nach raibh súil ar bith aige go labhróinn leis, agus d'fhreagair mo bheannacht go briotach, agus chonac-sa den chéad uair ar a aghaidh thanaí bhán gan bhearradh nach raibh na sé bliana déag féin slánaithe aige. Ansin gan suntas a thabhairt don naonúr marcach a tháinig in áit an dáréag a hiarradh, thug Uaitéar an Bhreathnaigh orduithe an chornail don Bhúrcach. Tháinig an sagart roimhe a rá go mbeadh sé féin in éineacht leo chomh fada leis an gCeapach Mór, óir bhí teach ag na Bráithre ansin, agus go bhfágfadh sé a ghiolla ina dhiaidh chun aire a thabhairt dá chuid bagáiste go dtiocfadh sé ar ais lá arna mhárach. D'imíodar leo siar thar an bhfraoch ansin, an Búrcach is an Breathnach ar a gceann agus an sagart ag marcaíocht le hais an ógánaigh rua.

Ag an séipéal thánas ar mo ghearráinín is a cheann istigh thar an táirseach aige. Rugas greim adhstair air, á tharraingt amach, agus d'fhágas ag cuardach solamair sa bhfiataíl é le taobh an chosáin. Ghearras fíor na croise orm féin ansin agus chromas isteach faoin lindéar. Ba léir ar na sailtreacha dóite is ar an ngloine bhriste faoi mo chosa nach raibh sé an fhad sin tréigthe. Dhreapas thar an gcosamar i mbéal an dorais agus sheasas isteach i lár an urláir. Séipéal beag aonseomra a bhí ann. Bhíodar colúin greanta sa gcloch dhearg ar dhá thaobh an dorais is ar na fuinneoga, agus os a gcionn thart timpeall na mballaí bhíodar pictiúir d'éanaibh dhe leon is de ghrifín agus iad timpeallaithe ag slabhraí deilgneacha. Nó an é go rabhadar na hainmhithe gaibhnithe ag driseacha nó ag géaga fíniúna? Os cionn áit na haltóra ar thaobh amháin bhí fear ag baint an fhómhair, agus ar an taobh eile bhí an coirce órbhuí á shábháil in iothlainn ag a bhean is ag a chlann, agus in uachtar ar spéir a bhí chomh gorm le hoíche shamhraidh bhí marcshlua na seilge ag imeacht ar chosa in airde trasna na firmiminte agus fianna muca alta is mic thíre ag imeacht de ruaig rompu, agus i rinn na ruaige giorria beag mongrua ag scinneadh thar na réaltóga go lúthchosach éadrom.

Agus an parabal á scaoileadh agam tháinig focail an athar Céitinn chugam, *Uch, is trua nach dtugaid lucht na honóra saolta dá n-aire na saobh-chrutha seo chuireas an sealgaire úd, an bás, díobh.* Ach in áit mo mhachnamh a dhéanamh ar neamhbhuaine is ar ghairide an tsaoil is amhlaidh a bhíosa ag baint sásaimh as feabhas na ceardaíochta a bhí ar na ballaí os mo chomhair amach, agus ar an ngiorria sin ach go háirithe agus í ag imeacht go hoscartha ón bhfiach.

Ní fios cá fhaid a bhíos mar sin i mo thamhnéalta aoibhnis nó gur mhúscail gleo éigin mé agus, ar nós Chonáin Mhaoil ag an bhfleá, ní raibh aon fhonn orm mé féin a scaradh leis an bhféasta seo a mheall mo shúile. Bhíodar na dathanna chomh neamhshaolta sin gur bhraitheas gur pheacaíos ar shlí éigin tríd an bpléisiúr teamparálta a bhí á bhaint agam astu. Ceist, An peaca pléisiúr a bhaint as pictiúirí atá ann chun sinn a theagasc i slí Chríost agus i neamhbhuaine an tsaoil? An féidir craos a dhéanamh le do shúile? Nó le do chluasa? Chuala glór fir agus, le náire, sheasas siar ón doras. Mheasas ar chaoi éigin nár chuibhiúil don mháistir airm a bheith ag tabhairt taitnimh dh'áilleacht na mballaí ná dh'ealaín an dathadóra agus an namhaid ar leic an dorais againn. Bhíodar na glórtha ag teacht i gcóngaracht. Beirt, a mheasas. Rinneas ar fhuinneog na haltóra, chroch mo chois in airde agus shleamhnaíos amach go héasca thar ghiall briste na fuinneoige.

Lasmuigh, amhail mar a bhí an leon istigh, fuaireas mé féin sáinnithe sna driseacha. Rinne iarracht na géagáin deilgneacha a scuabadh as an mbealach ach ba mhó gleo a rinneas, a samhlaíodh dhom, agus ba mhó an tsáinn ina rabhas, gach uair dá chuireas cor dhíom. Ar deireadh shocraíos fanacht mar a bhí i mo chuibhreann drise is deilgní go n-imeoidís na fir, agus chromas ar chúpla sméar aibí a chuardach dom féin. Ón gcaoi ar ardaíodh a nglórtha thuigeas go rabhadar tagtha isteach sa séipéal. Chuala málaí á gcaitheamh anuas ar an urlár agus d'aithníos piachán clamhsánach Ruairí Uí Chadhain.

Ní fheicim, a deir sé, cén chaoi a mbaineann na gnothaí sin don leitionant.

Nuair nach bhfuair sé aon fhreagra óna chompánach lean sé air dhen cheistiú. Cad chuige, a deir sé, nach seasann an máistir airm an fód ina aghaidh agus a rá leis a dhul i mullach an diabhail?

Mar gur leitionant é agus mar gurb é deartháir an chornail é, a deir an dara glór go hard.

Bhioraíos mo chluasa ar chlos sin dom, óir ba dheacair gan chaint ghlórach shoiléir Sheonaic Uí Allúráin a aithint.

Shílfeá, a deir Ruairí Ó Cadhain, nach mbeadh aon ghnothaí ag leitionant complachta a bheith ag tabhairt orduithe d'oifigeach reisiminte. Dúirt an leitionant liomsa an lá cheana teachtaireacht a bhreith chuig an maorsháirsint dó. Adúras-sa leis a dhul a feadaíl!

Cad chuige?

Cad chuige! Níl aon fhaitíos ormsa roimhe. Bhí tost ansin ann ar feadh ala bhig sular labhair an sáirsint in athuair. An gceapann tú, a deir sé, go bhfuil faitíos ar an máistir airm roimhe?

Ba bheag nár scairteas amach le fearg, ach chuimhníos orm féin agus choinnigh srian ar mo theanga.

Níl a fhios agam, a d'fhreagair an dara glór. Tá sé óg agus, mar a deirim, is deacair a dhul in aghaidh dheartháir an chornail.

Tá sé a dhul a dortadh.

Nár lige Dia.

Is fada sinne ligthe i ndearmad ag Dia. Guímse chun na Maighdine feasta.

D'imigh na glórtha i léig faoi mhonabhar na báistí, faoi mar a shíleas, agus ansin nuair a chuala na capaill ag imeacht ar sodar uaim thuigeas go raibh an séipéal fágtha acu. Theilgeas as mo bhéal na sméara searbha, agus thugas faoi na driseacha in athuair. Faoin am ar bhaineas doras an tséipéil amach ní raibh dé ar an mbeirt, ach an criathrach in aon mhuir mhór rua-lasta ag síneadh uaim faoi spéir ramhar liathdhubh. Shlíocas mo ghliob fliuch siar as mo shúile, shuíos ar ais in airde sa diallait agus ghluais go mear suas feadh líne na gcoisithe.

Ag ceann an dara complachta thánas ar an leitionant-chornal Bairéad, a hata tarraingthe anuas thar a bhaithis aige agus a chlóca fáiscthe suas faoina smig in aghaidh na báistí. Cé go ndearnas iarracht a dhul thairis, óir bhíos fós le buile ag caint Ruairí Uí Chadhain, nuair a chonaic sé mé chroch sé a lámh agus ghlaoigh chuige mé, óir bhí cuntas aige dhom ar an líon muscaed a bhí caillte nó briste ag a chuid fear. Thugas cluas dó, agus gheall go ndéanfainn mo dhícheall dhó, ach nuair a chuireas tuairisc an chornail leis leáigh an mhion-gháire as a cheannaithe. Dhún sé a shúile agus d'fháisc a bheola ar a chéile amhail is gur i bpéin a bhí sé. Dhár ndóigh a Thaidhg, a deir sé, ag an tiarna Dia amháin atá a fhios cá bhfuil an cornal sin againne. Agus dá mbeinn i m'ardghinearál féin ní fhéadfainn labhairt leis gan cead a iarraidh ar dtús ar an deartháirín beag buinní sin aige agus ar lucht tí is cistine na bhFlathartach! Go maithe Dia dhom é. Cuirfead paidir ar a shon, agus deinse amhlaidh freisin.

Cé gur thuigeas go rímhaith cén t-údar cantail a bhí ag an leitionant-chornal ní dhearnas ach gáirí leithscéalach leis agus mo lámh a chrochadh i mbeannú dhó. Thugas na spoir dhon ghearrán ansin agus ghluais liom suas thar líne choisithe an chéad chomplachta. Tar éis ceathrú uaire ag dreapadh shroicheas mullach an tsléibhe mar a rabhadar na saighdiúirí ar cheann na líne ag leá sa smúit cheobhránach báistí agus b'fhacthas dom go raibh luas curtha faoina siúl agus iad, mar a samhlaíodh dom féin é, á mbrostú chuig an tine is chuig an suipéar te a bhí geallta dhóibh.

Ba ghearr gur ruaigeadh gach smaoineamh teolaí le torann bodhar agus gheiteadar fir is capaill. Soilsíodh an fraoch i mo thimpeall, agus phléasc an dara plab toirní i mo chluasa. Chaitheadar na hoifigigh iad féin anuas de na caiple, ghuigh an drumadóir Santa Bairbre, agus d'iompaigh an bháisteach ina díle. Ba ansin, agus mé i ngreim in adhastar an ghearráin, a chonaic an scail ag stracadh anuas tríd an bhfirmimint ina crobh álainn bháningneach, agus sheasas ag stánadh ina diaidh sa spéir dhorcha gur músclaíodh as mo shámhas mé agus mo ghearráinín do mo tharraingt ina dhiaidh.

Ba go mall dícheallach a dhreapamar anuas le fána an tsléibhe, na capaill á mbréagadh thar na srutháin bháistí againn agus sinn ag sciorradh is ag titim sa bpuiteach is sa bhfiataíl. Chonaic beirt ag iompar saighdiúir ar eileatram agus a chuid fiacla báite le teann péine i bhfáithim a chlóca aige. D'imigh capall de rith buille tharam gan mharcach gan diallait, agus Mathúin Ó hUiginn ag rith ina dhiaidh agus chonaic saighdiúir agus a leathbhróg ina lámh aige agus é ag caint leis féin in ard a chinn. D'íslíos den ghearrán agus chrom fúm agus an bháisteach á cuimilt as mo shúile agam. Chuala pléascadh eile agus bheartaíos go mba dhen chríonnacht gan cónaí a dhéanamh ar mhullach an tsléibhe ach gluaiseacht romham le fána le súil go bhfágfainn an chontúirt i mo dhiaidh.

Ní raibh ach achar gearr curtha dhíom agam nuair a lasadh an sliabh in athuair agus chuala plab mór eile. Dallta ag an mbáisteach agus mé ag achainí go piachánach ar an ngearrán a bhí ar cheann sriana agam, bhuaileas faoi dhuine éigin a bhí ag cúlú romham, á leagan go trom ar an talamh. D'aithníos an Seilmide caite siar ar a dhroim sa bpuiteach i lúireach an chornail agus é ag mallachtaí go fraochta, agus shíneas lámh chuige, á tharraingt aníos. Líonadh mo pholláirí le boladh an dó, thugas súil i mo thimpeall agus chonac go rabhas tagtha ar shlua beag fear is capall a bhí ina seasamh ar ghualainn an tsléibhe. Bhí Dónall Ó Flatharta ar m'aghaidh amach agus Mathúin Ó hUiginn ina sheasamh lena ais, láib dhearg an tsléibhe go bolgeasnacha air agus é ag amharc faoi ar an talamh. Taobh thiar dhe d'aithníos hata mór dubh is clóca dearg tréigthe an chornail agus a dhroim cruinn leathan leis an bhfliuchán aige. D'fháisc an cornal a hata anuas ar a cheann agus d'iompaigh i mo threo. In ainneoin an gháibh ina rabhamar, ligeas srian an ghearráin as mo láimh agus d'imíos ag preabarnaíl thar na mótaí fraoigh chuige ag fógairt os ard go raibh an teachtaireacht tugtha dhon mháistir ceathrún is don chaiptín Búrc agam ach sular chríochnaíos a raibh le rá agam chonac nach raibh aon aird ag an gcornal orm ach é cromtha os cionn chapaill mhóir dhoinn a bhí caite anuas ar a taobh ar an gcíb gan cor aisti. Luigh mo shúil ar an gclogad dubh Sasanach a bhí ceangailte dhen diallait.

Chuir Ruairí Ó Cadhain a aghaidh mhór dhearg le mo chluais agus labhair i gcogar liom. An leitionant Ó hAllúráin, a deir sé, bhuail scail é.

Ba ansin a chonac Seonac Ó hAllúráin sínte le hais an chapaill agus giolla an tsagairt is Mathúin cromtha ar a nglúine os a chionn, agus chuala paidreoireacht ard líofa an ghiolla. Bhí a éadan bán iompaithe i dtreo na spéire ag Seonac agus an buataise bainte dá leathchois nocht. Níor dhúirt Ruairí Ó Cadhain tada eile agus ní raibh sé dhe mhisneach agam aon cheist a chur.

Tháinig Toirealach Ó Conchúir aníos tharam, lúth-anáil air agus dhá chapall ar srian aige, chrom a chloigeann maol ar fheiscint Sheonaic sínte ar an talamh dhó agus sheas isteach le m'ais.

Nuair a bhí deireadh ráite ag giolla an tsagairt d'ordaigh an cornal do Ruairí Ó Cadhain seisear fear a chur i mbun an choirp agus féachaint chuige go dtabharfaí a chuid airm is a dhiallait dá chaiptín complachta .i. dhon leitionant-chornal Bairéad, agus ansin chas sé ar a chois agus ghluais le fána an tsléibhe agus Dónall Ó Flatharta is a chuid giollaí ina dhiaidh aniar.

D'éirigh Mathúin ina sheasamh agus a bhoinéad á leagan ar ais ar a cheann aige. Go hurramach, shín Toirealach srian a chapaill chuige. Thug Mathúin féachaint líonraithe air sular thóg an srian uaidh, agus chrom a cheann i gcomhartha buíochais. Nuair a chroch sé a cheann in athuair b'fhacthas dom go raibh sé ar tí labhairt le Toirealach, ach gur fhéach thart air ar dtús agus gur dhún a bhéal go teann nuair a chonaic sé mé féin agus giolla an tsagairt á fhéachaint. Chas sé ar a chois ansin agus thug leis an capall ar srian síos le fána an tsléibhe i ndiaidh an chornail.

Nuair a bhí paidir curtha agam le hanam Sheonaic d'iontaíos mo shúile ón gcorp agus chonac go raibh an spéir ag gealadh san iarthar agus an bháisteach lagtha dhe bheagán.

III

An Campa

Go luath sa tráthnóna bhaineamar an bóthar mór amach agus sinn fliuch go craiceann is ar creathadh le teann saothair. Ar an gcrosbhealach sheas muscaedóir amach romhainn agus a bhreacán tarraingthe aníos thar a chluasa aige. Gan focal, shín sé a lámh i dtreo chruth dorcha an tí. Tháinig maolú ar an mbáisteach, nocht an ghrian san iarthar arís, lasadh locháin uisce ar an mbóthar agus chuala cantaireacht éin agus fuaim tua in áit éigin i gcóngar. D'iompaigh an cornal thart sa diallait, a chorsailéad geal cruaiche air agus a chlogad mór buirgíneach in áit a hata, agus thug féachaint siar thar a ghualainn gur ghlaoigh amach ainm an mheirgire Mac Conraí. Tháinig an meirgire anuas dá chapall agus an bhratach cheangailte ar iompar aige, thóg sé a áit i dtosach na gcoisithe ansin agus, gan mhaolú ar a shiúl, scaoil an ceangal gur chroch go hard buacach coróin óir an rí Vivat Carolus Rex agus fíor gorm na Maighdine. Chuala druma á chur i gcaoi, ansin le buillí tomhaiste na ndrumadóirí, le trup bríomhar capall agus le cling gunnaí is pláta, ghéaraíomar ar an gcoisíocht agus ghluaiseamar go mórtasach faoi dhéin an tí.

Teach fada adhmaid ar an déanamh gallda a bhí sa távairne. Ar dhá thaobh dhe i gcruth sciatháin bhí sciobóil is stáblaí, agus ar a aghaidh amach bhí sráid leathan linnteach ag síneadh ó dheas chomh fada leis an mbóthar. Faoi bhunsoip an tí bhíodar dhá fhuinneog bheaga a raibh comhlaí adhmaid dúnta orthu, doras mór darach, agus comhartha crochta ar bharr an dorais ar a raibh fíor an rí .i. an chéad Séarlas sular scaradh a cheann corónach dhá cholainn coisricthe, agus snáithe an adhmaid le feiscint tríd na dathanna tréigthe. Nuair a bhaineamar an tsráid amach ní bhfuaireamar romhainn ach muscaedóir aonair dhe chuid na Muimhneach ar dualgas faire, gadhar ceangailte a bhí ag amhstraíl go fraochta, agus cearca is lachain á ruaigeadh ag seanbhean siar go cúl an tí. Tháinig deireadh leis an drumadóireacht agus sheasadar garda an chornail agus buíon thosaigh an chéad chomplachta.

Bhuail an fear faire cúpla buille ar an doras, d'íslíos féin agus an Fear Flatha Ó Gnímh dhe na caiple .i. mac an fhile chlúitigh agus leitionant an triú complachta, agus shíneamar na srianta chuig saighdiúir dhe chuid an gharda. Ar an mbóthar taobh thiar dhínn ardaíodh monabhar cainte agus muscaeid á n-ísliú, uisce á fháisceadh as cótaí, agus bolgán dí á chur ó bhéal go béal. Leag an drumadóir a dhruma anuas ar an talamh, chrap an meirgire suas a bhratach, d'ardaigh an Fear Flatha a hata dhá cheann agus thug croitheadh dá fholt fada cas, á scaoileadh anuas lena dhroim. Chuimil sé muinchille a chóta dhá shúile ansin agus thug féachaint os a chionn ar an gcomhartha.

D'fhéadfainn féin feabhas a chur air sin, a deir sé, agus rinne gáirí beag leis féin.

Nuair nár osclaíodh an doras bhuail Seán Mac Conraí cúpla béim láidir dhe bhun chleith na brataí ar an gcomhla adhmaid agus ba ghearr gur chualathas an maide á thabhairt aniar agus an chomhla á tarraingt isteach.

Ar ár gcúla chuala Iarchonnachtach i gcogar ard, Chugainn Flathartaigh an ghleo mhóir!

Agus sheasamar i leataobh .i. an Fear Flatha Ó Gnímh, Seán Mac Conraí, mé féin, Ruairí Ó Cadhain agus saighdiúirí an gharda, chun bealach a dhéanamh dhon chornal agus é ag teacht dhe thréanchoisíocht aníos ón mbóthar ina chlóca dearg is a chlogad, a dheartháir Dónall lena ais agus an cleite curtha ina sheasamh ar a hata aige, agus an Seilmide is an giolla capaill lena sála. Sheas an cornal taobh amuigh dhen doras agus thug féachaint imníoch ina thimpeall, ar an teach is ar na sciobóil is na cróite, bhain de a chlogad, á shíneadh chuig an Seilmide, agus chuir focal i gcluais Dhónaill Uí Fhlatharta sular shiúil isteach thar an távairneoir mór buíchraicneach a bhí ag umhlú roimhe sa doras agus é ag iarraidh a insint dhó i nGaeilge bhacach go raibh an távairne lán. D'iompaigh Dónall Ó Flatharta thart timpeall agus d'fhógair dhe ghlór ard go raibh a n-ionad le réiteach ar an tsráid ag an ngarda agus ag an mbagáiste, agus chuir Ruairí Ó Cadhain ag triall ar an máistir ceathrún leis an teachtaireacht chéanna. Ghlaoigh sé chuige an drumadóir óg ansin agus d'ordaigh dhó scéala a bhreith chuig an leitionant-chornal a rá go raibh garda

ón dara complacht le cur mórthimpeall na távairne agus fál
cosanta le tógáil idir an tsráid is an bóthar agus buíon eile le
cur ar garda ansin. Nuair a bhí deireadh ráite chas sé ar a chois
agus lean an cornal isteach sa teach.

Chuir an Fear Flatha Ó Gnímh a bhéal le mo chluais. Ar
nós an phótaire, a deir sé, deonaigh nach ar urlár na távairne
atá sé i ndán dúinn ár bhfód deireadh a sheasamh.

Chaoch sé súil liom ansin agus leanas-sa isteach sa teach é
agus sinn beirt ag streillireacht gháirí. Agus an távairneoir ag
cur fáilte roimh an gcornal sheasas féin agus an Fear Flatha Ó
Gnímh taobh istigh dhen doras go ngabhfadh ár gcuid súl i
gcleachtadh ar an dorchadas. Líonadh ár gcuid polláirí ar dtús
le boladh trom na bhfallaingí olla a bhí crochta ar triomú dhe
na bíomaí faoi shíleáil íseal an tseomra, agus ansin leis an uile
bholadh sa teach idir thobac is gheatairí, adhmad tine is gheir
na cistine. Dhe réir a chéile thosaigh an seomra fada ag teacht
chun grinnis, an bhladhmsach bhreá thine sa teallach faoin
mbinn thiar, doras na cistine ar thaobh na láimhe deise, agus
ansin an t-urlár luachra agus an dréimire in airde go dtí an
lota.

Ghluaiseas i dtreo an teallaigh agus phreab scáil mhór
aniar chugam agus glór ard Muimhneach ag scairteadh amach
os ard, Céad fáilte roimis na Connachtaig!

Agus glór eile ar mo chúl, Más mall féin chun tí iad bíd
chomh mall céanna chun catha!

D'fhág an cornal an távairneoir ina dhiaidh chun freagra
a thabhairt ar an nguth a tháinig chugainn as na scáilí a bhí
cruinnithe timpeall na tine. Go maire tú a Chormaic Mhic
Cárthaig, a deir sé. An é go bhfuil an cogadh buaite agaibh nó

céard a thugann go teach an leanna sibh agus saighdiúirí Chromail ar an machaire?

D'éirigh an scáil amach i lár an urláir .i. an caiptín Cormac Mac Cárthaigh ó Mhúscraí, agus leag a dhá lámh go ceanúil anuas ar ghuaillí leathana an chornail agus, fiú i mbreacsholas preabach na tine, ba léir go raibh troigh airde ag an bhfathach ar an gcornal. Rinneamar moill, a deir sé, ar fhaitíos go mbeadh orainn teacht i gcabhair ar na Flathartaigh arís.

Rinne an cornal gáirí, ach ba le glór Ultach a freagraíodh an Muimhneach. Nuair a bheidh cuidiú ón Mhumhain uainn, a deir an Fear Flatha Ó Gnímh, beidh Eoghan Rua ina shuí, beidh Cromail gan bhrí, agus beidh a cheann le cur ar ais ar an rí.

Lig an caiptín Mac Cárthaigh gáir ríméid as ar aithint an chainteora dhó, An cavailír Ó Gnímh!

Anonn leis chuige gur phógadar a chéile ar an dá leiceann. Agus tar éis cúpla focal cainte eatarthu chuir an Fear Flatha Ó Gnímh mé in aithne dhó mar mhac mhic Uí Dhubháin na Páirce in Iarchonnachta, agus d'fháisc an caiptín Mac Cárthaigh greim teann orm gur mhionnaigh is gur mhóidigh dhom go mbeadh ceol is scéalta á malartú againn an oíche sin. Ar fheiscint an Chárthaigh ó chóngar dhom ba léir nárbh aon bhléitheach mór garbh é mar a shíleas ar dtús, ach fear mór péacach a raibh meigeall is croiméal bearrtha cóirithe air, léine bhán línéadaigh, bóna lása, agus ribíní daite ar thruaill a chlaímh.

Agus é á stiúradh i dtreo an dréimire, ghabh an távairneoir leithscéal leis an gcornal faoin moill a bheadh ar an suipéar agus dúirt go dtabharfadh sé greim fuar agus deoch chuige ina sheomra ar dtús, agus go gcuirfeadh sé uisce á théamh dhó.

Ní túisce an cornal ina sheomra ar an lota ná chualathas glór mná ag glaoch ó dhoras oscailte na cistine ar Aiteall. Aniar dhe sciuird as na scáilí thart timpeall an teallaigh tháinig iníon an tí agus í ag éalú léi amach doras na cistine, súil santach an Chárthaigh i ndiaidh a cúil fhada dhuibh, agus a dhrad bhán á taispeáint do na fearaibh aige.

Shiúil Toirealach Ó Conchúir isteach tharam chuig an tine lena mhála, agus den chéad uair chonac an bheirt trúipéirí a bhí á ngoradh féin ar an teallach. Cé go mba iontach liom trúipéirí a fheiscint ar chor ar bith i gceathrú na n-oifigeach, ba mhó fós an t-údar iontais dom iad a fheiscint istigh romham nó gur chuimhníos ar bhuíon an leitionant Búrc a bhí imithe chun tosaigh orainn le lucht bainte an adhmaid.

Ná corraigí, a deir Toirealach Ó Conchúir leis an mbeirt. Ró-the atá an tine dár leithéidí atá cleachtaithe ar sheasamh fada ar chosa fuara i dtithe na n-uasal.

Más go drogallach féin a rinneadar gáirí agus iad ag teannadh isteach dhon mheirgire Ó Conchúir ba mhó go mór an gáirí a rinne an caiptín Mac Carthaigh. Chuir an Fear Flatha Ó Gnímh Toirealach Ó Conchúir in aithne dhó.

Ní féidir gurb é Toirealach Carach Ó Conchúir an bhéil bhinn atá againn, a deir an caiptín Mac Cárthaigh, agus thosaigh ag aithris os ard,

An gcuala tú cúrsa Coirnéal Seonsa?
Ní scéala gan siansa.

Leag an meirgire a mhála is a chlóca anuas ar an teallach agus thug freagra go gasta ar an gcaiptín,

Comhartha na croiche ar mo bheol-sa
do chlaon mo chiallsa.

Phóg an caiptín Mac Cárthaigh Toirealach Ó Conchúir ar a dhá leiceann. Sular leagas súil ort, a deir sé, thug mo chluais gean dhuit!

Chrom Toirealach Ó Conchúir a cheann go cúirtéiseach. Is mé do sheirvíseach, a chaiptín.

Más ea, a deir an caiptín go ríméadach, bainfear seirvís asat sa teach seo anocht!

An fhad is a bhí an bheirt ag nascadh cairdis bhíos-sa teannta isteach leis an tine agus an ghail bhruite ag éirí dhíom. Bhaineas díom m'fhallaing is mo chóta bufa agus chuireas an cóta ar crochadh i ngar dhon teallach. Cé go mba chosaint mhaith a bhí sa gcóta bufa ar bhuille claímh ba bheag díonú a bhí ann ar an bhfearthainn, go deimhin is amhlaidh a choinníodh an lao-chraiceann uisce. Chuireas orm an fhallaing fhliuch os cionn mo léine, ansin d'fhógair go raibh cuntas an armlóin le déanamh agam agus go raibh an gearrán le cur ar féarach sula mbeinn róchompordach ionam féin, agus d'imigh liom amach.

Ba gheall le haonach campa lucht an bhagáiste is shaighdiúirí an gharda taobh amuigh dhen távairne. Ar gach taobh dhen tsráid bhíodar ógánaigh ag iompar uisce, coirí copair á gcur ar crochadh os cionn tinte a bhí ag bloscarnach is ag pléascadh le hadhmad nua-ghearrtha na coille, cailíní ag líonadh soithí le min choirce, agus mná ag fógairt ar pháistí a bhí ag imeacht fiáin faoi chosa na bhfear.

Tháinig iníon dubh an tí, Aiteall, ón gcistin le crúsca dho

bhean a bhí ina suí lena naíonán ar an sconsa, agus ar a haithint dom chrochas lámh i mbeannú dhon mháthair .i. dhon ógbhean a ndearnadh giorria dhi ar leataobh an tsléibhe, agus cé gur dhearc sí i mo threo níor fhreagair sí mo bheannacht, ach d'iompaigh chuig iníon an tí agus thóg an crúsca óna láimh. Go míchompordach, thugas súil i mo thimpeall ag cuardach gnothaí éigin a choinneodh ansin mé. Le balla an stábla bhí an máistir ceathrún Ó Gnímh agus an t-óganach rua ag déanamh maoirseacht ar thógáil na mbothán is na mbéalscáthlán do na heaslána, agus beirt eile ag freastal ar na hothair a bhí sínte ina líne feadh bhalla an tí. Le m'ais bhí fear sínte ar shráideog agus é ag éagaoin cheal dochtúra. Nuair a chromas os a chionn chun mo lámh a leagan ar a bhaithis fhiabhrasach bhuail an boladh milis morgtha mé agus ba bheag nár lúb na cosa fúm le masmas. Chúbas uaidh de m'ainneoin agus, le náire, chromas chuige in athuair. D'fháisc an t-othar greim ar mo lámh agus d'oscail sé a bheola le labhairt liom, ach cé gur chuireas mo chluas lena bhéal níor tháinig uaidh ach puthaíl lag bréan. Nuair a tháinig liom a ghreim a scaoileadh dhíríos aníos agus thug féachaint i mo thimpeall le súil go n-aimseoinn duine éigin a chabhródh liom. Bhí an bheirt bhan ag amharc orainn, agus an tAlmánach mná tagtha chomh fada leo, ach ba é an máistir ceathrún féin a tháinig i gcabhair orainn ar deireadh agus bolgán beag brandaí aige dhon othar a bhainfeadh, mar a deir sé féin, an barr dhen phian.

Tar éis dó bolgam a thabhairt lena ól don othar d'éirigh an máistir ceathrún agus lig Cúruisce is duine eile de na mná isteach ina áit chun a chréachtaí a bhreathnú.

Tús gach sléachta, a deir sé thar a leiceann liom, campa na saighdiúirí á thréigean ag na mná.

Ón líon beag ban a bhí i gcampa an bhagáiste ba léir go mb'fhíor dhó, ach in áit aontú leis luas an drochaimsir, a rá go dtabharfadh na tinte faoiseamh éigin do na fearaibh.

Thug an máistir ceathrún féachaint thruacánta orm agus rinne gáirí leis féin sular fhógair sé go raibh an bagáiste bainte dhe na gearránaibh, go raibh gnothaí aige féin leis an gcornal agus go gcuirfeadh sé duine dá chuid buachaillí chugam chun an miúinisean a bhreathnú liom ar mo chaoithiúlacht. Agus, cé nach dóigh liom go raibh aon ní díspeagúil i gceist ag an máistir ceathrún ach go rabhas féin ábhairín róghoilliúnach i láthair na mban, ligeas tharam a gháire dímheasúil, mar a shíleas ag an am, agus dúrt go ndéanfadh sin gnothaí go sásúil.

Ar imeacht don mháistir ceathrún bhíos ag amharc ar Chúruisce cromtha os cionn an othair, agus mé ag déanamh iontais dá séimhe is a bhí sí leis, nuair a tháinig buachaill an cheathrúnaigh chugam .i. an Laighneach gliobach rua a labhair liom ar ghualainn an tsléibhe níos luaithe sa lá.

Atá sé ráite, a deir an t-ógánach, gur thiomáin sí marcshlua Walair ar gcúl le píce inné.

An tAlmánach mná?

Beirt mharcach a rinne sáinniú ar bhuíon de na fearaibh agus gan aon ghráinne púdair fanta acu. Bhain sí an píce d'fhear amháin agus rith sí ar dhuine de na marcaigh agus í bladhrúch in ard a cinn.

Ligeas gáir iontais asam.

Sheasamar scaitheamh beag ag breathnú obair na mban

sular labhair an t-ógánach in athuair. Ní hé fear na leathláimhe is measa, a deir sé.

Thugas croitheadh dhe mo ghuaillí. Is é an máistir ceathrún é.

Táir ag iarraidh an miúinisean a chuntas?

Leanas tríd an gcampa é go dtánamar go dtí an áit a rabhadar bairillí is málaí an bhagáiste cruachta os cionn a chéile ar an tsráid idir an bóthar agus na stáblaí. Lenár dtaobh bhí buíon saighdiúirí ag biorú cuaillí le tua agus á mbá sa talamh mar chosaint ar mharcaigh, agus beirt mhuscaedóirí ar garda, sponc lasta ag an gcéad fhear dhíobh agus é ag grinneadh an tsléibhe ó dheas. Rinneamar mar an gcéanna, agus nuair a dhearbhaíomar dhúinn féin is dá chéile nach raibh aon amharc fós ar an namhaid chuamar i mbun na hoibre, ag oscailt málaí is ag cuntas ceaigeanna. Ba díomúch an obair í óir ba ghearr gur thuigeamar go raibh ceann den dá cheaig púdar caillte againn agus dhá fhichead píce maille le scór clogad, ní nár chuir aon iontas orainn agus a liacht sin fear is capall a chailleamar agus sinn ag imeacht sa táinrith faoi thine ghunnaí móra is beaga an namhad, gan trácht ar na vaigíní iompair a bhí fágtha inár ndiaidh ar an Teampall Mór againn. Ach ba é imeacht na ceaige eile púdair an rud ba mhó a ghoill orm, an cheaig a bhí feicthe agam ag marcshlua an Bhúrcaigh, b'fhéidir. Chun deimhin a dhéanamh dhe nárbh í an cheaig chéanna a bhí inti d'fhiafraíos den ógánach cé as a dtáinig an cheaig sin a bhí againn agus d'inis seisean dom gur fhan sé acu in éindí leis an gcuid eile dhen bhagáiste.

Agus an bhfuaireabhar aon ní ón marcshlua nó ar thugadar aon ní chugaibh?

Adúirt an t-ógánach nár thug, agus bhíos ar tí filleadh ar an teach leis an scéala sin a bhreith chuig an gcornal nuair a tháinig an máistir ceathrún ar ais. D'fhiafraigh sé dhen ógánach cé mar a bhí ag éirí linn agus dúirt an t-ógánach leis go raibh an cuntas déanta agus d'inis dó céard a bhí caillte againn. Ar chlos don mháistir ceathrún go raibh ceaig púdar ar iarraidh lig sé fead as.

Scéala é sin, a deir sé liomsa go milleánach, nár mhór dhon mháistir airm a bhreith chuig an gcornal láithreach bonn.

Níor dhúras-sa tada leis sin, ach ghlac buíochas leis an mbeirt agus, in áit m'aghaidh a thabhairt ar an teach, chuas ag iarraidh mo ghearráinín. Le balla an tí d'aithníos an óg-bhean rua agus beirt nó triúr dhe ghearrchailí an bhagáiste cruinnithe thart timpeall ar dhuine dhe na hothair. Nuair a thánas ar mo ghearrán ceangailte dhe chuaille taobh amuigh dhen chró le hais chapall an Fhir Flatha Uí Ghnímh thugas féachaint in athuair ar na mná agus d'iompaíodar uaim go sciobtha, amhail is gur ag caint fúm a bhíodar nó go rabhadar ag iarraidh mé a sheachaint. Bhí an bhean rua cromtha fúithi agus duine dhe na gearrchailí ag gáirí os ard agus í ag tarraingt ar a lámh. Scaoileas an ceangal ar an ngearrán agus thug amach ar an tsráid é, agus mé deargtha go bun na gcluas.

Ar an taobh thoir dhen teach fuaireas boladh an rósta agus sheasas go bhfeicfinn uan á iompú ar bior os cionn na tine ag bean an tí, braonacha geire ag giosáil sa tine agus an súlach á bhailiú go cúramach aici i mias mhór chopair. D'aithníos uirthi go raibh tamall fós ar an bhfeoil agus ghluais romham soir gur thánas ar an ngarraí gabhann mar a rabhadar suite thart timpeall ar thine bheag le hais an sconsa, an maor capall Mathúin Ó hUiginn agus seanfhondúirí na reisiminte a chruinníodh chun seanchas is tobac a mhalartú agus an saol a chur trína chéile. Tharla go rabhadar go domhain i mbun allagair níor chuireas aon bhleid orthu, ach d'ardaíos cleith ar an sconsa agus lig an gearrán isteach i measc na gcapall. Chroch sé a cheann go sásta ar fheiscint na gcapall eile dhó, bhaineas an t-adhstar is an diallait de, ansin d'osclaíos mo mháilín mine agus dhoirt i mo ghlaic an ruainnín beag coirce a bhí coinnithe agam dhó. Chuir sé a smut i mo bhois agus d'ith go santach. Agus mo lámh á cuimilt dá dhroim agam d'aithníos ón gcaint a bhí le clos go soiléir ón tine agam gur ag trácht ar Thoirealach Ó Conchúir a bhíodar compántas éigse Mhathúna Uí Uiginn.

Ní focal fileata é caivilír.

Ná scarfa, ná go deimhin hata ná cóta bufa!

Níl ealaín ann. Níl sé snite ná snasta.

Is é is ansa leis na fearaibh.

Cad is eol do na fearaibh?

Tá a chuid dánta á gcanadh ag na daoine ó cheann ceann na tíre.

Na daoine? Níl acusan ach fiannaíocht.

Ní hin ealaín.

Is í ealaín na ndaoine í.

Ealaín na sráide! Cad is dóigh leatsa a Mhathúin?

D'fhan Mathúin meandar sular thug sé freagra ar an gceist. Ní fheadar, a deir sé. Is fear óg é an Conchúrach. Tá gealladh ann.

Thugas cuimilt eile dho bhuaic an ghearráin sular fhágas slán aige. Agus mé ag imeacht uaidh thosaigh ceann de na caiple eile ag seitreach go scanraithe.

Chuala glór le m'ais. Cé atá ansin?

D'iompaíos thart timpeall agus ghlaoigh amach m'ainm féin. Giolla capall an chornail a bhí ann agus é ina sheasamh i measc na gcapall ar an taobh eile dhen sáinn. Bheannaíos dó, chroch sé a lámh orm agus chrom ar ais ar a chuid oibre.

A Thaidhg Uí Dhubháin, a deir duine dhe na fearaibh, gabh i leith chugainn go neosfaimid don ainbhiosán seo cad is ealaín ann. Inis dóibh a Thaidhg.

D'aithníos glór an mheirgire Mac Conraí. Nuair a thánas chomh fada leo d'aithníos Ruairí Ó Bruaide is Uaitéar an Bhreathnaigh i measc na bhfear, chomh maith le giolla an tsagairt. Bhí a phíopa á dheargadh le splanc ag Mathúin, agus breacán glan nua air. Chlaon sé a cheann chugam ar m'fheic-eáil dó. Bheannaíos don chomhluadar sular labhair Seán Mac Conraí liom in athuair.

Cad is ealaín ann a Thaidhg?

Ní furasta a rá, a deirimse go tomhaiste. Murab é an rud a chleachtas aos ealaíne í.

Is í an ealaín, a deir Seán Mac Conraí, an cheird a chleacht-ann an file ag fí is ag fuint focal go snite snasta go ndéantar dán atá molta ag a chomhfhilí is ag na hollúna.

Tuigim, a deir Uaitéar an Bhreathnaigh, agus an fód á sheasamh aige ar son na bhfilí nua. Is í an fhilíocht an rud a dhéanann file amháin agus a mholann file eile!

Ní thuigir ar chor ar bith!

Rinneas gáirí dhe mo bhuíochas agus bhíos ar tí mo chead

a ghabháil ag an gcomhluadar nuair a chonac fear chugainn dhe thaisteal na gcos, clóca gearr casta air agus a chloigeann maol lasta ag solas na tine. Ar aithint Thoirealaigh Uí Chonchúir dhom agus é ag déanamh caol díreach ar Mhathúin, sheasas le fiosracht.

Beirigí bua is beannacht, a deir sé agus é ag teacht aníos tríd an raithneach chugainn.

Thit tost ar an gcomhluadar, agus níl a fhios agam an é go rabhadar ag súil le hiomarbhá éigin idir an seanfhile agus an fear óg, nó an é go raibh scéala éigin dhe chomhrá na maidine ar an sliabh cloiste acu. Sin, nó bhí an teannas le brath san aer eatarthu.

Sheas Toirealach inár láthair agus é ag meangaireacht go cúthalach. Thug Mathúin súil fhuar ghlas air, agus ar feadh leathmheandar d'fhanadar beirt mar sin gan focal astu, gur chrom Toirealach a cheann roimh Mhathúin le cúirtéis agus, i bhfaiteadh na súl, chuir Mathúin deireadh leis an tost le gáir mhór chroíúil. Ligeas féin osna asam dhe mo bhuíochas.

Do chéad fáilte a Thoirealaigh, a deir Mathúin. Sheas sé amach go scafánta ón gcomhluadar agus shín a dhá lámh chuig Toirealach. Is maith linn gur tháinig tú, a deir sé, agus is maith liom thú a chur in aithne dhon bheagchuideachta seo.

Baineadh an t-ualach dhe Thoirealach. Go maire tú a Mhathúin, a deir sé, agus go maireabhar uile.

D'iompaigh Mathúin chuig an gcomhluadar agus Toirealach i ngreim láimhe aige, á chur in aithne go mórtasach. Toirealach Carach Ó Conchúir, a chairde gaoil, bráthar eile linn in ord na héigse.

An aithriseofá rann dúinn a Thoirealaigh? Dán de do chuid féin?

Rinne duine éigin gáirí.

Sea a Thoirealaigh, gheallas duit go n-éisteoimis le dán uait.

Cé go mba léir nach raibh aon fhonn ar Thoirealach dán a aithris leanadar na fir á iarraidh air gur ghéill sé faoi dheireadh agus gur dhúirt cúpla rann as an dán dár tús A óga a ghlac na hairm. Ní hamháin go rabhadar na fir an-tógtha leis an dán, ach bhí beirt nó triúr ar an gcomhluadar a raibh an dán ar eolas acu agus an dá leathrann deireanach á n-aithris as béal a chéile acu.

Má marbhtar Gaill leo mar sin,
gan bua catha, gan coscair,
gan créacht coilg, gan buille ga,
ba buan bhur n-airm, a óga.

Nuair a bhí deireadh ráite thug Uaitéar an Bhreathnaigh súil thar leiceann ar Mhathúin agus meangadh mór sásta air. Anois, a deir sé, amhail is gur chruthú a bhí in aithriseoireacht Thoirealaigh ar a raibh ráite roimhe sin aige.

Dheargaigh Mathúin. Bhí sé fós i ngreim láimhe i dToirealach. D'iompaigh sé a chúl leis an mBreathnach agus d'ardaigh lámh Thoirealaigh ina ghreim go buacach. Molaim is móraim thú a Thoirealaigh, a deir sé.

Bhí níos mó ná duine amháin ag scigireacht gháirí faoin tráth seo.

Canadh Mathúin dán.

Leis an mísc ag damhsa ina shúile d'iarr Ruairí Ó Bruaide ar Thoirealach dán eile a rá. Dán an chóta bufa is an scarfa, a deir sé.

D'fhéach Toirealach Ó Conchúir thart go hamhrasach orainn agus tuiscint ag teacht chuige, agus chonaic, mar a chonaiceamar an uile dhuine againn, an míshuaimhneas a bhí tagtha ar Mhathúin. Ní abród, a deir Toirealach go cúirtéiseach, ach éistfead go fonnmhar le dán ón bhfile féin.

Leath aoibh an gháirí ar Mhathúin ar chlos sin dó ach sular fhéad sé labhairt tháinig Uaitéar an Bhreathnaigh roimhe go mioscaiseach.

Dár an leabhar, a deir an Breathnach leis, féachaimis leo é agus bronntar an chraobh ar an dán is fearr. Cad déarfá leis sin a Mhathúin?

Baineadh stangadh chomh mór asainn nár labhair aon duine ar dtús. Scaoil Mathúin dá ghreim ar láimh Thoirealaigh agus chuaigh ag tarraingt ar a fhéasóg.

Rinne Toirealach Ó Conchúir iarracht a theacht i gcabhair air. Is fada, a d'fhógair sé, ó thug Mathúin Ó hUiginn an chraobh leis ó fhilí Fhódhla agus ba dhána an mhaise dhomsa ná dh'aon duine eile anseo é sin a fhéachaint leis, ach tá a fhios agam go labhraim ar son an uile dhuine againn nuair a deirim gur bhreá linn dán uaidh a chlos.

Leis sin dhearcamar an uile dhuine againn ar Mhathúin, ach in áit é a shuaimhniú, mar a shamhlaíos féin, b'amhlaidh a dheargaigh is a dhorchaigh sé inár láthair.

Ar ball, b'fhéidir, a deir sé dhe ghlór leamh, ansin labhair arís agus súile Thoirealaigh Uí Chonchúir á seachaint aige. Cén scéala agat dúinn ó cheathrú an chornail?

D'fhéach Toirealach Ó Conchúir go héiginnte ar Mhathúin, ansin d'fhéach ó dhuine go chéile orainn sular thug freagra air. Bhuaileas amach chugaibh, a deir sé, le scéala chugaibh go bhfuil Cormac Mac Cárthaigh agus buíon Mhuimhneach sa távairne agus go bhfuil oíche mhór sheanchais is éigse geallta dhúinn.

Níorbh eol dom gur filí a bhí sna Cárthaigh, a deir duine dhe chomhluadar Mhathúna go slítheánta.

Níor thugamarna aon aird air.

Tiocfaimid ann, a d'fhógair Uaitéar an Bhreathnaigh sular chas sé a fhallaing air féin agus shiúil anonn chomh fada le Toirealach Ó Conchúir. A Mhathúin an dtiocfair in éineacht linn?

Ar ball, a deir Mathúin go tur, agus thit tost ar an gcomhluadar.

Rinne Toirealach iarracht eile, a rá go mbeadh an-fháilte roimhe. Nuair nár thug Mathúin aon fhreagra air sin thosaigh Toirealach ag déanamh cur síos dúinn ar an mbuíon Mhuimhneach a bhí sa távairne, ach ba léir nach raibh a chroí ann níos mó nuair nach raibh aird Mhathúna aige, agus ba ghearr gur thosaíodar an comhluadar ag scaipeadh.

Thugas féin súil siar i dtreo chruth dhorcha an tí agus samhlaíodh an cornal dom ina shuí ar a leaba agus é ag fanacht ar thuairisc uaim, agus ansin chonac Dónall Ó Flatharta ina sheasamh lena ais agus a dhá lámh ar a chorróga aige. Go díomúch chrochas an diallait ar mo ghualainn, ach in áit m'aghaidh a thabhairt ar ais ar an távairne, chasas ar mo chois, thug súil aireach ó dheas ar an sliabh ar dtús agus, nuair nach bhfaca aon dé ar an namhaid, ghabhas mo chead ag an gcomhluadar agus thosaigh orm soir i dtreo an chrosbhealaigh.

Ní rabhas ach tosaithe soir thar bhréantas an logáin

mhúnlaigh nuair a chuala an Bruaideach ar mo chúl agus é ag tathaint ar Mhathúin teacht in éineacht leo go dtí an távairne, agus chuala Mathúin á eiteach in athuair.

Ar dhul thar thinte an mharcshlua dhom, a bhí faoin am seo ag tabhairt a dteas uathu, thánag ar bheirt trúipéirí ina suí ag tine bheag fuinte mar a raibh bean ag déanamh brioscaí min choirce dhóibh agus óganách ag oscailt ceaig fíona. Chomh luath is a chonaiceadar chucu mé d'éiríodar an bheirt trúipéirí dhe gheit agus tháinig duine acu amach romham agus béal a phiostail aige orm amhail is go raibh sé ar tí an bealach a chrosadh orm. Cé go mb'aisteach liom go mbeadh ordú tugtha dhon gharda faire cosc a chur le hoifigigh ag teacht as campa na gcoisithe sheasas ionas go bhfeicfeadh na trúipéirí go soiléir cé a bhí chucu. Leis sin chuala glór ón tine ag tabhairt m'ainm is mo shloinne orm agus d'éirigh an tríú fear ina sheasamh, a aghaidh bhán lasta faoi sholas na tine agus a leathlámh crochta i mbeannú aige dhom. Sheas trúipéir an phiostail go héiginnte.

A mháistir, a deir an leitionant Búrc .i. an Búrcach óg a thaistil aníos an sliabh liom an mhaidin sin, agus a dhá bhuataise á dtarraingt aníos ar a chosa aige. Gabhaim pardún agat a mháistir, a deir sé. Níor aithníomar thú.

D'fhill an trúipéir ar an tine agus tháinig an leitionant Búrc chomh fada liom, a chlóca gorm casta ina thimpeall agus deoch á tairiscint aige dhom as meadar fíona. Ghlacas buíochas leis agus dúrt go ndéanfainn cuairt an champa ar dtús agus go n-ólfad a shláinte sa távairne ina dhiaidh sin.

Siúlfad tamall den tslí leat más ea, a deir sé, go gcaithfead súil ar na caiple.

Sular imíomar luigh mo shúil ar an gceaig fíona a bhí, dar liom, beagán níos mó ná ceaig púdair, agus bhuail amhras mé agus mé ag fiafraí dhíom féin arbh fhéidir gur ceaig fíona a bhí feicthe agam an mhaidin sin in áit na ceaige púdair, agus nuair a d'imíos ón tine i gcomhluadar an leitionaint ní rabhas chomh cinnte dhíom féin is a bhí roimhe sin.

Tharla nár bhain an trúpa marcach ó cheart leis an reisimint ach gur cuireadh faoi cheannas an chornail iad mar chuid de gharastún an Teampaill Mhóir ní raibh aithne mhaith agam ar an leitionant Búrc, ná go deimhin ar an gcaiptín. Shiúlamar beirt go ciúin scaitheamh go bhfacamar uainn an leitionant-chornal Bairéad is a ghiolla ag teacht ar sodar ón gcrosbhealach.

Ól Nic, a deirimse go leathmhagúil. Bhí sé ag gealladh sciúirseáil inné dhon té a thitfeadh ar gcúl agus an chroch dhon té a d'fhágfadh a phost, agus nuair a d'fhiafraigh duine dhe na saighdiúirí dhe céard a dhéanfadh sé leis an té a d'éalódh orainn is é adúirt sé go dtabharfadh sé anuas den chroch é lena a sciúirseáil arís.

Rinne an Búrcach gáirí. Ag gríosadh na saighdiúirí in aghaidh an Áivirseora atá sé siúd, a deir sé. Rinneadar beirt de na saighdiúirí a cuireadh ag baint adhmaid inniu iarracht éalú. Maraíodh duine acu. Is dóigh go gcrochfar an duine eile. Deirtear gurb é an cruas is cúis lena chantal, óir tá sé stoptha ó bhásaigh an máistir Ó Ceannabháin.

Ag trácht ar Mhurchadh Ó Ceannabháin a bhí an Búrcach,

lia oilte is máistir leighis a cailleadh leis an bplá i gCluain Meala. Ach ba é scéala an Bhúrcaigh faoi éalú na bhfear a mhúscail mo spéis, agus a chuir ag cuimhneamh mé ar an líon mór fear a d'imigh uainn ag an Teampall Mór agus ar fhocail an mháistir ceathrún faoi na mná. Rith sé liom ansin go n-éalódh tuilleadh uainn an oíche sin, ach ní raibh fonn orm an scéal sin a ardú. Nuair a bhaineamar gabhann capall an mharcshlua amach d'insíos dhon Bhúrcach an méid a chuala ó d'fhágamar an Teampall Mór .i. go raibh ceannas Luimnigh tugtha dhon mhaorghinearál Aodh Dubh Ó Néill agus go rabhadar iarla Chlann Riocaird agus Ó Fearaíl ag cosaint bhóthar Bhaile Átha Luain ar an nginearál Adhartan, agus gur dóigh go bhfágfaí cosaint Phort Omna agus an t-áth thar an tSionainn fúinn féin.

Seasfaidh na Connachtaigh an fód ach ní féidir brath ar na hUltaigh, a d'fhógair an leitionant Búrc. Ansin d'fhéach sé go haiféalach orm agus cheartaigh sé é féin go sciobtha. Is é an cornal Risteard Ó Fearaíl féin a bhí i gceist agam agus tá a fhios ag Dia go ndéanfadh na hUltaigh éacht ach taoiseach maith a bheith ar a gceann.

Féach, a deirimse leis, ní gá dhuit a bheith chomh cáiréiseach sin liom nó beimid amhail mar a bhí an chailleach a d'fhág a teach ar fhaitíos a loiscthe agus a d'fhill abhaile ar fhaitíos a robála agus ar deireadh nach raibh a fhios aici cé acu ba chóir dhi fanacht nó imeacht, suí nó seasamh. Agus féach sinne anois ag seachaint cainte ar Mhuimhnigh Ultaigh is ar Laighnigh nuair is Connachtaigh sinn araon.

Is fíor sin, a deir an leitionant Búrc agus é ag meangaireacht gháirí. Ní hé sin amháin é, a deir sé, ach caithfimid a bheith chomh hairdeallach céanna i dtaobh ár gclaonta eile dhe, óir ní féidir labhairt ar Urmhumhain ar fhaitíos lucht tacaíochta Nuinteas an Phápa, ní féidir labhairt ar an Nuinteas ar fhaitíos lucht an rí, ní féidir labhairt ar an rí ar fhaitíos sheansaighdiúirí na Spáinne, ná go deimhin ar Spáinnigh ar fhaitíos Urmhumhan.

Nach dh'aon chreideamh amháin sinn?

Agus d'aon ríocht? a deir an leitionant. Mar a deir an file, Caithfidh fir Éireann uile ó aicme go haonduine i dtír mbreic na mbinncheann slim gleic ina dtimpeall nó titim.

An Haicéadach, a deirimse agus an dá mhala crochta dhíom le hiontas, óir ba é Pádraigín Haicéad an sagart a thug Lucht an Choinnealbháite ar mhuintir Búrc.

Chuala ceann maith i dtaobh an athar Haicéad, a deir an leitionant Búrc. An fear seo d'fhiafraigh sé dhen athair Pádraigín an naimhde linn na Sasanaigh, agus dúirt an sagart gurb ea. D'fhiafraigh sé dhe ansin an cairde linn naimhde ár gcuid naimhde. Rinne an sagart a mhachnamh ar an gceist, ansin d'fhógair sé go staidéarach sollúnta á rá gur cairde linn naimhde ár gcuid naimhde, agus gur naimhde linn naimhde ár gcairde. Ach os rud é, a deir an fear seo leis, gurb iad na Sasanaigh ár naimhde agus go bhfuilid siúd ag fógairt cogaidh ar Chailvínigh na hAlban, mar sin chaithfeadh sé gur cairde linne an t-ard-éiriceach Seón Cailvín féin is a chomhleacaithe siúd Aibíoraim is Séat is Béalzabúl is Sátan agus an uile shodamach is deamhan eile a scaoileadh aníos as Ifreann chugainn ar an saol seo. Bhí an t-athair Haicéad le ceangal, a deir an leitionant go ríméadach. In ainm Dé, a deir sé, bí ag cuimhneamh ar do chuid peacaí is bí ag déanamh aithrí in áit a bheith ag saobh-thruailliú d'anama is do mheoin le do chuid claon-mhianta sodamacha.

Rinneamar beirt gáirí, agus smaoiníos ar an méid a bhí ráite agam féin is ag an mBúrcach agus rith sé liom cé gur Chonnachtaigh a bhí ionainn araon agus gur bhaineamar beirt le harmáil an rí agus go n-éistimís an t-aifreann céanna, go mba aisteach an saol a bheadh ann mura mbeadh éagsúlachtaí móra idir intinn mhac dearthár Bhúrcaigh Chlann Riocaird agus an intinn a bheadh ag cléireach bocht ar fostaíocht i dteach an Fhlathartaigh.

Tar éis súil a chaitheamh ar chapaill an mharcshlua leanamar orainn den spaisteoireacht soir thar thinte na bhfear. Faoin tráth a raibh an cosán siúlta chomh fada leis an gcrosbhealach againn, mar a rabhadar complacht an mhaor-sháirsint, bhí an lá a dhul ó sholas. Ar theacht i gcóngar do thine an mhaorsháirsint dúinn chrochas mo lámh i mbeannú dhon chuideachta a bhí cruinnithe thart timpeall uirthi.

D'ardaigh saighdiúir amháin a ghlór agus é ag fógairt ár dteacht, Chugainn an máistir óg agus an Búrcach beag!

An é nach raibh áit daoibh sa távairne?

Rinne an maorsháirsint áit suí dhúinn lena ais ar sheanstoc crainn a bhí leagtha ar a fhad cois tine. Gan a chulaith ghaisce bhí cuma níos ligthe air. Bhí a phíopa deargtha an iarraidh seo aige agus é ag diúl air le teann sásaimh.

Chonacas an Búrcach Mór agus a chuid prionsaí ag déanamh ar an távairne anois beag, a deir sáirsint mór ceannleathan a bhí ar a ghogaide lena ais, agus d'fhógair dá bhfaigheadh na trúipéirí cois thar thairseach an tí nach bhfágfaí an ghreim féin lena ithe ann do Dhia ná dho dhuine, ná dhon chornal féin fiú.

Éad lucht na gcos fliuch leis an marcach, a deir an leitionant Búrc, agus shuigh sé isteach le hais an mhaorsháirsint.

Rinneamar gáirí, cuireadh bolgán dí i mo ghlaic agus d'ólas bolgam dhen saic searbh Spáinneach as, agus rith sé liom go mba chosúil go raibh fíon á thabhairt i dtír gan trioblóid nuair nárbh fhéidir púdar gunna a cheannach ar ór ná ar airgead.

Dúras leis an maorsháirsint go bhfaca a leitionant is a mheirgire sa távairne .i. an Fear Flatha Ó Gnímh is Toirealach Ó Conchúir, ach nach bhfaca aon dé air féin ann.

Lig an maorsháirsint gnúsacht as agus rinne na saighdiúirí gáirí óir bhí a fhios ag an uile dhuine acu nár nós leis an maorsháirsint cuideachta oifigigh na reisiminte a chleachtadh ach go mb'fhearr leis i bhfad a fhallaing a chasadh air agus suí cois tine i measc a chuid comrádaithe, mar a thugadh sé orthu. Go deimhin, bhí sé ráite i measc na n-oifigeach nach raibh in iompar an mhaorsháirsint ach galamaisíocht, ach ar an lámh eile dhe bhí sé ráite ag a chuid fear féin nach raibh sna hoifigigh sin ach saighdiúirí samhraidh a bhí in éad leis an maorsháirsint mar go raibh oiliúint faighte aige siúd i gcogaí na Mór-Roinne nach mbeadh acu féin go brách. B'fhéidir go raibh an fhírinne i bhfad Éireann níos simplí ná sin, a deirimse liom féin, ar fheiscint dom an tAlmánach mná .i. Cúruisce, suite le giolla an mhaorsháirsint ag tine eile in aice láimhe agus a dlaoithe fada finne á gcíoradh go cúramach aici.

Ceist agam ort a leitionaint, a deir an maorsháirsint agus iarracht á déanamh aige fonóid an tsáirsint a chúiteamh leis an mBúrcach, ós tú atá eolach ar chúrsaí an chogaidh táim cinnte go bhfuil comhairle le cur agat ar na saighdiúirí maide seo. Tá Gustavus Adolphus anseo le m'ais a rá gur chóir na pící a chaitheamh in aer ar fad agus muscaeid is ordanás a chur ina n-áit.

Labhair Gustavus ansin .i. cliobaire mór Ultach a raibh lorg na bolgaí ar a dhá leiceann mhóra dearga, agus dúirt gurb é an buntáiste a bhí ag na Dúitsigh go raibh a mbriogáidí siúd níos éadroime is níos soghluaiste ná tercios mhóra dlútha na Spáinne.

D'aontaigh fear eile leis an méid sin, ach dúirt gur bheag píce a bhí i roinnt de na reisimintí nua, agus nach rabhadar inniúil ar chrua-choimhlint dá mbeadh an fód le seasamh ar an machaire.

Dar mo bhriathar, a deir Gustavus, dá fheabhas iad na cathláin mhóra pící chun an fód a sheasamh tá lúth na gcos ag na muscaedóirí.

Dar mo bhriatharsa, a deir an leitionant Búrc go gasta, sin ní a theastódh go géar uathu dá dtiocfaidís trúpa maith marcach sa mullach orthu.

Las súile Ghustavus le fearg. Sin rud nach bhfaighidh tú anseo, trúpa maith marcach.

Rinne an maorsháirsint gáirí. Dar an Tuirceach mór is a leabhar, a deir sé le Gustavus, nílir róthógtha leis an marcshlua, an bhfuil?

I mullach an diabhail leo mar mharcshlua. Ró-bheaite atáid le haon troid a dhéanamh. D'fhanadar sa mbaile ag téamh a gcosa cois tine nuair a bhíomarna ag troid ar son ár rí is ár dtíre, agus anois ó tá an rí gan cheann agus an namhaid ar leic an dorais acu tá na cosa beaga ag rith uathu ag iarraidh a dhul chun troda.

Dhírigh an leitionant Búrc aníos ar a shuíochán. Is beag is fiú dhuit a bheith ag caint ar throid ar son an rí, a deir sé agus goimh ina ghlór, nuair is feasach dho chách gur ag iarraidh é a chur dhá chosa a bhí sibh ó thús. Agus más troid atá uait is mise an fear agat.

D'éirigh Gustavus ina cholgsheasamh. Go dtachtaí an diabhal thú, tabharfadsa troid duit!

Go deimhin is go dearfa dhuit a Bhúrcaigh, a deir an maorsháirsint agus é ina sheasamh dhe léim. Cé gur leis an leitionant óg a labhair sé ba ar Ghustavus a bhí a shúile. Bhí sé dh'onóir agam seasamh gualainn ar ghualainn le do chomh-mharcaigh ag Cnoc an Loingsigh, a deir sé, agus an bhliain roimhe sin i mBaile Átha Cliath. Agus níor loiceadar.

Nuair a thuig Gustavus go raibh deireadh curtha ag an maorsháirsint leis an díospóireacht chúb sé siar ón tine agus smut air, agus thit tost ar an uile dhuine againn nó gur labhair an maorsháirsint in athuair. Ar aon nós, a deir sé, is beag an mhaith dhúinn a bheith ag trácht ar mhuscaeidí agus gan againn ach cúpla taoscán púdair.

Agus an méidín sin féin ní lasfadh an diabhal san aimsir seo, a deir fear an bholgáin fhíona.

D'aontaíodar na saighdiúirí eile leis sin agus níor dhúras-sa tada i dtaobh na ceaige a bhí gaibhte amú orainn. Ar deireadh labhair an leitionant Búrc a rá go raibh sé in am aige a bhealach a dhéanamh ar ais chuig a dhíorma féin nó, mar a dúirt sé féin agus iarracht de gháire á déanamh aige, beid ag ceapadh gur itheadar na coisithe mé le teann ocrais!

Coinnigí garda maith ar na caiple sin agaibh anocht, a deir an maorsháirsint leis go gealgháireach, nó ní bheadh a fhios agat cén t-ocras a thiocfadh orainn!

I ndomhnach coinneoidh, a deir an Búrcach, agus é ag éirí ina sheasamh. Mar tá a fhios ag Dia gur fada ó bhí bean ag aon duine agaibhse agus gur mór an chontúirt do na láiríní sibh!

Ligeadh gártha agus an leitionant Búrc ag gabháil a cheada ag an maorsháirsint, agus thug sé sásamh dhom go raibh an focal deireanach ag an bhfear óg. Agus cé gur chroch sé a lámh i mbeannú dhúinn roimh imeachta dhó, ón bhféachaint a thug sé orm bhraitheas go raibh sé míshásta liom ar chúis éigin. D'fhéachas ala beag sna súile móra gorma a d'amharc go milleánach orm as a aghaidh thanaí bhán agus chúbas go míchompordach uaidh. Nuair a d'íslíos mo lámh thugas faoi deara go raibh an bolgán fíona fós i mo ghlaic, agus shíneas chuig an bhfear ba neasa dhom é.

Nuair a bhí an Búrcach le feiscint ag imeacht uainn theann an maorsháirsint isteach le m'ais ar an stoc crainn agus labhair go ciúin. Ní go ró-mhaith a réitigh sé lena dheartháir siúd a chuid trúipéirí a chur ag baint ábhair tine, a deir sé.

Déanfaidh sé dearmad air, a deirimse, agus mé ag iarraidh an dochar á bhaint as an scéal. Murach é ní móide go mbeadh aon fhaoiseamh i ndán do na saighdiúirí anocht, ná go deimhin do na trúipéirí féin.

Soilsíodh aghaidh an mhaorsháirsint agus é ag tarraingt ar a phíopa. D'fhan sé go raibh gail bainte aige as sular labhair sé arís. Bhí an ceart ar fad ag an mBúrcach sa méid a dúirt sé. Is gearr a sheasfadh coisithe in aghaidh mharcshlua dá dtiocfadh orainn ar an machaire réidh.

Más in é an scéal, a deirimse, má táid marcaigh Walair sna sála orainn cén fáth ar ordaigh an cornal campa a dhéanamh anseo nuair a bhí an deis ann leanacht orainn ó thuaidh agus cúpla uair an chloig eile dhe sholas an lae againn?

Rinne an cornal an ceart, a deir an maorsháirsint. Óir má d'ordaigh Adhartan gan fanacht lena chuid coisithe ach marcshlua Walair a chur thar an sliabh sna sála orainn beid le feiscint againn amuigh ansin ar an sliabh le maidneachan lae agus sinne anseo in ionad inchosanta ag fanacht leo. Ach má roghnaigh Adhartan fanacht lena chuid coisithe is lena chuid gunnaí ordanáis agus an bóthar fada timpeall an tsléibhe a thabhairt orthu féin beidh a fhios sin againn freisin ar maidin, agus beidh lá nó lá go leith againn orthu.

Rogha an dá dhíogha, a deirimse.

Mar a deir an Caimbéalach nuair a thug Alastar Cholla Chiotaigh rogha dhó idir an chroch agus a dhícheannadh, An dá dhíogha agus gan aon rogha!

Rinneas gáirí, ach ní dhearna an maorsháirsint aon gháire. Cuma céard a tharlós, a deir sé, an fhad is atá marcshlua Walair sna sála orainn táimidne ag brath go mór ar thrúpa seo na mBúrcach. Tá a fhios ag an gcornal é nó ní bheadh greim chomh teann aige ar an bpúdar gunna. Agus is maith atá a fhios ag an mBúrcach é. Ní hionann a gcogadh siúd agus ár gcogadh sinne, a deir sé, agus ní hionann a leas siúd agus ár leas seo againne. Tharlódh sé an t-am is mó a mbeidh gá againn leo mura bhfeicfidh siad a leas féin ann fágfaidh siad sa mbearna bhaoil sinn.

Shuigh an bheirt againn inár dtost scaitheamh. Chuir fad cainte an mhaorsháirsint an oiread iontais orm is a chuir mianach a chuid cainte, agus ní raibh súil ar bith agam le tuilleadh uaidh.

Bí ar d'airdeall, a deir sé. Am contúirteach é seo. Tá an cornal i bponc agus má chliseann air beidh an milleán le cur in áit eicínt, agus ní ar a mhuineál féin ná ar aon mhuineál Flathartach eile a fháiscfear an gad.

D'iompaigh sé uaim ansin, thug tarraingt eile ar a phíopa agus d'fhéach isteach sna lasracha.

Sular ghabhas mo chead ag an maorsháirsint fuaireas cuntas na n-arm uaidh, ansin in ionad a dhul siar caol díreach go dtí an távairne thugas sciuird ghairid soir ar dtús chomh fada leis an gcrosbhealach mar a thánamar an tráthnóna sin. B'iontach liom gan deoraí a bheith ann romham. Sheasas agus bhioraíos mo shúile. Ní raibh sa gcriathrach as a dtánamar, agus as a rabhadar marcshlua Walair le teacht mura ngabhfaidís an bóthar fada thart timpeall an tsléibhe, ach fásach dorcha ag ardú uaim ó dheas. Chuireas cluas orm féin. Chuala cling miotalach, agus ba bheag nár thugas léim as mo chraiceann. Amach as an dorchadas tháinig saighdiúir chugam agus halbard ar a leathghualainn aige. Thug sé an focal faire os íseal, Santa Maria, agus d'fhreagraíos go briotach é agus é ag imeacht de shiúl tharam i dtreo thine an mhaorsháirsint.

Ag siúl ar ais i dtreo na távairne dhom sa dorchadas thar thinte a bhí ag cnagarnaíl is ag caitheamh aithinní in aer rinneadar focail sin an mhaorsháirsint an siar is aniar i mo cheann. An é go raibh an maorsháirsint ag tabhairt teachtaireacht fainice dhom le breith chuig an gcornal, nó an ag ligean sruth lena chuid smaointe a bhí sé? Agus an raibh fainic á cur aige orm féin? Ní duine béalscaoilte a bhí ann, agus ní ba ghnách leis a rún a ligean. Ach ina dhiaidh sin agus uile ba gnáthrud é, nárbh ea, tar éis lá fada crua nuair atá cosa is cnámha á síneadh le tine go dtabharfaí beagán síneadh dhon intinn freisin, agus don teanga? Chuimhníos ansin ar an leitionant, agus ar an bhféachaint a thug sé orm agus é ag imeacht. Ar ghoill sé air gur ghlacas le deoch ó na hUltaigh tar éis dom a dheoch féin a eiteach? An raibh sé ag súil go seasfainn an fód dó in aghaidh mo chuid compánach féin? Nó an é go raibh sé seo go léir á shamhlú agam?

Níor fhan deoraí ag campa an mhaoir scoir agus bhí an tine ligthe i léig. Choinníos orm gur bhaineas sráid na távairne amach mar a raibh campa an armlóin ciúnaithe go mór agus na fir ag deargadh a bpíopaí tar éis a ngreim a ithe. Theannas le ceann de na tinte ag ceapadh go bhfaca an leitionant Ó Gnímh i measc na bhfear ann, ach bhí dul amú orm.

Chonac capall an leitionant-chornail ceangailte taobh amuigh dhe cheann de chróite an tí. Fuaireas an doras ar leathadh romham agus sáirsint agus giolla an leitionant-chornail i measc seisear nó seachtar fear dhe chuid an dara complachta cruinnithe timpeall ar thine bheag agus iad ag caint ar mharcshlua Walair. Cé go raibh teas breá ón tine bhí an cró gan simléar agus púr deataigh amach an doras. Stadadar na fir dhen chaint nuair a sheasas isteach, agus d'fhéachadar go fiosrach orm sular chas an sáirsint chugam ar a stól chun fáilte a chur romham, ansin leanadar na fir orthu ag caint in athuair dhe ghlórtha íslithe. Tháinig an giolla

chugam ag insint dom go raibh a mháistir sa távairne i gcuid-
eachta an chornail, ach ar fheiscint an mhála oirnéise dhó i
mo lámha agam thuig sé céard a bhí uaim, óir ba mhinic liom
mo chuntas a scríobh i gceathrú an leitionant-chornail nuair
a bhíomar ar an Teampall Mór agus, gan focal, ghlan sé an
bord dom. D'imigh sé amach ansin agus tháinig sé ar ais
chugam le geataire, á lasadh sa tine agus á leagan ar an mbord
romham. D'éirigh an sáirsint dá stól, ag gabháil leithscéil liom
agus á chur le hais an bhoird dom.

Ghlacas buíochas leo, leagas mo dhiallait ar an urlár agus
shuíos chun boird. D'fholaíos mo mhála agus thógas an próca
dúigh, á oscailt go cairéiseach. Cé go rabhadar na fir fós ag
caint d'airíos a gcuid súile ar mo dhroim agus iad ag faire orm
i mbun oibre. D'osclaíos an beart éadach ina raibh mo chuid
peann agus an scian ghéar a fuaireas ó mháthair an chornail,
roghnaigh ceann agus, leis an scian, chuir bior air. Ghlanas
spás os mo chomhair ar an mbord, d'oscail amach an leabhar
cuntais, agus roghnaíos an leathanach deireanach a bhí
breactha agam. Thógas an peann agus thumas sa duch é, ag
glanadh an fharasbarr dúigh ar chiumhais an phróca.
Thosaíos thíos i lár an leathanaigh san áit ar chríochnaíos dhá
oíche roimhe sin, d'fhág spás bán agus, le peannaireacht ghlan
néata, bhreacas síos an cuntas a bhí déanta agam ar an méid
den armlón a tháinig slán. Lena thaobh, bhreacas cuntas ar an
méid de a bhí caillte againn. Ansin, ar líne nua thugas cuntas
ar na hairm a bhí caillte ag na complachtaí éagsúla dhe réir
m'eolais an tráth sin, óir chaithfí an cuntas a dheimhniú go
cruinn nuair a bheimis ar ceathrúin arís agus na hairm sin a
sholáthar dhóibh ón méid a bhí fanta againn. Ar líne nua

bhreacas go cúramach, Leathcheaig púdair ar iarraidh ón miúinisean. Chuireas an dáta an mhí agus an bhliain leis sin agus, fad a bhíos ag fanacht go dtriomódh an dúch ar an leathanach, chuimil gob an phinn sa gceirt go cúramach, leag mo pheann ar ais sa mbeartán leis na pinn eile agus chuimil ciumhais dubh an phróca leis an gceirt sular fháisceas an claibín air.

Bhí an cuntas déanta. Mhúchas an geataire. Cé go mba nós liom fanacht go deireadh na míosa sula scríobhainn an cuntas sa leabhar, nó ar a laghad ar bith fanacht go mbeimis ar ceathrúin, bhraitheas an iarraidh seo go mb'fhearr é a scríobh lom láithreach agus a thabhairt don chornal, tharla nach raibh sé ag tabhairt aon deis dom labhairt leis.

Fad a bhí an beart á cheangal agam agus an leabhar is mo chuid fearais scríbhneoireachta á gcur ar ais sa mála agam thugas faoi deara go rabhadar na fir ag cogarnach ar mo chúl, agus chuala duine acu ag tathaint ar a chompánach labhairt liom.

Guím thú a mháistir, a deir a n-urlabhraí, fear tanaí crua dhe Sheoigheach a raibh claimhreach seachtaine féasóige air. B'fhéidir, a deir sé, go bhféadfá cruacheist a réiteach dhúinn anseo.

Agus cé go raibh mo shúile ag sileadh le méid an deataigh agus go rabhas nach mór múchta ag boladh bréan an gheataire d'iompaíos chuige go múinte chun freagra a thabhairt ar a cheist.

Bhí duine dhe na Muimhnigh a rá, a deir sé, go bhfuilid gunnaí machaire á dtabhairt aneas ag Adhartan?

Tharlódh sin, a deirimse, ach ní móide gur baol dúinn iad.

Bhí ciúnas ann go ceann scaithimh sular labhair an Seoigheach arís. I nDomhnach, a deir sé, ní thuigim é sin a mháistir, óir chualas-sa caint ar aon philéar amháin ó ghunna mór a tholl poll i mballa caisleáin, a bhasc cosa is lámha is cloigne, a bhris poll eile sa mballa ar a bhealach amach agus a cuireadh seacht dtroigh i dtalamh ar an taobh thall den chaisleán.

Tharlódh sin, a deirimse.

Agus cloisim nach aon ghunna amháin atá acu, a deir an Seoigheach, agus a chompánaigh ag druidim linn le cluas a chur orthu féin, ach na scórtha gunnaí machaire, cuid acu chomh mór is nach dtarraingeodh foireann shé dhamh is fiche iad.

Tharlódh, a deirimse.

Éist a Dhúdaraigh agus ná bí ag bodhrú an fhir léannta le do chuid raiméise, a deir fear mór leathan a raibh paiste os cionn na leathshúile aige. Tá a fhios ag Dia, a deir sé, nach dtarraingeodh sé dhamh is fiche ná sé chéad damh féin gunna machaire thar an gcriathrach sin thuas, agus mura dtabharfaidh tú thú féin faoi bhallaí caisleáin a phleota, is baolach go mbeidh do chloiginnín catach slán tamall eile fós.

Tharlódh sin freisin, a deirimse go tur.

Tháinig streill ar Dhúdarach Seoighe agus gháir na fir go sásta.

Ar aon nós, a deir duine eile acu, ní hiad na gunnaí móra an gad is gaire dhon scornach agatsa, a Dhúdaraigh, ach na hironsides atá ag teacht te sna sála orainn agus faobhar ar a gclaimhte chun do chloiginnín cas a scarúint ó do ghuaillí.

Sea, a mh'anam, a deir an ceann eile agus a lámh á leagan

go magúil ar chloigeann an tSeoighigh aige, ba deas an piléar gunna a dhéanfadh sé.

Rinneadar gáirí arís. D'éiríos i mo sheasamh, mo dhá shúil á gcuimilt agam, ghuíos oíche mhaith orthu, chroch an diallait in airde ar mo ghualainn agus d'imigh liom amach.

Amuigh ar an tsráid bhí tine mhór lucht an bhagáiste ag cnagarnaíl is ag crónán go meidhreach. Sheasas ala bheag á breathnú agus ag breathnú chruthanna na bhfear is na mban a bhí cruinnithe thart timpeall uirthi. Thugas féachaint suas i dtreo an tí. Bhí an doras dúnta agus léas tanaí solais le feiscint faoi bhun chomhla na fuinneoige. Sular thugas aghaidh ar an távairne ghluaiseas amach ó sholas na tine dhe bheagán agus d'fhéach in airde ar an spéir. Bhíodar a nglórtha ardaithe ag na fearaibh sa stábla in athuair agus an chaint iompaithe ar ghunnaí móra, ar chulvairiní, ar shaecéirí, ar fhabhcúna, ar chanóna agus ar mhoirtéirí. Bhíodar na scamaill scuabtha chun siúil agus na réaltóga ar beo-lasadh. Oíche thirim a bheadh ann, a mheasas. Thriomófaí éadaí na bhfear agus chodlóidís an uile dhuine cáil éigin. Maolaíodh ar ghlórtha na bhfear arís agus dá fhaid a bhíos ag amharc na reanna neimhe bhíodar réaltóga ag teacht chun léargais dom agus iad a dhul i líonmhaireacht, shílfeá, amhail is go mba dhomsa agus domsa amháin a bhíodar á dtaispeáint féin.

Cliseadh as mo chuid smaointe mé le portaireacht chiúin amhráin le m'ais sa dorchadas. Ar an sconsa le m'ais bhí bean ag tál ar a leanbh agus í ag gabháil fhoinn os íseal, *Seoithín seó uil leo leo seoithín seó is tú mo leanbh*, agus chuimhníos ar an saol a bhí ann taobh amuigh dhen reisimint is den armáil is den chogadh ina raibh mná ag beathú páistí, fir ag buachailleacht bó agus seandaoine ag fiannaíocht cois teallaigh, agus mo mháthairín féin sa mbaile agus Murchadh beag, dílleachtaí mo dhearthár, ag lámhacán faoina cosa. Agus chuimhníos ar an oíche a d'fhógraíos go mórtasach go rabhas ag liostáil san armáil chun an ríocht a chosaint ar na heiricigh a bhí ag ceilt ár nDia orainn agus ar na Gallaibh a bhí ag goid ár gcuid talún uainn agus ar mo dhíomá nuair a d'iompaigh mo mháthair a droim liom gan focal a rá.

Labhair an bhean le m'ais leis an naíonán. D'aithníos gurb í an bhean óg rua a bhí ann agus mar gur bhraitheas nach rabhas le feiceáil aici sa dorchadas d'fhanas i mo thost. Mórag a thug sí ar an naíonán.

D'ardaigh glórtha na bhfear arís agus an chaint iompaithe ar philéir ghunnaí móra a deich is a sé phunt déag meáchain a scuabfadh teach chun siúil d'aon bhuille agus ar philéar eile a bhain an ceann d'fhear agus é fós ag rince ar an tsráid, agus chuimhníos ar bhothán ceann scraithe ag cranndó taobh amuigh dhe Chluain Meala agus ar bhunóc bheag scanraithe a tharraingíomar ó mháthair a bhí greamaithe le rinn píce dhe chuaille an tí agus a hionathar doirte amach ar an urlár.

Thosaigh an bhean rua ag luascadh an linbh ina gabháil agus bhuail amhras mé. An é go rabhas ag cur na mná seo agus a linbh agus mo mháthar féin i mbaol a mbasctha is a marbhtha mar a tharla dho mhná is do pháistí na gCathánach in Albain, dho mhuintir Chaiseal Mhumhan is Dhroichead Átha, nó dho mhná is do pháistí eile i bhFlóndras, sa Tír Íseal agus sa bPailitín? An mbeidís sin ar fad ina mbeatha anocht murach mo leithéidí féin? Nó an mbeadh an-íde éigin eile i ndán dóibh? Arbh fhearr páis ghlórmhar sa solas síoraí ná oíche fhada dhorcha gan chríoch faoi chuing ag sodamaigh Liútair, mar a déarfadh an sagart? Nó a bheith beo, ag tál ar do leanbh, fiú i measc strainséirí?

I ndeireadh na cúise b'fhéidir gurbh fhearr go mór dá bhfágfaí mé féin is mo chompánaigh ina mbia dho na caróga ar bhlár an chatha chun go bhféadfadh Murchadh is Mórag a mbealach féin a dhéanamh sa saol beag beann ar rí is ar reiligiún is ar phrivléidí?

Nó an é nach raibh sa gcaint sin ach meatacht, mar a bheadh fear ann a chrochfadh é féin de bhinn an tí ionas nach mbeadh air a bhean is a pháistí féin a fheiscint ag fáil bháis den ocras? Ní raibh freagra agam air sin.

Bhíos ag siúl i dtreo na távairne nuair a chuala glórtha ardaithe ón scioból ar an taobh thiar den teach, áit a rabhadar garda an chornail ar dualgas. Sheasas ar chlos ainm an leitionaint Ó hAllúráin dom.

Bhí sé á chaitheamh aige.

Nuair a bhuail an scail é?

Bhí a deirim.

Tá mo mhuintirse luaite sa Leabhar Eoghanach.

Céard é seo?

Tá mo shinsear luaite ar Chineál Eoghain.

An Leabhar Eoghanach? An Leabhar Eoin, a leidhb! Is í an Leabhar Eoin a bhí aige.

An Leabhair Eoin? Níor mhothaíos aon chaint riamh uirthi.

Scaball, a Liútair, scaball.

An tAgnes Dei?

Ní hea, ach an Leabhar Eoin.

Bhíodar trí bhonn Agnes Dei á gcaitheamh ag Dónall Crón i mBaile Átha Troim.

Dónall sin againne?

Atá do chac agat. Dónall Mac Gearailt. Bhí trúpa marcach aige in armáil Phreastain. Bhí aithne ag Toirealach Carach air. Bhíodh trí bhonn airgid á gcaitheamh aige, ceann ar a chliabhrach, ceann ar a ghualainn chlé is ceann ar a ghualainn deas agus chonaic mé féin é agus lucht muscaed ag caitheamh go tréan leis agus na piléir ag preabadh dhe.

Níor maraíodh é?

Níor maraíodh. Chaitheadar rois piléar seacht n-uaire leis agus níor fágadh aon lorg air. Maraíodh ina dhiaidh sin i Cnoc an Loingsigh é, grásta Dé air.

Cad a d'imigh air?

Caitheadh é.

Ní rabhadar na boinn á gcaitheamh aige?

N'fheadar.

D'airíos faoi fhear a chaith trí philéar le marcach agus nár theagmhaigh aon philéar leis. Thóg sé an ceathrú piléar ansin agus, lena scian, ghearr sé fíor na croise ann, chuir sé an piléar sa ngunna agus chaith sé leis an marcach gur leag fuar marbh ar an toirt é.

Anois dá mbeadh an Leabhar Eoin á caitheamh aigeasan an gcosnódh sí ar philéar coisricthe é?

Ar ndóigh, sin í an cheist.

Chaithfeadh sí a bheith déanta i gceart.

Chaithfeadh, agus sliocht as soiscéal Naoimh Eoin inti agus í scríofa go cruinn is go mion ar bhileog bheag fillte faoi dhó i bhfoirm triantáin. Nach in é, a Mhuirígh?

Agus í fuáilte in éadach agus crochta timpeall do mhuineál.

Piseoga.

Fainic do bhéal.

Beag an mhaith a rinne sí dhó.

Cá bhfios dhuit? Nuair a ghlaonn Dia duine chuige.

Ar ghlaoigh Sé chuige an capall?

Tá béal ort.

Cá bhfios nach raibh sí déanta i gceart?

Sin é anois, caithfidh na focail ar fad a bheith scríofa amach go cruinn is go ceart. Agus gach rud déanta go beacht barainneach nó ní haon mhaith é. Mar a deirim, caithfidh sliocht as soiscéal Naoimh Eoin a bheith inti agus í scríofa go cruinn.

Mura bhfuil aon mhaith léi cén fáth an gcoinneodh muid í?

Chun í a thabhairt dá mháthair, an bhean bhocht.

Chun go mbuailfeadh scail ise leis?

Do bhéal a Chearúill. Do bhéal!

Chonac Toirealach Carach anocht ag an ngarraí gabhann.

An meirgire Ó Conchúir? In éindí leis na seanfhilí?

Trí huaire a d'iarr sé dán ar Mhathúin Ó hUiginn, agus trí huaire a d'eitigh sé é.

An seanghaotaire bréan.

D'imigh sé leis ar deireadh agus stuaic air.

Mathúin Ó hUiginn?

Ní hea, ach Toirealach Carach agus é deargtha suas ar nós coileachín Francach! Bhíodar na fir eile ag sacadh faoi Mhathúin, a rá go gcaithfeadh sé a dhul chuig an távairne go gcloisfeadh sé na filí agus dúirt Mathúin nach ngabhfadh sé i ngar ná i ngaobhair dhon távairne, agus nach raibh i dToirealach Carach is a leithéidí ach filí súgáin is rannairí maide. Bhí an oiread cantail ar Thoirealach Carach gur thug sé dríodar dhámhscoil an tsléibhe ar Mhathúin agus d'imigh uaidh le stailc, agus thug leis líon mór dhe chompánaigh Mhathúna.

Nuair a chonaic fear an Leabhair Eoghanaigh sa doras mé phreab sé ina sheasamh. D'iompaíodar an uile dhuine chuig an doras, sheasas-sa isteach i lár an tosta agus thug féachaint i mo thimpeall. Bhíodar cártaí agus boinn bheaga airgid faoi mo chosa chomh maith le scaball beag buí. Ní cuma róghrinn a bhí ar an mórsheisear a bhí ar garda, a mheasas, ach a mhalairt ar fad. Ina gcuideachta bhí an cruitire Ó Dálaigh .i. an píceadóir oilbhéasach Laighneach dhe chomplacht an chornail a rinne fonóid díom an mhaidin sin. Thosaíodar beirt den gharda ag sciotaíl gháire le teann faitís, agus bhí gach cosúlacht ar an scéal go rabhadar an uile dhuine acu ar maos i bhfíon nó i mbiotáille.

Sheas an píceadóir Ó Dálaigh agus rinne cúirtéis le bréag-umhlaíocht dom, Chugainn Mac Uí Dhubháin na Páirce, fear ruaigthe Chromail is a chairde!

Thug maor an gharda féachaint bhagrach ar a chuairteoir lena chur ina thost. Níor labhras focal. Cé go raibh an chosúl-acht air go raibh an braon ag éirí sa gcírín ar a gcuairteoir béalscaoilte, tharla nach airsean a bhí dualgas an gharda ba ar an maor a dhíríos m'aird.

A mháistir, a deir sé. Ní raibh ann ach caint gan dealramh.

Táir ar meisce, a deirimse.

D'ólamar deoch a mháistir.

Guím thú a mháistir, bí go trócaireach linn. In áit cuimhneamh ar an bhfaillí atá déanta againn cuimhnigh ar an seal a chaitheamar in éindí inár gcompánaigh i Máigh Cuilinn agus ar an iomaí sin gábh is contúirt a ghabhamar in éineacht ó shin.

Cé gur tromchúiseach an coir a bhí ann deoch mheisciúil a ól ar dualgas garda agus gur mheasas go raibh an cat tuilte go maith acu, ar fhaitíos nach é an cat a bhronnfaí orthu ach bun téide is é a dúras leo nach mbéarfainn an scéala chuig an gcornal an iarraidh seo. Chaitheas súil i dtimpeall an sciobóil agus nuair nach bhfaca aon rian den deoch agus gur mhionaíodar is gur mhóidíodar an uile dhuine dhom go raibh gach braon di ólta acu, thógas an scaball den urlár, d'fhill i mo thiachóg é, agus dúrt leo go mbeinn ar ais ar ball agus gur mhian liom iad a fheiscint go díograiseach i mbun a ndualgas. Nuair a ghealladar é sin dom d'imíos liom amach.

Ar an tsráid bhíodar lucht an bhagáiste is saighdiúirí cruinnithe ina mbuíonta beaga thart timpeall ar na tinte, cuid díobh i gcomhrá le chéile, cuid eile ag deasú bróg nó ag triomú éadaigh, agus cuid eile fós soiprithe síos don oíche. I ndoras an chró chonac an sáirsint agus giolla an leitionant ag labhairt go práinneach le duine de na saighdiúirí agus é ag síneadh a mhéire soir i dtreo an chrosbhealaigh. Bhioraíos mo shúile is mo chluasa ach ní raibh aon dé ar an namhaid. Shiúlas anonn chomh fada leis an tine agus ghlaos amach ainm an tsáirsint. D'iompaigh giolla an leitionaint-chornail chugam.

A chléirigh, a deir sé, atá an t-ordú tugtha ag an mBúrcach do na marcaigh ullmhú dhon bhóthar roimh bhánú an lae.

Agus cé go mba chás liom an drochscéala sin, ba mhó fós

a ghoill sé orm an teideal a thug an giolla orm. Gan focal buíochais d'iompaíos mo dhroim leis agus d'fhéachas i mo thimpeall le súil go bhfeicfinn an bhean rua. Nó i ndáiríre le súil nár chuala sí caint an ghiolla, ach nuair a fuaireas í féin agus an leanbh imithe ba mhó fós mo dhíomá.

Chuala scréach éin chreiche sa dorchadas agus tháinig creathán fuachta orm. Agus mé ag druidim leis an teach chuala glór chaiptín na Muimhneach tríd an doras oscailte.

Scéal, a Sheáin, a deir sé, inis scéal dúinn, a deirim.

Thugas súil ó dheas ar an sliabh in athuair sula ndeachaigh mé isteach.

IV

An Dá Leabhar

Tús fómhair na bliana 1647 a bhí ann, an féar lomtha go geataí Phort Omna ag beithígh na nUltach, agus ceannaithe na Gaillimhe ag tuar go mbeadh Eoghán Rua ina ardrí orainn roimh Nollaig. D'éiríos amach le maidneachan lae i mBaile na hInse i gcuideachta an Fhlathartaigh .i. Murchadh na Mart mac Murchadha na Maor mhic Dónall an Chogaidh, agus roimh dheireadh na maidine d'fhágas an seantaoiseach is a chompánaigh ag fiach sa gcoill láimh le Tuaim Beola, agus choinníos-sa orm siar i dtreo Bhun Abhann. Ba ar theach a mhic, an caiptín Éamonn, a bhí mo thriall chun freastal ar a chuid riachtanas siúd i dtaobh litreach agus eile dhe.

Bhí an ghrian ag scairteadh os mo chionn nuair a sheasas i mbaile Mhic Conaola, mar a chaitheas mo phroinn i gcuideachta an mháistir Ó Ceannabháin .i. dochtúir Uí Fhlatharta, agus an chláirseora Nioclás Píars a bhí ar cuairt ag Conchúr Mac Conaola, agus d'fhanas ina gcuideachta amach go bolg an lae ag plé cúrsaí an domhain mhóir .i. forlámhas á ghabháil ag eiricigh ar ríocht na Baváire, na scéalta ba dheireanaí ó Shasana san Intelligencer, an ceol nua, foclóir Mhichíl Uí Chléirigh a bhí feicthe ag Nioclás i dteach na mBráithre i Ros Oirbhealaigh agus, dár ndóigh, ruaigeadh armáil Phreastain ag an gcornal Seonsa i gCnoc an Loingsigh. Tar éis dúinn buidéal maith brandaí a bhearnú, thugas m'aghaidh siar agus bhain Bun Abhann amach go luath sa tráthnóna.

Ina theach faoi bhun an chaisleáin fuaireas an doras ar leathadh romham, a chú mór sínte le teaspach thar an táirseach grianlasta agus boladh cumhra an adhmaid dóite san aer. Bhí Éamonn Ó Flatharta suite chun boird taobh istigh, coinneal chéarach lasta aige agus an leabhar mór oscailte roimhe, is é sin leabhar páir a athar a raibh seanchas is scéalta a mhuintire scríofa inti. I lár an tí bhí a dhearthair óg Dónall sínte cois teallaigh ag lachínteacht leis na coileánaibh. Nuair a thánas chomh fada leis an máistir chonac gur scéal fiannaíochta a bhí á léamh aige, Scéal an Ghiolla Deacair, ní a chuir iontas orm tharla nach bhfaca ag léamh roimhe seo é ach paimfléadaí sa Sacsbhéarla.

Sheasas ag fanacht leis gur leag sé uaidh an leabhar le beannú dhom agus é ag an am céanna a fógairt go raibh litir le scríobh aige chuig Tadhg na Buile .i. Flathartach na hAirde, a rá go raibh coimisiún faighte aige ó iarla Urmhumhan reisimint a earcú ar son an rí. Tar éis dom mo chomhghairdeachas a dhéanamh leis, shuíos chun boird agus dheachtaigh sé an litir dhom. Nuair a bhí sí scríofa agam chonac go raibh a cheann sa leabhar arís aige agus d'fhiafraíos de cén uair a bhí sé ag imeacht chun chogaidh. Ní raibh sé ag éisteacht liom, sin nó bhí sé féin mar a bhí an Fhiann fadó, greamaithe ar chapall cnámhach ciardhubh críon-altach an Ghiolla Deacair agus nár fhéad sé freagra a thabhairt orm ó bhí sé sciobtha thar toinn uaim. Thairgeas mo lámh do choileáinín beag dubh a bhí éalaithe ó shaigheadadh Dhónaill agus chuaigh sé ag líochán mo chuid méar go dingliseach nó gur tharraing Dónall ar ais uaim é. Ar deireadh, nuair a chonac ó mhiongháire Éamoinn go raibh an scéal léite aige agus an Fhiann tuirlingthe slán ar Chnoc Áine chuireas an cheist in athuair air agus leag sé uaidh an leabhar.

Táim a dhul i mbun liostála láithreach, a deir sé, agus tá súil agam seacht gcomplacht a chur le mo chomplacht féin ionas go mbeidh reisimint ocht gcéad fear ar na bonnaibh agam faoi cheann sé mhí. D'ainmnigh sé na caiptíní, ar dhe theaghlaigh na háite an uile dhuine acu, Allúránach ó Bhearna, Seoigheach ón Ros, Ceannabhán, Conraí agus Flathartaigh, agus mhaígh go raibh oifigeach Spáinneach ina mhaorsháirsint aige .i. Nioclás Bairéad, Gaillimheach a raibh seirvís déanta aige in armáil na Spáinne i bhFlóndras agus a bhí i seirvís an iarla i nGaillimh.

Níorbh éigean mórán machnaimh a dhéanamh ar an gceist. Mura dtabharfadh sé leis mé ba bheag oibre a bheadh le déanamh i mBun Abhann agam, tharla go mbeadh sé féin as baile le gnothaí an chogaidh agus gur beag cúram a bhí orm i mBaile na hInse cheana féin mar go raibh sagart faoistine ag an bhFlathartach chun a ghnothaí siúd a dhéanamh dhó. Shíneas an litir chuige agus dúirt mura raibh gá le mo chuid seirvísí mar chléireach gur mhór an onóir a bheadh ann dom dá gceadódh sé dhom liostáil sa reisimint.

Ghlac sé buíochas liom, chaith a lámh thar mo ghualainn agus d'fhógair go mbeadh áit i gcónaí sa reisimint do chléireach maith mar mé agus nach ndéanfaí dearmad ar mhac mo mháthar ná go deimhin ar mo mháthair féin, Allúránach mná a raibh gaol gairid aici lena mháthair féin .i. Fionnuala Ní Allúráin bean an Fhlathartaigh, mar a mheabhraíodh sé dhom go minic.

Ba bhreá mar a chaitheamar seachtainí tosaigh samhradh na bliana dár gcionn, bliain a ceathracha hocht, ár sé chomplacht ghlas-stócaigh cruinnithe in aon ionad idir Máigh mínghlas Cuilinn agus bruach na Coiribe agus an maorsháirsint Bairéad i mbun oiliúint na bhfear. Bhíos-sa i mo chléireach reisiminte, agus an cúram sin amháin orm go Márta na bliana ina dhiaidh sin nuair a cailleadh an máistir airm leis an bhfiabhras .i. mac deartháir an chornail, Tomás an tSléibhe Ó Flatharta, agus nuair a chuas i mbun na hoibre sin agus i mbun an chléireachais araon, agus mé ag súil, dár ndóigh, le hardú céime agus, ní miste é a rá, le hardú tuarastail. Agus bíodh nach bhfuaireas sin ag an am thugadar na saighdiúirí an gradam sin dom, óir ba é an máistir airm a thugadar orm ón uair sin amach.

Ach i mo chléireach ag an gcornal Ó Flatharta dhom sna laethanta tosaigh sin chuir sé iontas orm go mbeidís in acmhainn reisimint a armáil is a ghléasadh, fiú agus a gcuid tailte curtha ar morgáiste, nó gur thuigeas a modh oibre. Ní túisce scéala curtha amach ag an bhFlathartach chuig uaisle Iarchonnacht ná bhíodar Dubhánaigh is Allúránaigh is Seoighigh ag bualadh ar an doras aige, gan trácht ar Fhlathartaigh Mháigh Cuilinn is Rinn Mhaoile, go fiú iad sin a bhí

gaibhte le Mac Uilliam Íochtair is le hEoghan Rua roimhe seo
agus ar ghráin leo Clann Riocaird is Urmhumhain. Ar leic an
dorais fuaireadar mac an Fhlathartaigh rompu ceann-nocht
is cosnocht ar a nós féin agus é ag fógairt go raibh sean-
teaghlaigh Uí Bhriúin Seola aontaithe in athuair chun troid
gualainn ar ghualainn lena gcara gaoil an rí. Dhúisigh an
Flathartach is a mhac na seandílseachtaí. Allúránach a bhí i
gcaiptín an dara complachta .i. an leitionant-chornal, Mac
Conraí a bhí sa meirgire agus bhí lia dhe mhuintir Cheann-
abháin acu. Fiú i measc na ngnáth-ghrád, mac mic le cláirseoir
Mhurchadha na dTua a bhí sa gcéad drumadóir, Uaitéar an
Bhreathnaigh, agus b'iad tionóntaí Uí Fhlatharta féin i mBaile
na hInse is i mBun Abhann saighdiúirí an gharda agus iad faoi
cheannas Éamoinn Uí Dhubháin, mac mic mhaoir Uí
Fhlatharta. B'fhacthas dom gur gearr go mbeadh an uile
dhuine dhe sheanuaisle is mhionuaisle Iarchonnacht gaibhte
i bhfíocha chun an reisimint a chur ar a bhonnaibh.

D'fháisc Éamonn a lámh ar mo ghualainn in athuair agus
é ag gairm mo shláinte, agus ar fheiscint sin do Dhónaillín
d'éirigh sé ina sheasamh agus d'iarr ar a dheartháir na coileáin
a bhreathnú leis. Níor thug Éamonn aon aird air, ná níor
ligeas-sa orm gur chuala é. Nuair ab fhacthas dom go raibh
an dúch tirim, dhoirteas ruainnín gainimh ar an leathanach,
á shéideadh. Chuireas an choinneal faoin gcéir ansin gur
dhoirt braon anuas ina chnapán ar an bpáipéar. D'iarras an
séala air, shín sé a fháinne chugam agus d'fhágas lorg na loinge
ar an gcéir dhearg. Ní túisce an méid sin déanta ná chualamar
allagar na gcon chugainn anoir le cladach, d'éirigh an seanchú
mór sa doras agus lig an uile ghlam as gur tháinig duine dhe

ghiollaí an tí á cheangal agus gur ruaig na coileáin isteach.

Chuireas an litir sa gcófra agus leanas Dónaillín is Éamonn amach ar shráid an tí mar a rabhadar ocht gcinn dhe ghiorriachaí ar taispeáint ag lucht tí an Fhlathartaigh agus an oiread céanna éan. Tháinig an sean-Fhlathartach féin isteach ar an tsráid de shiúl na gcos, a stail ar srian ina dhiaidh agus pocaide mór giorria i ngreim coise aige. Fad is a bhíodar na mná is na hógánaigh ag cruinniú thart timpeall air, as an treo céanna, i neamhaird do mhuintir an tí, tháinig fear tanaí liath isteach cosnocht ar an tsráid agus fallaing mhór ildaite air a bhí rómhór is róthrom dhon aimsir bhreá a bhí againn. Thugas suntas dó mar nach bhfaca roimhe sin é.

Rinne an strainséara a bhealach tríd an gcuideachta gur sheas le gualainn an Fhlathartaigh. Shín an Flathartach srian na staile chuig a mhac Éamonn, agus gan féachaint a thabhairt ina thimpeall shín sé siúd an srian chuig an ngiolla ba neasa dhó, mar a shíl sé féin .i. chuig an strainséara. Ba bheag a cheapfadh nach ar dearg-lasadh a bhí an srian. A thúisce a theagmhaigh barra a mhéar leis chaith an strainséara a dhá lámh in aer agus thit an srian go talamh faoina chosa. Bhíog Éamonn agus, ar fheiscint aoibh shotalach an strainséara dhó, chuir gothaí troda air féin.

Cén t-óglach a eitíonn capall an Fhlathartaigh?

Mise, a deir an strainséara, Mathúin Ó hUiginn file, óir ní thógfad capall ar srian mura bhfaighfead ó lámh taoisigh é nó mar luach saothair ó do lámhsa féin a Éamoinn mhic Murchadha. Agus ní le giollaíocht chapall a thánas-sa go hIarchonnachta ach le dán d'Ó Flatharta.

Leag an Flathartach a lámh thanaí fhéitheogach go

muinteartha ar ghualainn an fhile agus labhair lena mhac. Atá ollamh ag Ó Flatharta a gheallann Teamhair dó, a deir sé, agus cléireach feasta ag an gcornal Éamonn.

Thuigeas nach ag caint ormsa, ach ar an strainséara, a bhí an Flathartach agus chromas mo cheann chun m'éadan deargtha a cheilt. Ach ní raibh údar agam leis óir thug an cornal Éamonn sacadh dá uillinn sna heasnacha orm, agus nuair a d'ardaigh mé mo cheann arís chaoch sé súil liom agus thuigeas gur agamsa a bhí cairdeas an chornail Éamonn Ó Flatharta.

B'in mar a tharla Mathúin ina mhaor capall agus mise i mo chléireach ag an gcornal. Mhair an muintearas sin eadrainn ar feadh na mblianta a chaitheamar in éindí i seirvís an rí agus níor airíos aon lagú ar ár gcairdeas ná aon doicheall ag an gcornal romham go dtí geimhreadh na bliana 1649 nó earrach na bliana 1650, agus go deimhin an uair sin féin ní ba léir dhom aon athrú mór a theacht air óir ba mhinic an cornal borb nó giorraisc leis an uile dhuine againn nuair a bhíodh cúraimí na reisiminte ag luí go trom air.

Leideanna beaga ar dtús a fuaireas uaidh. Bhraitheas nach ndeachaigh ár dtréimhse i mbarda Chluain Meala go maith dhó. Tháinig deireadh lena chaint ar shaoirse coinsiasa agus ar shaor-sheirvísigh an rí, óir ba mhinic é in earráid le saor-sheirvísigh an bhaile sin le linn dúinn a bheith ar dualgas ann. Tháinig deireadh freisin le fiach is le seabhcóireacht, agus leis an léitheoireacht a dhéanainn dó as leabhar a athar agus é ar a leaba san oíche. Níor iarr sé comhairle níos mó ná níor nocht sé a rún, ach é de réir a chéile ag dúnadh isteach air féin agus é ag éirí níos déine ar shaighdiúirí is ar oifigigh dá réir.

In earrach na bliana 1650 bhíomar i mbardacht an Teampaill Mhóir. Go gairid tar éis na Cásca bhíos-sa tar éis teacht ó Phort Omna le teachtaireacht ón iarla .i. maircís Chlann Riocaird. Gan aon mhoill a dhéanamh, rinneas caol díreach ar theach an mhinistéara mar a raibh an cornal ar ceathrúin.

Ag bun an staighre sheasas chun bileog leathan mo hata a dhíriú ar mo cheann agus mo phiostal nua a shocrú go feiceálach i mo chrios, ansin gan mo dhiallait a bhaint de mo ghualainn thógas amach litir an iarla, dhreap na céimeanna cúnga go barr an staighre, chrom mo cheann faoi chaolachaí an tí agus bhuail cnag ar chomhla an dorais. Chuala grúscán agus bhrúigh an chomhla isteach romham. Bhí an cornal ina shuí ar a leaba, a chlóca dearg casta air agus a dhá chos nocht leagtha anuas ar chláracha an urláir aige. Bhaineas díom mo hata, sheachnaíos an mhias mhór chopair uisce a bhí leagtha i lár an urláir, agus shíneas chuige teachtaireacht an Iarla.

Gan beannú dhom, thóg an cornal an litir as mo lámh, d'oscail í agus chrom ar a léamh. Fad a bhí an litir á léamh aige bhíos-sa á fhaire go cúramach. Ní fear mór a bhí ariamh ann ach a mhalairt, fearín beag crua, ach le himeacht aimsire bhí sé leathnaithe agus, cé go raibh iarraidh den léithe ina fholt donnrua le fada roimhe sin, bhí a fhéasóg nach mór bán anois agus bhí reiceanna troma faoina shúile. Leag sé uaidh an litir nuair a bhí sí léite aige agus chuir tuairisc an iarla, agus fad a bhíos-sa ag cur síos ar na hoibreacha cosanta a bhí ar bun i bPort Omna thóg sé crúsca uisce beatha a bhí leagtha ar an dá leabhar mhóra ar an mboirdín le hais na leapa, líon sé a mheadar agus d'ól bolgam. Gan fanacht go raibh deireadh ráite agam thaispeáin sé cófra adhmaid faoin mbord dom.

Tá tuarastal na bhfear ansin, a deir sé. Ocht seachtainí.

Thuigeas óna chuid cainte gurbh iad na saighdiúirí amháin a bhí i gceist aige agus d'fhiafraíos de i dtaobh thuarastal na n-oifigeach.

Atá sin déanta, a deir sé. Ní rabhais i láthair. Féadfair féin an tuarastal atá dlite dhuit a íoc leat féin as an gciste. Tá fios curtha agam ar an sáirsint Ó Cadhain agus beirt den gharda le cabhrú leat.

Chuala glór Ruairí Uí Chadhain taobh amuigh agus cé gur chuir an freagra a thug an cornal orm iontas agus imní orm, thuigeas go gcaithfinn an deis a thapú go sciobtha.

Guím thú a chornail, a deirim, atá ceist agam féin ort.

Abair, a Thaidhg, a deir sé.

Agus cé gur thug sé m'ainm orm d'airíos fuaire éigin ina ghlór. Bhí an litir ina láimh in athuair agus é ag ligean neamhshuime air féin. Go leithscéalach, óir ba leasc leis an gcornal oifigigh nua a cheapadh nuair a bhí ceist tuarastail ann, mheabhraíos dó gur iarr sé orm cúraimí an mháistir airm a ghlacadh orm féin ón uair a cailleadh an sean-mháistir airm Tomás Ó Flatharta, agus d'fhiafraíos de an rabhas le ceapadh go hoifigiúil sa gcúram sin, ach sula bhfuaireas freagra uaidh chuala coiscéim ar an staighre agus cnagadh ar an doras agus dhírigh an cornal aníos ar an leaba. D'oscail Ruairí Ó Cadhain an chomhla agus lig isteach thairis beirt de shaighdiúirí an gharda. Bheannaigh sé dhom go ciúin, ansin thug an t-ordú agus chrochadar an garda an cófra dhen urlár agus thugadar amach an doras leo é. Bhíodar le clos ar an staighre agus Ruairí Ó Cadhain ina sheasamh sa doras ag fanacht liom.

Sea, a deir an cornal, Tomás an tSléibhe, go ndéana Dia grásta air, is minic mé ag cuimhneamh air. Bhí tost ann sular labhair sé in athuair. Ar dhúrt leat go raibh Dónall tagtha?

Níor thuigeas céard a bhí i gceist aige, óir bhí a dheartháir Dónall tagtha le coicís agus bhíos féin ag caint leis roimhe sin i gcomhluadar an chornail. D'fhreagraíos é, a rá gur dhúirt. Thóg an cornal leabhar mór dearg a bhí leagtha ar an mboirdín, agus d'aithníos mo leabhar cuntais a d'fhágas faoina chúram sular imíos go Port Omna. Shín sé chugam í agus thuigeas go raibh deireadh tagtha leis an gcomhrá. Rinne Ruairí Ó Cadhain casacht bheag mhúinte, ghabhas mo chead ag an gcornal agus d'imigh liom amach.

Leanas saighdiúirí an gharda amach ar an tsráid agus síos an lána cúng idir na tithe go dtánamar ar phlás an tséipéil mar a rabhadar cuid mhór dhe shaighdiúirí an chéad chomplachta ag fanacht linn. Bhí bord is stól leagtha amach dhom taobh amuigh dhe dhoras theach an chóiste, mar a raibh an leitionant-chornal ar ceathrúin. Ar m'fheiceáilsa dóibh d'éir-igh monabhar cainte na bhfear go callánach agus iad ag teannadh isteach linn.

Labhair Ruairí Ó Cadhain thar a leiceann liom agus mé ag suí chun boird. Táid ar a n-airdeall ó thánadar na vaigíní miúinisin an tseachtain seo caite, óir tá sé tugtha faoi deara acu anois gur nuair a bhíos an cath le tabhairt a íoctar riaraistí leo.

Fad a bhí Ruairí Ó Cadhain ag maoirsiú na bhfear ina líne thógas na leabhair as an mála agus d'osclaíos leabhar mór dearg na reisiminte d'fhonn súil sciobtha a chaitheamh ar chuntas an tuarastail dheireanaigh sula gcuirfinn peann le

páipéar. Ach in áit mo chuid scríbhneorachta féin thánas ar
leathanach nua breactha le peannaireacht mhíshlachtmhar
agus lorga méar. Nuair a scrúdaíos an scríbhneoireacht
thuigeas gur cuntas a bhí ann ar íocaíocht na n-oifigeach, agus
ba léir ón gcuntas sin gur ar an lá a d'fhágas an Teampall Mór
chun teachtaireacht an chornail a bhreith chuig an iarla a
íocadh an tuarastal leo. Ní raibh gradam na n-oifigeach
tugtha, mar a dhéanainn féin i gcónaí, ach ina áit sin bhí a
n-ainmneacha is sloinnte tugtha agus suim airgid luaite i
ndiaidh an uile shloinne acu. Ba léir dhom nach raibh aon
athrú tagtha ar mo thuarastalsa, ach go raibh ainm dheartháir
an chornail, Dónall Ó Flatharta, curtha le liosta na n-oifig-
each, na litreacha Lt curtha roimh a ainm, agus tuarastal luaite
leis. Agus, ní ba mheasa fós, thíos faoi sin bhí cuntas déanta ar
airm is armlóin na reisiminte. Ní raibh sé deacair agam an
scríobadh pinn a aithint, óir ba mhinic roimhe sin in
Iarchonnachta dhom an loitiméireacht láimhe sin a fheiscint
ar mo chuid leabhar is páipéar.

Nuair a thógas mo cheann as an leabhar fuaireas sean-
sagart in éide dubh is liath na bProinsiasánach ina sheasamh
trasna an bhoird uaim, an t-athair Mac Giolla Coinnigh, agus
a ghiolla lena ais, fearín beag láidir a bhí cuachta i gclóca mór
paistithe agus maide dubh draighin ina ghreim aige.

A Thaidhg mhic Uí Dhubháin, a deir an sagart, atá gnó
agam dhuit.

Chonac go rabhadar na fir ag fanacht go mífhoighdeach
lena dtuarastal, ach ní raibh aon duine acu a thabharfadh
dúshlan an tsagairt. Chroitheas mo cheann. Déanfad aon ní
is féidir dhuit a athair, a deirimse.

Ní dhomsa an aisce a iarraim ort ach dhon uile dhuine againn, a deir sé, óir is feasach dhuit go bhfuilid aircíní is aindiachaí an Áivirseora ag cothú easaontais is aighnis inár measc.

Chroitheas mo cheann in athuair, óir bhí eolas ag an uile dhuine ar an tsíor-achrann a bhí ar bun idir lucht leanúna Urmhumhan is Chlann Riocaird agus lucht leanúna Rinucini, a raibh an sagart féin ar dhuine dhíobh.

Lean an sagart air. Óir táid amuigh ansin, a deir sé, atá ag cur bréaga orainn agus ag déanamh beag is fiú dhe ghníomhartha gaisce is laochais ár náisiúin. Ar son na fírinne, a deir sé, agus ar son go mbeidh tuairisc is tuarascáil chruinn ag náisiúin an domhain orainn tá sé iarrtha ag an bProivinsial orm cuntais a chur á scríobh ag daoine iontaofa i reisimintí is i dtrúpaí na ríochta. Agus chuige seo, iarrtar ortsa a mhic Uí Dhubháin, ós eol dúinn gur oifigeach i reisimint Éamoinn Uí Fhlatharta thú, go bhfuil léann ort agus cumas scríbhneoireachta, agus ós aithnid dúinn ó t'athair is ó do shinsearthacht gur duine dílis diaganta thú, iarrtar ort glacadh leis an leabhar seo uaim agus cuntas a scríobh inti ar imeachtaí an chogaidh.

Thóg sé leabhar beag dubh amach as a aibíd agus leag anuas ar leabhar na gcuntas í agus, gan fanacht ar fhreagra uaim, thosaigh ag inseacht dom go mion céard a bhí le déanamh agam. Ach ní rabhas-sa ach ag tabhairt na leathchluaise dhó, óir bhí an leabhar oscailte cheana féin agam agus mé ag amharc na leathanach, agus bhíodar bán, bán amach go deireadh an leabhair.

V

An Scoil

I ndeireadh chogadh mór na hOstaire, faoi Shamhain na bliana 1620 fearadh cath ollmhór sa ríocht sin idir an t-impire Ferdinand agus diúc Feardorcha na Bóihéime, rí an Gheimhridh. Ar thaobh an impire bhíodar seirbhísigh dhílse na himpireachta agus Críostaithe na Spáinne na hIodáile agus na hAlmáine, agus ar thaobh an diúic bhíodar sluaite armtha na n-eiriceach, Boihéamaigh Ungáraigh Ostaraigh agus lucht leanta Chailvín is Liútair. Chaitheadar os cionn bliana ar mhachairí na Boihéime ag tabhairt maidhme is mionbhrisidh dá chéile agus gan aon taobh ag breith buntáiste ar an taobh eile nó gur chruinníodar armáil na himpireachta a neart agus gur thugadar aghaidh soir ar rí-chathair Phrág. Ar a chlos sin do na heiricigh chruinníodar siúd a neart féin agus thugadar fogha sciobtha soir ina ndiaidh gur éiríodar amach rompu ar an mbóthar agus gur thánadar an dá armáil béal ar bhéal cúpla míle taobh amuigh de gheataí Phrág.

Rinneadar na heiricigh faoina dtaoisigh an prionsa Cristian agus an cúnta Túrn foslongfort an oíche sin sa Villa Óra ar ardán sléibhe ar thaobh an bhóthair mhóir, agus rinneadar armáil na himpireachta faoin nginearál Tilí a gcampa siúd faoi bhun an aird don taobh thiar, agus shocraíodar cath a thabhairt an lá dár gcionn.

Go moch roimh shoilsiú an lae, i gcampa na himpireachta cuireadh cornal agus reisimint dragún, cheithre chéad marcach Bavárach maille le complacht dhá chéad muscaed ón Tír Íseal, soir thar an gcriathrach chun neart an namhad a fhéachaint. Ghluaiseadar an beagshlua sin sa dorchadas trí logán bog riascach agus le meathsholas na mochmhaidine thánadar ar aill dhomhain ghuaiseach agus sruthán glórach thíos faoina bun. Nuair nárbh fhéidir leo an sruthán a thrasnú ghluaiseadar suas le bruach na habhann gur aimsíodar droichidín beag adhmaid. Tharla nach raibh amharc faighte fós ar an namhaid acu agus go raibh an cath le tabhairt le héirí gréine d'ordaigh an cornal do chaiptín na gcoisithe, an caiptín Mac Dhónaill .i. Somhairle mac Séamais Dhún Libhse, seilbh a ghlacadh ar an droichead, agus ghluais an cornal faoi dheifir ar cheann an mharcshlua thar an droichead soir ar sodar sa tóir ar an namhaid.

Ní fada a bhíodar na coisithe i seilbh an droichid sin nuair a d'éirigh an ghrian agus chualadar gleo ollmhór is callán gunnaí móra is beaga anoir thar an gcriathrach chucu agus b'eol don uile dhuine go raibh an cath mór á thabhairt. D'fhéachadar soir agus chonaiceadar chucu buíon marcach, ach in áit na ndragún a fheiscint ag filleadh orthu le scéala an chatha, mar a raibh súil acu leis, seo chucu mórshlua marcach

.i. na scórtha cúrasóirí Ungáracha ina gclócaí fada dearga, a
gclogaid is a gcótaí dubha iarainn, agus a gclaimhte fada
faobhracha ag gearradh an aeir os a gcionn. Sula bhfuaireadar
an chéad díorma coisithe a bhí ar an taobh thoir dhen droich-
ead deis cúlú rompu thiteadar na marcaigh orthu go mí-
thrócaireach agus leanadar thar an gcriathrach iad á marú ina
nduine is ina nduine.

Nuair a chonaiceadar na coisithe eile an sléacht seo á
dhéanamh ar a gcompánaigh, agus gan é ar a gcumas teacht i
gcabhair orthu, rinneadar an uile dhuine acu ar an droichead.
Níor cheadaigh an caiptín Mac Dhónaill é seo áfach ach sheas
i mbéal an droichid rompu agus d'ordaigh dhóibh seasamh sa
mbóthar roimh ionsaí na nUngárach agus gan aon philéar a
chaitheamh leo go dtabharfadh seisean an focal.

Cé go mba leasc leis na coisithe an machaire a sheasamh
gan fál foscaidh ná claí cosanta in aghaidh ionsaí marcshlua
rinneadar mar a hordaíodh, agus níorbh fhada mar sin dóibh
ina líne trasna an bhóthair agus a gcuid muscaed faoi réir acu
nuair a thánadar na marcaigh dhe ruathar reatha orthu ag
liúireach is ag glaoch is ag croitheadh a gclaimhte go bagrach
orthu. D'fhanadar na coisithe go rabhadar an marcshlua beag-
nach sa mullach orthu agus ansin, ar ordú an chaiptín, do
chaitheadar iad féin sa gclais ar dhá thaobh an bhóthair agus
ligeadar na marcaigh siar tharstu. Nuair a bhaineadar an slua
marcach an droichead amach d'iompaíodar na coisithe orthu
agus scaoileadar rois tréan piléar in éineacht gur leagadar líon
mór dhíobh, idir fhir is chapaill, agus gur theitheadar na
marcaigh eile thar an droichead siar.

Ritheadar na coisithe dhon droichead ansin, ghabhadar

seilbh air go pras, agus ar ordú an chaiptín bhaineadar anuas cleitheacha an droichid, á mbiorú go sciobtha is á sacadh sa talamh mar chosaint ar na caiple agus sheasadar ina ranga dlútha taobh thiar dhen chlaí beag sin agus a gcuid muscaed faoi réir.

Is ansin nuair a bhíodar na marcaigh ag cruinniú le chéile ar an mbruach thiar agus na coisithe ag daingniú an droichid ina n-aghaidh a tháinig dragún ar each chucu anoir le scéala ón gcath. Bhíodar línte na n-eiriceach briste, a d'fhógair sé, agus a gcuid coisithe ar a dteitheadh. Ligeadar an caiptín Mac Dhónaill agus a chuid fear trí gháir áthais astu, agus mura bhfuaireadar na hUngáraigh aon scéala ba léir gur thuigeadar go maith cén chúis cheiliúrtha a bhí ag an gcomplacht coisithe.

Ní dhearnadar na marcaigh aon mhoill, chruinníodar in aon mhórshlua marfach amháin agus thugadar ruathar reatha faoin droichead. Ar ordú an chaiptín d'fhanadar na muscaed-óirí go rabhadar faoi chosa na gcapall sular thugadar tine dhóibh. Thiteadar líon mór eile marcach faoi ghunnaí na gcoisithe ach má thit féin thiteadar a dhá oiread de na coisithe faoi chlaimhte na marcach agus murar éirigh leis na marcaigh iad a chur dhen droichead den iarraidh sin nuair a chúlaíodar siar chun a neart a athchruinniú agus athionsaí a dhéanamh ba bhriste buailte a d'fhágadar buíon chosanta an droichid.

Leis sin chualathas drumadóireacht is trup capall aniar ó champa na himpireachta agus cliathán deas na harmála .i. marcaigh is coisithe na Spáinne is na hIodáile faoin nginearál Búcva, ag gluaiseacht in éineacht i dtreo an droichid chun fortacht a thabhairt dá gcompánaigh a bhí i ngleic leis an namhaid ar bhóthar Phrág. Ghabh imní na hUngáraigh ar a fheiscint dóibh go rabhadar gafa i sáinn idir eite dheis armáil na himpireachta agus an complacht coisithe sin a bhí ag cosaint an droichid orthu agus, ar a fheiscint sin don chaiptín Mac Dhónaill agus ar a fheiscint dó an líon mór dá bhuíon féin a bhí ar lár, d'ordaigh sé téarmaí a thairiscint don mharcshlua. Níor éist cornal an mharcshlua le téarmaí an chaiptín ach mhaígh go gcuirfeadh sé na coisithe dhen droichead agus go mbáfadh sé an uile dhuine acu san abhainn.

Leis sin chruinníodar an marcshlua in aon slua mór amháin in athuair agus thugadar an dara ruaig faoin droichead, loisceadar na muscaedóirí púdar leo agus leagadh líon mór eile acu, ach má leagadh féin thuairteadar an marc-shlua in aghaidh na buíne coisithe á gcnámhghearradh is á gcoscairt gur ardaíodh carn corp is conablach i mbéal an droichid agus bíodh is nár fhan ina seasamh ach buíon bheag bhriste bhrúite dhe na coisithe, i ndeireadh na báire sin chúlaíodar na marcaigh in athuair.

Is ansin a chualathas torann truimpéad is tiompán agus trúpaí tosaigh na Spáinneach ag teacht don taobh thiar dhen mharcshlua Ungárach. Thairg an cornal Spáinneach téarmaí dho na hUngáraigh. Cé go rabhadar traochta tréith-lag agus ar bheagán trúipéirí níor éist a gcornal le téarmaí na Spáinneach ach mhionnaigh is mhóidigh go dtrasnóidís an droichead soir thar an sruthán agus go mbainfidís a línte féin amach beag beann orthu dá ndeoin nó dá n-ainneoin ar inn nó ar éigean.

Chruinníodar a mbeagchuideachta le chéile in aon slua amháin agus thugadar an tríú fogha faoin droichead, thugadar na coisithe lán a ngunnaí dhóibh agus leagadar líon mór eile acu, ach má leagadh féin d'ionsaigh na marcaigh an droichead go misniúil míleata, agus nuair a bhíodar i ngleic leis na coisithe ar an droichead thiteadar marcaigh na Spáinne orthu dhon taobh eile agus sáinníodh na hUngáraigh idir an dá shlua sin a bhí á marú gan trócaire, agus cé go rabhadar timpeallaithe go hiomlán leanadh dhen fhuildoirteadh fíochmhar gur thit an marcach deireanach agus gur chuireadar an bheagchuideachta sin ar an droichead a gcuid arm uathu go tuirseach tinneasnach agus gur thugadar moladh do Dhia na glóire.

Chuadar na coisithe ansin i measc na marbh ag fóirithint ar a gcompánaigh a bhí sínte ar bhlár an chatha agus iad ag éagaoin a gcréachta agus ag caoineadh a gcomrádaithe a maraíodh sa gcoimhlint. Ní cian dóibh mar sin gur chuala an caiptín Mac Dhónaill guth ag glaoch amach i nglan-Ghaeilge chuige agus d'fhéach le súil go dtiocfadh sé ar dhuine aitheantais a tháinig slán ón áir ach ina áit sin tháinig sé ar ógfhear in éide dhearg mharcshlua na hUngáire suite ar an bhféar in aice lena chapall marbh agus é ag iarraidh a choimirce ar an gcaiptín. D'fhiafraigh an caiptín de cérbh é féin agus d'fhreagair an marcach é a rá gurb é Donncha Mac Cailín a ainm is a shloinne, go mba as Earra Gael na hAlban é agus go mba trúipéar é i reisimint cúireasadóirí Ungáracha i seirvís an diúic. Agus cé go mba mhór an fhearg a bhí ar an gcaiptín an oiread sin dá chompánaigh is dá chairde grácha a chailliúint chuir sé an príosúnach faoina chomirce agus d'ordaigh é a thabhairt soir in éineacht leis na heaslána go campa nua na harmála lámh le geataí Phrág.

An oíche sin nuair a bhí a mbua á cheiliúradh ag an gcomplacht coisithe tugadh an príosúnach ina láthair agus é

ceanglaithe craplaithe, agus cé gur mhór an ríméad a bhí ar
na hÉireannaigh an bua a fháil ar an namhaid ba mhór an
t-ábhar gráin a bhí ann dóibh duine dhe na marcaigh ba chúis
le bás an oiread sin dá gcompánaigh a fheiscint fós ina
bheatha. Nuair a bhí a sá ólta ag na saighdiúirí tosaíodh ag
caint i measc na bhfear ar dhíoltas a bhaint amach i mbás a
gcomrádaithe.

Nuair a chuala an caiptín Mac Dhónaill an chaint sin
ghabh imní mhór é, óir ba deacair dhó a phríosúnach a
chosaint ar dhíoltas a mhuintire féin. Tharla ag an am sin
iníon an chaiptín sa gcampa .i. ógbhean mhánla dhea-
mhúinte a bhí ag taisteal lena hathair chuig cúirt an Infanta i
gcathair na Bruiséile sa Tír Íseal nuair a glaodh chun an
chogaidh é. Chuaigh an caiptín chun cainte lena iníon agus
mhínigh sé ábhar a bhuartha dhi agus dúirt sí leis gan aon
imní a bheith air níos mó ach a dhul ar ais i measc a chuid fear
agus go réiteodh sise an scéal.

Níos deireanaí an oíche sin nuair a bhí a gcéad mheisce
curtha dhíobh ag na fearaibh agus an uile dhuine go duairc
dobhrónach ag cuimhneamh ar chompánaigh is ar
chomrádaithe a chailleadar an lá sin tháinig an iníon ina
láthair agus dúirt go raibh onóir mhór déanta acu agus go
mbeadh iomrá go cionn i bhfad ar a ngaisce ní hamháin i
measc Gael ach i measc Críostaithe an domhain mhóir, agus
ar an ábhar sin go dtáinig sí ag iarraidh aisce orthu.

Iarr d'aisce, a deir an caiptín.

Iarraim scéal oraibh, a deir an iníon.

Sula bhfuair aon duine dhe na saighdiúirí deis labhartha
d'iarr an príosúnach cead scéal a insint.

Adúradar na fir leis nach raibh aon ghnothaí aigesean le scéal mar go rabhadar lena chrochadh gan mhoill. Ach nuair nach raibh scéal ag aon duine eile dhe na saighdiúirí dhi d'ordaigh an caiptín dó a scéal a insint agus nach gcrochfaí go maidin é.

Thosaigh an príosúnach ar a scéal a aithris. Labhair sé go mínbhriathrach mealltach, agus ba ghearr go rabhadar saighdiúirí an chomplachta cruinnithe thart timpeall air ag éisteacht leis.

Nuair a bhí an scéal sin inste aige d'iarr an caiptín scéal eile air agus nuair nár chuir aon duine dhe na saighdiúirí ina choinne sin d'inis an príosúnach scéal i ndiaidh scéil gur nochtadar chéad shoilse an lae in oirthear spéire.

Stad sé ansin. D'fhiafraigh an caiptín de cén fáth nár chríochnaigh sé an scéal a bhí á aithris aige agus d'fhreagair an príosúnach é a rá tharla go raibh sé le crochadh ar maidin gur mian leis an chuid eile dhen oíche a chaitheamh ag guí ar son a anama. Ní mó ná sásta a bhíodar na saighdiúirí leis sin agus labhradar go garbh gráinniúil leis a rá go gcaithfeadh sé deireadh an scéil a insint.

Críochnaigh do scéal, a deir an caiptín ansin leis, agus ná bíodh aon chaint ar chrochadh feasta.

Bhíodar na saighdiúirí sásta leis sin. Chríochnaigh an príosúnach a scéal agus d'fhiafraigh an caiptín de an raibh tuilleadh scéalta aige. Adúirt an príosúnach go raibh, go leor, agus d'fhiafraigh an caiptín de cá bhfuair sé a chuid scéalta. I mórán de sheanleabhra an domhain, a d'fhreagair an príosúnach. D'fhiafraigh an caiptín de an raibh sé toilteanach iad a scríobh i leabhar dhó agus dúirt an príosúnach go raibh.

Cuireadh an príosúnach i mbun pinn an mhaidin dár
gcionn agus b'in mar a fuasclaíodh é ón gcroch agus mar a
fuair an caiptín Mac Dhónaill a leabhar mór scéalta a cuireadh
á scríobh dhó as seanleabhra an domhain i ndúnbhailte is i
ríchathracha na hEorpa.

Ag sin mar a d'inis an meirgire Seán Mac Conraí scéal an
ridire Albanaigh in Áth an Chuilinn i mí Meán an Fhómhair
1650.

Le cnagarnaíl glórach chaith an tine léas preabach amach ar
Sheán Mac Conraí agus é suite le m'ais ag an teallach, a shúile
dúnta aige agus é ag cur síos ar bheagshlua sin an chaiptín Mac
Dhónaill ag cosaint an átha ar mharcshlua na n-eiriceach.
Thart timpeall orainn lasadh aghaidheanna na n-oifigeach is
na dtrúipéirí .i. an caiptín Mac Cárthaigh Dónall Ó Flatharta
Toirealach Ó Conchúir Nioclás Bairéad agus an Fear Flatha is
Brian Uí Ghnímh agus beirt trúipéirí an Bhúrcaigh, gur
cuireadh ár gcuid scáilí ag damhsa ar an síleál os cionn
shaighdiúirí an gharda agus ghiollaí na n-oifigeach a bhí níos
faide amach ón teallach, cuid acu buailte fúthu ar an urlár,
cuid eile acu ina suí le balla, agus cuid eile fós ina luí ar mhálaí
is ar dhiallaití is ar chótaí a bhí leaite anuas ar an mbrat
luachra.

Bhí an uile dhuine ag éisteacht go haireach le scéal an
leabhair a chuir an caiptín Mac Dhónaill á scríobh, nuair a
osclaíodh doras an tí go ciúin agus síneadh cloigeann mór
mothalach isteach thar an ursain, agus ba bheag duine dhe

lucht an chéad chomplachta sa teach nár aithin éadan slacht-
mhar buíchraicneach an tsaighdiúra óig Ó Dálaigh agus é lasta
faoi sholas an gheataire a bhí crochta taobh istigh dhen doras.
D'éirigh sáirsint an gharda, Ruairí Ó Cadhain, dhe phreab ar
fheiscint an tsaighdiúra dhó i gceathrú na n-oifigeach, agus
d'imigh dhe ruaig roimhe sa dorchadas ag seasamh ar
mhéaracha agus ag baint mallachtaí astu siúd a bhí luite fúthu
ar an urlár. Ní raibh an doras ach oscailte ar éigean ag an
saighdiúir Ó Dálaigh nuair a fuair sé Ruairí Ó Cadhain ina
sheasamh roimhe agus é ag fiafraí fios a ghnothaí dhe i gcogar
ard i gclos don uile dhuine againn sa seomra.

Sula bhfuair an cuairteoir deis freagra a thabhairt ar an
sáirsint Ó Cadhain bhí an sáirsint Muimhneach .i. Finín Ó
Donnchú, ag an doras lena ais agus a lámh siúd sínte amach
thar ghualainn an chuairteora aige.

Do chéad fáilte a mhic Uí Dhálaigh, a deir sáirsint na
Muimhneach dhe ghlór íseal agus an saighdiúir tanaí ceann-
nocht á thionlacan isteach thar an sáirsint Ó Cadhain aige.
Agus in ainneoin scéil sin Sheáin Mhic Conraí d'iompaíomar
an uile dhuine againn go bhfeicimis an dá sháirsint á fhéach-
aint lena chéile sa doras agus an saighdiúir Ó Dálaigh ag teacht
chugainn anall ina chóta fada paistithe agus a mhála mór trom
á bhualadh faoi chloigne is faoi ghuaillí aige sa meathsholas.

Tuigim a sháirsint, a deir an sáirsint Connachtach leis an
sáirsint Muimhneach, go bhfuil bhur gcomplacht ar easpa fear
agus nach líonmhar iad bhur n-oifigigh ach chomh beag. Go
deimhin is é bhur gcaiptín an t-aon fhear dhe ghrád oifigigh
in bhur measc. Agus dá bharr sin tuigim go bhfuil de nós
agaibh ceathrú na hoíche a roinnt idir oifigigh is saighdiúirí,

ach is fear é mo chornalsa ar nós leis cloí le hairteagail an chogaidh a leagann síos gur le hoifigigh amháin ceathrú na n-oifigeach, agus lena ngiollaí is lucht an gharda gan amhras, agus go bhfágtar a gceathrú féin faoi shaighdiúirí.

Tuigim thú a sháirsint, a deir an sáirsint Muimhneach leis an sáirsint Connachtach go cúirtéiseach, agus tuigimse an dul amú atá ort, óir ní nós leis an gcaiptín Mac Cárthaigh foslong-fort a roinnt le saighdiúirí ná le ceithearnaigh chosnochta, ach gur dh'aon turas a thug sé lucht ealaíne is ceoil chun an tí seo anocht chun siamsa is caitheamh aimsire a dhéanamh dho do chornalsa. Ach níor thuig mo chaiptínse nach nós libh é sin in Iarchonnachta.

Thosaigh an sáirsint Connachtach ag dodaireacht. Lucht ealaíne? Is nós linn é go deimhin, a deir sé, agus ní bhfaighidh tú aon easpa ar Chonnachtaigh ó thaobh ceoil is ealaíne dhe, ach a mhalairt ar fad, agus béarfaidh mise na focail sin agatsa chuig mo chornal agus is breá sásta a bheas sé iad a chlos óir is fear maith ealaíne é féin agus ní gnách leis luí ar a leaba gan cheol is fiannaíocht, ealaín is reitric.

Nuair a tháinig Seán Mac Conraí go deireadh an scéil b'éigean dó a ghlór a chrochadh ionas go gcloisfí é os cionn an sioscadh cainte ag an doras.

Labhair an sáirsint Muimhneach faoina fhiacail. Agus béarfadsa freisin do scéalsa chuig mo chaiptínse, a deir sé leis an sáirsint Connachtach, agus is mó ná sásta a bheas sé nuair a chloisfidh sé gur fear ealaíne bhur gcornal ar a mhian féin.

Bhíodar na fir ag glacadh buíochas leis an scéalaí, agus Ruairí Ó Cadhain ag dreapadh in airde an dréimire chuig an gcornal, nuair a labhair an leitionant-chornal Bairéad a rá go rabhadar leabhair chráifeacha á scríobh agus á gclóbhualadh i gColáiste San Antaine sa Tír Íseal chéanna.

Atá, a deir an caiptín Mac Cárthaigh agus súil á caochadh aige leis an bhFear Flatha Ó Gnímh, níos mó ná sin á bhualadh i Lováin, ar sé,

Táid fir óga i dteach na mBráthar,
  Mór an sásamh!
Bíd gach lá le peann is páipéar,
  Scéal gan áibhéal!
'S nuair a thagas ardtráthnóna,
  Aba 's Úna!
Scoirid de leabhra is de léann,
  Ó, mo léan!

Stad an caiptín Mac Cárthaigh den reacaireacht ala beag agus thug súil loinreach ina thimpeall, agus an leitionant-chornal ag deargú suas le cantal.

Ach tá cailleach ag na bráithre,
  Bean gan náire!
Is tugann sí sásamh dár gcairde,
  Poillín in airde!

Ligeadh scairt ard gháire i gcúl an tseomra agus d'iompaíomar an uile dhuine againn thart go bhfacamar Aiteall, iníon an tí, ina seasamh sa doras agus a lámh thar a béal aici agus í ag ligean náire uirthi féin.

Atá ógbhean i láthair a chaiptín, a d'fhógair an leitionant-chornal go míshásta.

Ach níor chuir an ógbhean ná gnúis dhorcha an leitionant-chornail aon mhairg ar an gcaiptín Mac Cárthaigh a lean dá rann go dána in ard a chinn.

Ord is inneoin, casúr is tairne,
  Ábhar gáire!
'S fillid ar pheann is páipéar
  Scéal gan áibhéal!

Cé is moite dhen leitionant-chornal a bhí ag mugailt faoi ghairsiúlacht is faoi ghraostacht bhíodar an uile dhuine ag rachtaíl gháirí faoi rannán beag sin an chaiptín Mac Cárthaigh agus sula dtáinig deireadh leis an ngáirí d'fhiafraigh an caiptín dh'iníon an tí cén bhreith a thabharfadh sí ar scéal Sheáin Mhic Conraí.

Go cúthalach, agus í ag meirínteacht le cnaipí a gúna, thug Aiteall moladh dhon scéal is don scéalaí agus d'fhiafraigh sí dhe céard a d'imigh ar iníon an chaiptín a luadh sa scéal céanna.

Sula bhfuair an caiptín Mac Cárthaigh deis freagra a thabhairt uirthi, óir ba léir go raibh sé ag tabhairt an-aird ar iníon an tí, d'fhreagair Seán Mac Conraí í a rá gur chuala sé gur fhill an caiptín Mac Dhónaill ar an Tír Íseal, áit ar thug sé deireadh a shaoil i reisimint Thír Eoghain i bhFlóndras .i. reisimint Sheáin Uí Néill mac an iarla, agus níor chuala trácht ar an iníon ná ar an marcach Albanach ó shin.

Gan a dheis a ligean thairis chuir an Cárthach a bharr féin ar an scéal a rá gur dóigh faoin am seo go mbeadh ógbhean uasal mar í faoi mheas is faoi ghradam i bhFlóndras agus í pósta ar chaiptín maith éigin i seirvís an rí. Ach sular fhéad Aiteall an chuid deireanach dhe chaint sin an chaiptín a chlos tháinig a máthair amach chuici á ruaigeadh ar ais isteach sa gcistin. Bhí a ndíomá le haithint ar aghaidheanna na bhfear agus ar an gcaiptín ach go háirithe, ach tharla go raibh doras na cistine fós ar leathadh agus gur dóigh go raibh sé le clos ag muintir an tí istigh choinnigh sé air ag caint, agus súil reithe aige leis an doras, ag fiafraí os ard an raibh tuairisc na hiníne nó an Albanaigh ag aon duine dhe na hUltaigh.

Chuala caint ar chaiptín, a deir duine amháin, a raibh leabhair iomadúla aige.

Chuala-sa caint ar chaiptín, a deir duine eile, a raibh cléireach aige ag scríobh leabhar dhó.

Chuala-sa caint ar chaiptín a raibh leabhar aige ina raibh an uile cheann de laoithe Phádraig is Chaoilte is Oisín scríofa inti.

Chaithfeadh sé gur mór an leabhar í, a deir duine de na Connachtaigh.

Chaithfeadh sé gur inti atá na scéalta móra, a deir duine dhe na Muimhnigh.

Chaithfeadh sé go bhfuil agallaimh is laoithe inti nár chuala aon fhear ó bhí Oisín ann.

Mura bhfuil siad ag sean-Mhathúin Ó hUiginn!

Mura raibh sé sin féin ann le linn Oisín!

Inis do scéal mar sin, a Mhathúin, a deir an caiptín go ceannúsach agus thug súil thart timpeall an tseomra agus Mathúin seo na scéalta á lorg aige.

Níl Mathúin anseo a chaiptín.

Rinne Ruairí Ó Bruaide gáirí. Atá Mathúin in éad leis an meirgire Ó Conchúir, a deir sé, agus é imithe le stailc uainn.

Níl aon chúis ag an maor scoir a bheith in éad liomsa ná le duine ar bith, a deir Toirealach Ó Conchúir go sciobtha.

Agus má thug Toirealach Ó Conchúir freagra borb ar Ruairí Ó Bruaide, bhraitheamar an uile dhuine againn iarraidh den chosantacht is den chiontaíl ar a chuid cainte, agus ligeamar tharainn é.

Ba ansin, ar chlos na cainte sin dhom gur aithníos go raibh an uile dhuine dhe chompánaigh Mhathúna Uí Uiginn sa teach .i. Seán Mac Conraí Ruairí Ó Bruaide Uaitéar an Bhreathnaigh agus na seanfhondúirí eile, ach nach raibh Mathúin féin tagtha in éineacht leo, agus samhlaíodh dhom é amuigh ag gabhann na gcapall agus ceol is gártha an tí ag teacht chuige san oíche fhuar agus é féin fanta is gan de chomhluadar aige ach bród is capaill. Ghabh cumha agus iarraidh dhen chiontaíl mé féin ach d'fhanas i mo thost. Ar deireadh tháinig duine de na hUltaigh i gcabhair ar Thoirealach Ó Conchúir.

Atá scéalta móra ag Brian Ó Gnímh, a deir sé.

Insíodh Brian scéal mar sin, a deir an caiptín Mac Cárthaigh.

Bhí a phíopa á réiteach ag Brian Ó Gnímh .i. máistir ceathrún na leathláimhe. Le cabhair óna dheartháir dhearg sé an píopa le splanc as an tine, thug tarraingt air agus chuir púir dheataigh go fraitheacha. Atá scéal agam, a deir sé, ar chomhplacht an chaiptín sin Somhairle Mac Dhónaill a d'inis an caiptín Ránall Óg Mac Aodha, agus cailleadh an caiptín Ránall i gCnoc na nOs nuair a d'fhágadar ár gcairde sinn ar bhlár an chatha agus nuair a d'imíodar i rith an chollaigh uainn. Agus is é a mhac sin Séamas a d'inis an scéal domsa agus cailleadh Séamas in earrach na bliana seo taobh amuigh dhe Phort Láirge, agus d'fhág m'iníon féin ina baintreach, ar dheislámh Dé go raibh sé.

Áiméan.

121

Bhí tost sa seomra iar sin mar, cé nár ainmnigh an máistir ceathrún an dream a bhí i gceist aige, bhí a fhios ag an uile dhuine gurbh iad na Muimhnigh .i. armáil an ghinearáil Táf i mbliain a daichead a seacht, a theith agus a d'fhág Alastar Cholla Chiotaigh is a chuid Albanach ar pháirc an áir agus iad timpeallaithe ag sluaite eiriceacha Mhurchadha na dTóiteán Ó Briain iarla Inse Choinn.

Mar a deirim, níor bhinn leis an gcaiptín Mac Cárthaigh ná leis na Muimhnigh eile tuairisc chath Chnoc na nOs a chlos ar bhéal Bhriain Uí Ghnímh, mar mura raibh an caiptín Mac Cárthaigh is a bhuíon i láthair ag an gcath sin bhí a gcomrádaithe is a gcairde gaoil ann. Ach sula bhfuair Brian Ó Gnímh deis a scéal a insint chualathas torann os ár gcionn agus thugamar súil in airde ar an lota mar a raibh an cornal ag dreapadh anuas. Agus cé go rabhadar ann i measc na nUltach ach go háirithe a bhí míshásta gur cuireadh isteach ar an seanchas bhíodar idir oifigigh is Mhuimhnigh buíoch dhe theacht an chornail, ní a chuir deireadh in am tráth le caint a bheadh ina cúis imris is aighnis sa teach.

Ar theacht go bun an dréimire dhon chornal, é cosnocht agus ina léine, sheas sé agus thug féachaint ina thimpeall. Shuíos aníos go bhfeicfeadh sé mé, agus dóchas agam fós go n-iarrfadh sé tuairisc an mhiúinisin orm ach, má chonaic féin, ba léir nach é sin a bhí ag déanamh imní dhó. D'éirigh an caiptín Mac Cárthaigh dá shuíochán ar an teallach agus d'iarr ar an gcornal suí cois tine in éindí leis.

Bhíodar armáil Chromail anseo anois beag, a deir sé os ard agus an cornal á sheoladh chun na tine aige, ach ar chlos do chuid srannaidh i mbarr tí dhóibh shíleadar go rabhadar gunnaí móra tagtha ón Spáinn chugainn agus do theitheadar go maolchluasach soir thar sliabh.

Dár ndóigh, a deir an cornal á fhreagairt, thánadar an bealach seo ag ceapadh nach mbeadh rompu ach na Muimhnigh.

Rinne an cornal a bhealach anonn chun na tine agus sinne ag gáirí go dílis leis, agus ní túisce ina shuí é ná osclaíodh doras na cistine, leathadh boladh milis na feola ar fud an tí agus tháinig seanbhean amach chugainn le báiríní beaga min choirce carntha i gciseog mhór leathan aici.

Tharla nach raibh an t-athair Brian i láthair d'iarr an cornal ar an leitionant-chornal altú roimh bia a dhéanamh, rud a rinne sé go fonnmhar is go fadálach. Agus, a deir sé ar deireadh thiar, nuair a bhí an t-altú déanta agus an tAve Maria ráite, iarraimid Air na díormaí dubha damanta deamhan is diabhal a choimeád ó dhoras an tí seo anocht go ngealfaidh grian gheal Dé ar maidin. Áiméan.

Agus ní raibh duine sa teach nár thug féachaint i dtreo an dorais nó nár samhlaíodh dó an namhaid mórthimpeall an tí sa dorchadas, amhail mar a bhíodar sluaite Dé Danann mórthimpeall na bruíne fadó agus an Fhiann teannta taobh istigh. Ach ba ghearr a mhaireadar na smaointe dorcha sin agus na báiríní á roinnt orainn, agus gleo is callán ag éirí sa teach agus an uile dhuine ag tabhairt a mhias féin aníos as a mhála óir bhíodar Aiteall agus a máthair chugainn agus coire mór te á leagan anuas i laoch-lár an tí acu. Ní hamháin sin, ach tugadh amach chugainn an dara soitheach, agus é lán d'uaineoil rósta gearrtha ina spolaí agus tumtha ina súlach féin. Thosaigh an gleo ag éirí níos tréine in athuair agus an

fheoil á roinnt orainn agus ansin, chomh tobann céanna, thit
tost ar na fearaibh agus na báiríní min choirce á dtumadh sa
súlach agus beola á smailceadh go sásta.

Níl agam dhaoibh, a deir bean an tí go leithscéalach linn,
ach an méidín beag atá ar fáil againn in am seo an ghorta agus
an ghátair.

Adeirimse leat a bhean uasal, a d'fhógair an caiptín Mac
Cárthaigh agus a bheola á smeachadh ar a chéile go sásta aige,
mura mbeadh ann ach an praiseach féin ba mhilse linn é ná
Béile Chonáin agus sinn inár suí cois tine in bhur dteach breá
teolaí i bhfad ó bhuairt an chogaidh is ó chruatan na haimsire.
Ach ní raibh súil ar bith againn leis an bhféasta fial seo!

Bhí bean an tí chomh ríméadach ag filleadh ar an gcistin
di go raibh sí dall ar a hiníon a bhí ag cailleadh a cúthaileachta
le cabhair an chaiptín chéanna sin .i. eisean ag cuimilt meala
dhi agus ise ag athlíonadh a mhias dósan, agus an bheirt acu
ag gáirí .i. eisean os ard agus ise os íseal.

Nuair a bhí ár gcuid ite againn agus na píopaí á ndearg-
adh osclaíodh an doras mór agus thánadar beirt isteach, an
caiptín Búrc agus a ghiolla, ag brú a mbealach anonn chuig
an teallach mar a rinne an Búrcach cúirtéis bheag go béasach
dhon chornal is dá chomhoifigigh. D'fháiltigh an cornal go
múinte roimhe. Rinne an caiptín Mac Cárthaigh mar an
gcéanna agus thairg áit dó ar an taobh eile dhen tine. Chuir sé
a ghiolla amach ag iarraidh dí ansin, agus le boiseog sa tóin
uirthi sheol sé Aiteall ag sciotaíl gháirí chun na cistine ag
iarraidh suipéir dhon bheirt. Ní túisce ina suí iad ná
chualathas duine dhe na hUltaigh ag iarraidh scéil in athuair
ar Bhrian Ó Gnímh. Níorbh é scéal Chnoc na nOs a bhí aige

dhúinn, a bhuí le Dia, nó sin a ghuíos ag an am, ach scéal eile ar an gcogadh sa gcoigríoch.

Tuairisc fhírinneach ar Leabhar Uí Mhaoldóráin .i. Saltair an Easpaig, mar a fuair Brian Ó Gnímh an cuntas ón gcaiptín Séamas mac Ránaill Mhic Aodha.

Bhí fear dhe mhuintir Mhaoldóráin ó Choill Locha i dTír Eoghain a tháinig go Flóndras sna hÍsiltíortha beagnach dhá scor bliain ó shin, ógfhear breá aerach dhe shliocht uasal Eoghain agus ina sheilbh bhí Saltair an Easpaig, seod-leabhar beannaithe a bhí faoi chúram is faoi mhaoirseacht a mhuintire ó tháinig Pádraig mac Calprainn go hÉirinn.

I mbliain mhórbhriseadh Chionn tSáile cailleadh seanmhaor Shaltair an Easpaig. Cé go raibh an fhuil mhór ann ba bheag dhe mhaoin an tsaoil a bhí ag an maor, agus nuair a ghluaiseadar sluaite Shasana aneas ag ruaigeadh ár muintire as a dtailte thug a mhac, Éamonn, an leabhar leis i mála ar a dhroim agus d'imigh leis ar cosa in airde agus teach a athar ag éirí san aer in aon bhladhm amháin thine lena chúl.

Tar éis dó a chapall is a dhiallait a dhíol le caiptin loinge tugadh chun farraige é i mbaile na Gaillimhe agus cuireadh i dtír é i bhFlóndras sna hÍsiltíortha agus gan de mhaoin aige ach an léine a bhí ar a dhroim agus Leabhar an Easpaig. Tráth an ama sin d'fhearadar na heiricigh cogadh ar an impireacht san Almáin agus lá dá raibh Éamonn Ó Maoldóráin in Oistinn, gan airgead gan greim ar bith bia aige, chuadar buíon de chomplacht Mhic Dhónaill thairis sa tsráid, druma á bhualadh fíf á chasadh bratach ar crochadh, agus liostáil sé leo. Ní luaithe faoi éide na reisiminte é ná ghluaiseadar dhon Almáin, áit ar bhris na heiricigh cath orthu. Agus nuair a bhí armáil na himpireachta ag déanamh raitréit onóraigh anoir cuireadh complacht muscaed go Weiserberg .i. an Sliabh Bán, chun droichead thar abhainn mhór na tíre sin a choimeád ar an namhaid, agus orthu sin a bhí sa mbuíon bhí Éamonn Ó Maoldóráin.

Bhíodar an complacht sin, dhá chéad muscaed, ar dualgas garda nuair a thánadar na hAlmánaigh ina n-aghaidh, dhá mhíle muscaed ceithre chéad píce agus an oiread céanna marcach. Throideadar go dian dásachtach, loisceadar a gcuid púdar leo, ach má rinne féin chaitheadar na hAlmánaigh piléir go fras leo.

Tar éis tamaill dóibh ag malartú tine mar sin d'éirigh an ghaoth dhe bheagán agus ardaíodh deatach an chatha nó go bhfacadar na Gaeil buíon de mharcaigh na nAlmánach ag trasnú na habhann ag carra cloiche tamall síos le sruth uathu. In ainneoin an drochscéala sin, óir ní raibh feidhm le cosaint an droichid ar na hAlmánaigh tharla go rabhadar siúd in ann an abhainn a thrasnú dá n-ainneoin, d'ordaigh a gcaiptín an fód a sheasamh, a rá fiú dá dtrasnódh an marcshlua an abhainn agus go dtimpeallóidís iad go gcoinneoidís an droichead ionas nach bhféadfaidís an namhaid a gcuid ordanáis is armlóin a thabhairt anoir thar an abhainn.

Chun fortacht is meanmna a chur sna coisithe mheabhraigh an caiptín dóibh cén dualgas a bhí orthu i leith a gcreidimh is a sinsir, ní a chuir Éamonn Ó Maoldóráin ag cuimhneamh ní hamháin ar a dhualgas féin i leith a chreidimh, is é sin an leabhar beannaithe a bhí ina sheilbh a chaomhnú ar na heiricigh agus ar loscadh ifreanda an chatha, ach a dhualgas i leith a shinsir freisin, is é sin an leabhar céanna sin a fuair sé le hoidhreacht óna athair a choimeád mar a rinne a athair roimhe agus a sheanathair is a shin-sheanathair agus a shinsear siúd siar go haimsir an Táilchinn, Pádraig aspal na hÉireann.

Tharla ag an am go raibh an tSaltair ina sheilbh aige, óir bhí sé dhe ghnás sa gcomplacht an leabhar a thaispeáint roimh chatha chun misneach na bhfear a mhúscailt, agus nuair a tuigeadh d'Éamonn Ó Maoldóráin cén deireadh a bheadh leo féin agus leis an leabhar ach go háirithe, in áit seasamh ina ionad troda lena chuid compánach ag an droichead mar a hordaíodh dó, rug sé leis an leabhar faoina chóta agus d'éalaigh le bruach na habhann gur imigh faoi dhiamhair óna chaiptín is óna chompánaigh.

Dhe réir gach cuntas, rinneadar marcaigh na hAlmáine sléacht ar an mbeagchuideachta sin a bhí ag cosaint an droichid, ach tugadh slán an leabhar. Agus cé nár facthas Éamonn Ó Maoldóráin ó shin ba ghearr ina dhiaidh sin go raibh an leabhar ina sheilbh ag fear muinteartha leis Cormac Ó Maoldóráin, i mBreda, in Aér, agus ina dhiaidh sin in Arras, áit ar taispeánadh dhon reisimint í sula ndearnadar cosaint onórach ar an mbaile sin in aghaidh na bhFrancach i mbliain a daichead. Ní hamháin sin ach tugadh an leabhar ar ais go hÉirinn óir bhí sí ar taispeáint freisin ag an mBinn Bhorb nuair a thugamar an lá linn in aghaidh na nAlbanach.

Bhí tost sa teach nuair a tháinig deireadh le scéal Bhriain Uí Ghnímh. Thug an caiptín Mac Cárthaigh tarraingt ar a mheigeall agus d'fhéach sé ar an gcornal, agus nuair ba léir dhó nach raibh fonn labhartha air siúd sheas sé agus ghlac buíochas leis an scéalaí. Ansin, le cead an chornail, d'ordaigh an caiptín dá ghiolla an leithcheaig fíona a bhí tugtha isteach aige a roinnt ar mhuintir an tí. Thug giolla an chornail a chorn siúd anuas óna sheomra, seanchorn ceithre chluais a fuair sé le hoidhreacht óna sheanathair, Murchadh na Maor. Líon giolla an chaiptín an corn an fhad a bhí an cornal ag insint dúinn mar a fuair a sheanathair an corn óna athair siúd .i. Dónall an Chogaidh, agus mar a fuair seisean é mar bhronntanas ó Riocard Búrc iarla Chlann Riocaird, sin-seanathair an chaiptín Búrc. In onóir na hócáide thug an cornal an corn don chaiptín Búrc ar dtús, agus nuair a d'ól seisean gailleog as líonadh an corn in athuair agus tugadh don leitionant-chornal é, agus don chaiptín Mac Cárthaigh ansin, agus cuireadh thart an corn ó dhuine go duine agus é á athlíonadh ag an ngiolla.

D'fhan an cornal go raibh deoch ólta aige is a phíopa deargtha sular labhair sé le Brian Ó Gnímh. Dar sliabh, a deir sé dhe ghlór bog séimh, ach is aisteach an scéal é sin a d'insís. Níor thuigeas go barainneach, a deir sé leis an scéalaí, an le meat-acht is le mílaochmhaireacht a thréig an Maoldóránach a chompánaigh ag an droichead nó cén chúis a bhí aige leis, agus b'fhéidir go bhféadfása a cheathrúnaigh é sin a shoiléiriú dhúinn.

D'fhreagair Brian Ó Gnímh é go héasca a rá nach dtig leis a rá mar nach raibh sé féin i láthair.

Ní raibh an cornal sásta leis an bhfreagra sin, agus d'fhiafraigh dhe Bhrian Ó Gnímh ar tugadh ordú dhon Mhaoldóránach an droichead a chosaint.

D'fhreagair Brian Ó Gnímh an cornal a rá gur dóigh gur tugadh an t-ordú sin don chomplacht, agus nuair a dúirt Dónall Ó Flatharta gur fealltach an fear a dhiúltódh ordú óna oifigeach féin agus a chuirfeadh a chompánaigh i mbaol dúirt Brian Ó Gnímh nach mbíonn gach ordú cóir ná meáite.

Chorraigh an caiptín Mac Cárthaigh a thóin ar a shuíochán cois tine. Is cinnte go mbíonn míthuiscint ann ó am go chéile, a deir sé go cúramach.

Go deimhin, bhí an uile dhuine dhuine sa seomra míchompordach ag caint seo Bhriain Uí Ghnímh, agus b'iontach liom féin é a chlos ag tabhairt dúshlán an chornail, go háirithe agus a laghad sin dá mhuintir féin sa teach .i. Ultaigh an treas complachta.

Labhair Dónall Ó Flatharta agus iarraidh d'fhaobhar ar a chuid cainte siúd, agus d'fhiafraigh dhe Bhrian Ó Gnímh céard é go díreach a bhí i gceist aige.

Tada, i ndomhnach, ach gur maith an scéala é go raibh an tsaltair linn in Arras, a deir Brian Ó Gnímh, agus é ag tagairt don bhaile sin a chosain Eoghan Rua ar na Francaigh i mbliain a daichead.

Agus in Aér a mh'anam, a deir an leitionant-chornal, ag tagairt dó dhon chath a bhris Eoghan Rua ar na Francaigh i mbliain a tríocha sé, agus a raibh sé féin páirteach ann.

Agus go deimhin féin ar an mBinn Bhorb, a deir fear eile.

D'aontaigh an leitionant-chornal leis sin, a rá gurb é Dia féin a thug an tsaltair slán.

Moladh go deo Leis, a deir an caiptín Mac Cárthaigh go sciobtha.

Fad is a bhí an t-imreas seo ar bun tugadh an deoch chugam agus d'ólas lán taoscáin di, braon a bhí níos milse ná deoch an mhaorsháirsint dar liom. Nuair a bhí an taoscán á shíneadh ar ais chuig an ngiolla agam luigh mo shúil ar an gcornal agus é ag corraí thart go míchompordach ar an teallach agus ar Dhónall suite lena ais agus a dhá shúil nimhe báite aige san uile dhuine a labhair.

Ba léir nach mé féin amháin a thug an méid sin faoi deara óir chonac an caiptín Mac Cárthaigh agus é ag amharc go himníoch ar an mbeirt Fhlathartach agus ar an gcaiptín Búrc cois tine agus ansin é ag iompú chuig a mhuintir féin ag iarraidh scéil orthu a bhainfeadh an nimh as an gcneá. Níor fhreagair aon duine de na Muimhnigh é, ach an uile dhuine acu ag amharc ar a chéile agus ansin ag amharc orainne, agus sinne ag seachaint súile a chéile agus ag féachaint sa tine agus gan aon duine sásta breith ar an spl, inc. Ar deireadh, nuair a bhí an teannas chomh ramhar san aer go rabhadar an uile dhuine againn ar tí plúchadh d'éiríodar nótaí ciúine aniar as cúinne dorcha le hais dhoras na cistine. Bhioraíomar ár gcluasa agus dhíríomar aníos go bhfaca an cruitire Ó Dálaigh ag priocadh na dtéad agus gur airíomar an teannas á leá agus na nótaí aoibhnis á gcrochadh aníos trí ghail is trí dheatach an tseomra, thar na scáilí preabacha ar an mballa, thar na brataibh is na cótaí crochta dhen tsíleáil, in airde thar an lota is thar chaolacha an tí agus amach faoi na réaltóga a bhí ag damhsa ar an gclár leathan dúghorm mar a chonac an slua seilge ag marcaíocht thar fhraitheacha na firmiminte agus an giorria beag ag imeacht ar cosa in airde uathu.

Cuntas ar Chormac mac Thaidhg Uí Mhaoldóráin agus ar scrín an Mhaoldóránaigh .i. scrín Leabhar an Easpaig, mar a chuala an sáirsint Finín Ó Donnchú é ó Chú Mhaigh mac Einrí Ó Catháin ó Chaisleán na Róiche cois Banna.

Tá sé ráite ag daoine sa Tír Íseal gur éalaigh Éamonn Ó Maoldóráin ó chomplacht an chaiptín Somhairle leis an tSaltair agus tá sé ráite ag daoine eile nár éalaigh. Cé nár facthas an Maoldóránach ó shin, deirid gur fhill sé ar Éirinn gur thug sí an tSaltair ar ais i seilbh an teaghlaigh agus go raibh sé ag col ceathrar le hÉamonn sin, Cormac mac Taidhg mhic Dónaill Uí Mhaoldóráin, a bhí i seirvís an ghinearáil Féilim Ó Néill, agus b'in é an Maoldóránach céanna a tháinig go hÉirinn le Dónall Geimhleach Ó Catháin i mbliain a daichead a dó.

Agus nuair a thug an Ginearál Féilim Ó Néill gairmshlua chúige Uladh go Tír Chonaill in aghaidh na nAlbanach an bhliain chéanna sin bhí Dónall mac Cormaic Uí Mhaoldóráin ina chuideachta. Ghluaiseadar an mórshlua trí Thír Éanna agus rinneadar foslongfort i nGleann Mhic Coinn idir Loch Súilí is Loch Feabhail. An oíche sin sa gcampa d'iarr an Ginearál Féilim ar an Maoldóránach an leabhar a thabhairt i láthair chun an slua a bheannú sula ndéanfaí an t-ionsaí mór a bhí beartaithe dhon lá arna mhárach.

Rinne sé mar a iarradh air, agus nuair a bhí an séiplíneach ag beannú na saighdiúirí tar éis an aifrinn thug an Maoldóránach an scrín airgid is seoda is carrmhogail is clocha bua i láthair, á crochadh go hard os cionn an tslua agus ag beannú a raibh i láthair léi. Agus i measc na ndea-fhear a bhí sa slua sin bhí caiptín dhe mhuintir Chiannachta, Cú Mhaigh Mac Einrí, fear inste an scéil.

I moiche na maidine, sula raibh an campa ina suí chualathas bloscadh piléar agus tháinig scéala ó fhir foraire an Ghinearáil go rabhadar faoi ionsaí ag complacht de chuid an namhad. Chuir an ginearál buíon marcach amach ina n-aghaidh chun scirmiseáil a dhéanamh leo fad is a bhíodar an campa á gcur ina suí. Ach gan fhios dóibh bhíodar an namhaid tar éis a gcuid sluaite ar fad a thabhairt aníos chucu i rith na hoíche .i. saighdiúirí Dhoire Cholmcille is an Lagáin, agus nuair a ghluaiseadar na marcaigh amach as an gcampa thánadar faoi ionsaí ag neart iomlán an namhad agus ruaigeadh ar ais isteach sa gcampa iad. Nuair a chonaiceadar na fir a bhí á gcóiriú ina línte catha sa gcampa a marcshlua féin chucu ar teitheadh ar cosa in airde ón namhaid ghabh scéin líon mór acu agus in ainneoin iarrachtaí a gcuid taoiseach d'imíodar dhe rith uathu.

Ar sciathán clé an tslua nuair a chonaic Alastar mac Colla Mhic Dhónaill saighdiúirí Thír Chonaill is Thír Eoghain ag teitheadh in an-ord ghríosaigh sé a chuid fear chun an fód a sheasamh .i. muintir na nGlinne is Chlann Aodha Buí chomh maith le muintir Chiannacht Uí Chatháin faoina dtaoiseach Dónall Geimhleach, agus nuair a thánadar líne thosaigh an namhad chucu in áit cúlú rompu d'ionsaíodar go fíochmhar iad agus Alastar mac Colla, Dónall Geimhleach Ó Catháin agus an Maoldóránach féin i dtosach an tslua. Le tréan nirt is le teann diongbháilteachta bhriseadar ionsaí an namhad agus thiomáineadar siar a gcoisithe. Ach más ea, d'iompaíodar an namhaid a ngunnaí móra ar ár gcuid fear agus rinneadar slad uafásach orthu. Trí huaire ansin d'ionsaíodar marcaigh an namhad ár gcuid fear agus trí huaire sheasadar go calma cróga ina n-aghaidh sular thug Alastar mac Colla an t-ordú raitréat.

Ba é an sáirsint Cú Mhaigh Mac Einrí a tháinig ar chorp briste an Mhaoldóránaigh sínte ar an talamh agus an scrín i ngreim fáiscthe lena chliabhrach aige. Cé go raibh an t-ordú tugtha cúlú ba leasc leis an sáirsint an leabhar beannaithe a fhágáil ina dhiaidh, agus cé go raibh corp an Mhaoldóránaigh basctha brúite ag tuairt an phléasctha agus go raibh an scrín féin ina chiseach briste pollta níor fhéadadar an sáirsint Mac Einrí agus an bheirt shaighdiúirí a bhí ina chuideachta í a bhaint de ghreim an Mhaoldóránaigh. Agus nuair a chonaiceadar marcshlua an namhad ag bailiú arís chun athionsaí a dhéanamh orthu b'éigean don sáirsint a mhuscaed a thógáil de dhuine dhe na coisithe agus a ghabháil de stoc an mhuscaeid ar ghéaga an Mhaoldóránaigh. Ach níor leor sin, óir d'fhan an Maoldóránach i ngreim an fhir mhairbh sa scrín, agus b'éigean don sáirsint a ghabháil den mhuscaed in athuair ar an bhfear marbh gur bhris sé na méara is na hailt air sular fhéadadar an scrín a fháisceadh as a lámha.

Maraíodh líon ollmhór dár gcuid fear an lá sin i nGleann Mhic Coinn, agus goineadh na céadta eile, agus b'éigean do Dhónall Geimhleach Ó Catháin Alastar mac Colla a iompar ó láthair an sléachta ar eileatram agus piléar ina cheathrú.

Pé ar bith scéal é, thugadar an sáirsint Cú Mhaigh Mac Einrí agus a chompánaigh an scrín agus a gcosa leo agus ní dhearnadar sos ná cónaí gur bhaineadar corp an tslua amach agus ar theacht i láthair na n-oifigeach is na dtaoiseach dhóibh chuadar a chompánaigh ag fógairt go raibh an tSaltair tugtha leo ón gcath acu agus chruinníodar maithe is móra na harmála á féachaint. Leag an sáirsint a bhreacán ar an talamh agus thug amach cosamar na scríne á leagan anuas ar an mbrat os comhair na n-oifigeach. B'fhurasta dhóibh a fheiscint go raibh an scrín ó mhaith ach go raibh an leabhar slán inti. Ghlacadar buíochas do Dhia ansin agus thugadar an leabhar as an scrín go bhfeicidís cén díobháil a bhí déanta dhi ach nuair a d'osclaíodar an leabhar agus nuair a scrúdaíodar í chonaiceadar nárbh í an leabhar naofa .i. Saltair an Easpaig, a bhí acu ar chor ar bith, ach leabhar beag lámhscríofa a rabhadar na focail seo scríofa ar a chlúdach, Leabhar ar Rialacha et ar Inneall an Chogaidh ar a ndearna Eoghan Rua Mac an Bhaird translation et tiontú i nGaeilge air don iarla óg Aodh mac Rúraí Ó Dónaill.

Tar éis dom an scéal deireanach sin a chlos rinneas iarracht dóchúlacht na scéalta éagsúla a mheá i m'intinn. Cé go raibh cruth na fírinne ar an dara scéal, a mheasas, ba go ró-ealaíonta a d'fhreagair an tríú scéal .i. scéal sháirsint na Muimhneach, dhon dara scéal .i. scéal an mháistir ceathrún, cé go raibh tuarascáil an chatha inchreidte. Agus rinneas gáirí beag liom féin nuair a chuimhníos ar a chrosta is a bhí an leitionant-chornal nuair a insíodh dhó nach raibh sa scrín ach leabhar ar chúrsaí saighdiúrachta, cé nár chuir an ainíde a d'fhulaing corp an Mhaoldóránaigh aon mhairg air. Agus cár fhág sé sin an chéad scéal .i. scéal Sheáin Mhic Conraí, a raibh cuma na fírinne air chomh maith ach a raibh leabhar freisin luaite ann? Nó na droichid seo go léir, rud a chuir beagán imní orm agus mé ag smaoineamh ar an gcosaint a bhí á tuar dhúinn ar áth na Sionainne, dá n-éireodh linn marcshlua an namhaid a sheachaint ar dtús. Rinneas iontas freisin den chaoi a raibh na scéalaithe ní hamháin ag freagairt dá chéile, ach ag freagairt freisin do chaint os íseal na saighdiúirí agus d'ábhar a raibh doicheall ag na hoifigigh ach go háirithe roimhe .i. eas-umhlaíocht agus tréigean na harmála. Go deimhin, b'fhacthas dom gur chontúirteach an chaint í agus go raibh na scéalaithe, mar a deireadh mo mháthair féin, ag rith ar an tanaí.

Dhen dara huair an oíche sin thosaíos ag fiafraí dhíom féin an raibh teachtaireacht éigin faoi cheilt sa gcaint a bhí á clos agam agus, bíodh is nár fhéadas freagra a thabhairt ar an gceist sin bhí sí dho mo thochas is do mo chrá amhail ladhracha mo choise a bhí dóite leis an bhfuachtán. Cuireadh deireadh le mo mhachnamh nuair a chonac duine de na sáirsintí cromtha os cionn an chornail, ansin a bhuataisí is a chuid éadaigh á dtabhairt chuige, agus an caiptín Búrc agus an caiptín Mac Cárthaigh ag éirí go scafánta agus an cornal á leanacht amach as an távairne acu. D'fhéachas ar an bhFear Flatha Ó Gnímh le m'ais, agus thug sé tarraingt ar a phíopa le neamhshuim. Chuireas orm mo bhróga boga báite, d'éiríos i mo sheasamh, thóg leabhar na gcuntas as mo mhála, agus é dhe rún agam í a thabhairt don chornal, agus leanas na caiptíní amach.

Bhí an campa ar an tsráid nach mór tréigthe agus lucht an bhagáiste, a bhí scaitheamh roimhe sin á soipriú féin cois tine, anois cruinnithe amuigh ar an mbóthar agus a nglórtha ardaithe go callánach acu. Leanas-sa buíon an chornail soir thar na tinte chomh fada leis an mbóthar, mar a rabhadar mathshlua ag amharc ó dheas i dtreo an tsléibhe agus iad ag caint in ard a gcinn ar sholas tine a facthas ar an gcriathrach, agus cé gur sheasas i bhfad ag breathnú mheall dubh an tsléibhe ní fhaca dé ná deatach ann.

Ar fheiscint an chornail dom ag casadh ar ais i dtreo an tí ghluaiseas faoi dheifir ina dhiaidh chun iarracht eile a dhéanamh ar chuntas an mhiúinisin a thabhairt dó agus chun labhairt leis faoina bhfaca an mhaidin sin ag trúpa an Bhúrcaigh, ach sula bhfuaireas deis ar an gcornal bhí Dónall Ó Flatharta ina sheasamh sa tsráid romham, a ghrua lasta faoi sholas na tine agus é beagnach balbh le fearg. Shíleas ar dtús gur rugthas ar na fearaibh a bhí ag ól agus bhuail aiféaltas mé, óir ba thromchúiseach an choir é agus d'fhéadfaí faillí a chur i leith oifigeach a d'fhágfadh saighdiúirí óltacha ar dualgas garda.

Céard atá ar bun agaibh istigh ansin?

A dúras nár thuigeas céard a bhí i gceist aige.

Cé as, a deir sé dhe ghlór garbh mímhúinte, na scéalta seo faoi leabhra is faoi chléirigh is faoi chaiptíní! Cé mar a cheapann tú a gcuireann sé isteach ar oifigigh mhacánta na reisiminte seo masla á thabhairt dá ngairm is dá ngradam dlisteanach?

Rinneas iarracht iompú uaidh ach d'fháisc sé a lámh ar m'uillinn. Cuireann sé an fhuil ag coipeadh ionam féin, a deir sé, agus san uile dhuine eile dhe phór uasal sa reisimint seo!

Chasas ar ais go tobann chuige agus, cé go raibh mo lámh ar stoc mo ghunna glaice agam, bhíos cúramach gan lámh a leagan ar a phearsan. Sheasamar beirt béal ar bhéal gan focal eadrainn ach sinn ag stánadh go fuar feargach ar a chéile. Ar deireadh, lig sé dá ghreim ar m'uillinn, agus dúras-sa gur mheasas go raibh dul amú air.

Dul amú, a deir sé faoina fhiacail. Sách dona an reisimint agus an marcshlua in árach a chéile gan lucht bagáiste is pinn ag cothú tuilleadh aighnis! Focal ón gcornal agus feannfaidh mé féin an craiceann dá dhroim ar an gcrochadóir sin Ó Gnímh! Agus den uile dhuine agaibh.

Ní raibh an chaint sin curtha dhe aige nuair a tháinig an cornal féin ar ais ón mbóthar agus Ruairí Ó Cadhain lena chois, agus cé go rabhas cinnte dhe gur chuala sé caint a dhearthár óig níor lig sé tada air féin, ach thug ordú dhó dhe ghlór ciúin tomhaiste.

Beir teachtaireacht uaim chuig an maorsháirsint Ó Mealláin, a deir sé, dúblaítear an foraire agus abair leis go bhfuilim ag iarraidh scéala uaidh má chloistear oiread is broim giorria ar an sliabh.

Sheasas ansin go raibh an cornal críochnaithe sula ndearna iarracht labhairt leis. Thaispeánas leabhar na gcuntas dó. Atá cuntas an mhiúinisin agam dhuit a chornail, a deirimse leis.

D'iompaigh Dónall Ó Flatharta chugam arís. Ná dearmad an méid a dúras leat, a deir sé, an gcluin tú mé?

Dúrt gur chuala go maith é, agus rinneas iarracht eile labhairt leis an gcornal ach bhí sé tar éis a dhroim a iompú liom agus é ag siúl ar ais i dtreo an tí. Shín Donall Ó Flatharta a lámh amach chun leabhar na gcuntas a ghlacadh uaim, ach choinníos greim teann uirthi. Thug sé féachaint fhainiceach eile orm, ansin chas sé ar a chois agus d'imigh i ndiaidh an chornail.

Bhí an bheirt imithe isteach sa távairne nuair a thugas faoi
deara go raibh mo lámh dheas fós ar stoc mo ghunna glaice
agam. Nuair a scaoileas mo ghreim ar an bpiostal chonac go
rabhas ar aon bharr amháin creatha. Leagas mo lámh ar mo
bhaithis, óir ba mhó imní dhom fiabhras is plá ná piléir an
namhad, agus nuair a bhraitheas nach raibh aon teocht orm,
ach a mhalairt, chasas mo chlóca go teann i mo thimpeall agus
rinne mo bhealach anonn thar an tsráid chuig ceann de thinte
lucht an bhagáiste. Sheasas do mo ghoradh féin sa chuideachta
fear is ban a bhí ag ceol is ag ól thart timpeall uirthi. Bhí port
Francach á chasadh ag duine de na saighdiúirí ar fheadóg
bheag a dhealbhaigh sé as géagán fuinseoige, ach más go beo
bríomhar féin a chas sé an uirlis níorbh fhéidir leis an gceol
binn sin míshásamh an chornail liom a chur as mo cheann.
Cé gur mheasas go ndearnas gach iarracht mo dhualgas a
chomhlíonadh b'fhacthas dom go mba bheag é beann an
chornail orm ó tháinig a dheartháir sa reisimint. Chuimhníos
ar an gcéad lá a casadh orm Éamonn Ó Flatharta ina chóta
fada sróil i lár an chomhluadair i dteach an Loingsigh i
nGaillimh agus ré nua á fhogairt aige dhúinn agus sinn inár
saorsheirvísigh ag rí arbh é cosantóir ár gcuid saoirse é, dar
leis, agus chuimhníos ar na deora a d'at i súile m'athar, ar
dheislámh Dé go raibh sé, nuair a d'fhógraíos dó go rabhas i
seirvis na bhFlathartach, agus é ag maíomh gaol is muintearas
leis an seantaoiseach, agus chuimhníos ar an gcéad lá i mBaile
na hInse dhom is ar mo hata breá nua is mo bhríste gallda
agus mar a rinne ógánaigh an tí oiread fonóide dhíom go
mb'éigean dom mo sheanbhríste a chaitheamh orm in athuair
agus a dhul ceann-nocht ina dhiaidh sin.

Bhíos scaitheamh beag ag baothchuimhneamh mar sin ar laethanta a caitheadh in Iarchonnachta nuair a chuala leanbh ag caoineadh le m'ais agus d'aithníos an mháthairín bheag rua sin in athuair, agus í ag siúl suas is anuas ar an bhféar agus an naíonán, Mórag, seal ar a coim aici, seal eile in airde ar a gualainn agus seal eile fós á luascadh ó thaobh go taobh agus í ag gabháil fhoinn di go bog. Ach ba bheag an mhaith a bhí ann di, óir lean an leanbh uirthi dhen bhladhrúch. Ar deireadh tháinig seanbhean anonn ón tine chuici, thóg sí an leanbh ina gabháil agus chuaigh ag siúl léi agus í ag caoineadh mar a bhí roimhe sin. Rinne an mháthair rud ansin nach raibh súil agam leis. Anonn léi chuig an tine mar a raibh an fear ag casadh na feadóige agus chaith sí a cosa in airde agus chuaigh ag pramsáil leis an gceol. D'éirigh duine dhe na saighdiúirí agus chuaigh ag rince léi agus ba ghearr go rabhadar triúr, ansin ceathrar, i mbun damhsa is contra-damhsa. Ansin seisear agus ochtar, agus í féin i lár an phléaráca, agus an ceoltóir ag casadh gailiardaí is branlaí, agus an uile dhuine eile ag portaireacht leo. Ar feadh an achair bhig sin ní raibh rian d'imní na máthar uirthi ach í ag ceiliúradh go ríméadach mar a dhéanfadh gearrchaile lá aonaigh. Choinnigh sí uirthi ag pléaráca go dtáinig tuirse ar deireadh uirthi, d'fhág sí slán le lucht na scléipe agus d'imigh ón gcuideachta.

Ag siúl aniar ón tine dhi d'umhlaíos mo cheann don bhean óg le cúirtéis. D'iompaigh sí uaim go mórtasach, mar a shíleas ag an am, a smig crochta go hard aici agus cár leathan gáirí uirthi, agus a folt a bhí cuachta in airde ar a ceann roimhe sin scaoilte anuas ina dlaoithe fada órsnasta lena droim. Shín sí amach a dhá lámh chuig an tseanbhean agus thóg an leanbh agus í fós ag béiceach, á crochadh in airde ar a gualainn agus á tabhairt ag siúl suas is anuas ar an bhféar arís agus í á luascadh is á bogadh anonn is anall.

D'fhanas greamaithe dhen spota ar feadh i bhfad ag tabhairt cluas do cheol binn na feadóige, agus ag faire na mná is an linbh is na bhfear agus iad suite timpeall na tine in athuair, agus ansin ag amharc uaim ó dheas i dtreo chruach dhorcha an tsléibhe mar a measadh go rabhadar fir is mná an namhad cruinnithe thart ar thinte eile agus iad b'fhéidir ag féachaint na tine sin againne i gcéin uathu. Chuimhníos ar Chúchulainn is ar Fheardia sínte le hais a chéile cois tine i ndiaidh a gcomhrac ar an áth. Agus d'fhiafraíos díom féin cé na poirt cheoil a chasadar, nó cé na laoithe nó na scéalta a d'aithrisíodar dhá chéile san oíche. Ar inis Feardia scéal ar Mhéabh agus ar inis Cúchulainn scéal ar Chonchúr, agus ar chuireadar olc ar na taoisigh mar a bhí á dhéanamh ag gaiscíochaí na reisiminte? Agus chuimhníos dhen dara huair an lá sin ar an mbean sin sa mbothán tí taobh amuigh dhe Chluain Meala agus mar a d'inis mo chompánaigh dhom gur chaitheas an chuid eile dhen lá sa diallait agus mé ag stánadh amach díreach romham amhail mar a bheadh duine ina chodladh ina dhúiseacht agus mé ag reacaireacht fiannaíochta dhom féin. De réir thuairisc mo chompánach b'éigean mé a chrochadh anuas den chapall an oíche sin agus mé a shíneadh siar i mo chóta agus mé fós ag canadh dhom féin gan stad gan staonadh, *Lá dá raibh Fionn flaith ar an bhfaiche in Almhain úr, Do chonaic chuige sa ród eilit óg ar léim lúth.* Agus rith sé liom, ansin sa gcampa in Áth an Chuilinn, agus mé ag tabhairt na heachtra sin chun cuimhne, go raibh sásamh éigin agam as an laoi fiannaíochta sin, as an gceol agus as an bhfilíocht inti, agus as na focla breátha agus as an gcinnteacht a bhain leo, mar a bheadh paidir ann.

Leis sin phléasc géagán ar an tine agus cuireadh cith ifreanda aithinní is drithlíní in aer a chur ag cuimhneamh orm féin mé, agus shocraíos gur fearra dhom guí chun Dé in áit a bheith ag aithris sheanchas na bpágánach dhom féin agus ghuíos láithreach chun na Maighdine ag iarraidh Uirthi idirghabháil a dhéanamh ar mo shon agus dúirt deichniúr dhen phaidrín. Go deimhin, ba ghearr ráite agam é, agus mo dhá shúil báite i lasracha preabacha na tine agam, nuair a chuimhníos in athuair ar neamhbhuaine an tsaoil agus ar bhuannaí sin an fhómhair sa ngort arbhúir, ach in áit é a bheith cromtha ar a dhá ghlúin ba ag amharc in airde sa bhfirmimint a bhí sé agus é ag tabhairt taitneamh dh'ainmhithe is do dhúile Dé mar a rinneadar an Fhiann fadó, agus de m'ainneoin thosaíos ag aithris go dána an laoi chéanna fiannaíochta sin, *Do ghlaoigh ar Sceolán is ar Bhran is do lig fead orthu araon, Gan fhios do chách i dtigh an óil do lean sa tóir an eilit mhaol.* Agus leanas orm á haithris go dtáinig Ruairí Ó Cadhain faoi mo dhéin agus boladh an óil air.

Baintreach an chaiptín Mac Aodha, a deir sé, ag amharc dhó ar an mbean óg a bhí i ngreim sa leanbh. Sin í baintreach fhear na nGlinne, a deir sé, Séamas mac Ránaill Óig Mhic Aodha a cailleadh i bPort Láirge. Is maith an ní, a deir sé agus a dhrad a thaispeáint go graosta aige, go bhfuil an sagart imithe anocht.

Nuair nár thugas aon ugach dhó leanúint den chaint sin chlaon sé a cheann i dtreo an tí. Táid na Búrcaigh imithe, a deir sé.

An caiptín?

Tá, agus na trúipéirí a bhí sa távairne. Tá súil agam nach ag cuimhneamh ar mhochéirí atáid. Níl fanta ina suí anois, a deir sé, ach na hUltaigh is na Muimhnigh. Níor thaitin an ealaín a bhí ar bun istigh leis an gcornal, agus tá sé féin agus an leitionant Dónall bailithe leo a luí. B'fhéidir nár mhiste dhúinn féin fanacht glan ar an áit.

Ach bhí m'intinn socraithe agam. Chaitheas súil in athuair ar an sliabh sular thugas m'aghaidh ar an teach.

An cléireach seo bhí sé ina chónaí i seomra beag i mbarr tí i gcathair Oistinn sa Tír Íseal. Bhí an seomra sin aige agus dhá mharc sa tseachtain in íocaíocht ar obair scríbhneoireachta a dhéanadh sé dá mháistir, duine uasal agus caiptín i seirvís an rí. Chaitheadh an cléireach an lá ag scríobh amach laoithe, rannta, agus scéalta staire is seanchais i leabhar mór an mháistir, agus sa tráthnóna, nuair a bhíodh ag teip ar léas an lae, chríochnaíodh sé an obair le lóchrainn lag solais.

Cé nach raibh aige ach dóthain leis an ngreim a choinneáil faoin bhfiacail .i. go deimhin, ní raibh luach bhreosla na tine féin aige, gach lá tar éis a bhéile chruinníodh sé suas an brus aráin a bhí fágtha ina dhiaidh aige agus leagadh amach ar leac na fuinneoige é agus chaitheadh tamall beag ag breathnú na n-éan á ithe.

Maidin fhuar gheimhridh nuair a bhí a chosa stromptha agus pianta ina mhéaracha agus leathanaigh gan áireamh fós le breacadh aige, chuala an cléireach cantaireacht éin taobh amuigh dá fhuinneog. Leag uaidh a pheann agus thug cluas don cheol. Ba ghearr go ndearna sé dearmad ar a mhéaracha dearga ataithe agus ar a chosa fuara, agus ar an máistir a bheadh ag teacht ag breathnú a chuid oibre, agus thit i dtámhnéalta aoibhnis agus d'fhan mar sin ag éisteacht leis an mbinneas ainglí nó gur stad an t-éan dá cheol agus gur íslígh an ghrian san iarthar. Bhíog an cléireach nuair a plabadh doras mór an tí thíos staighre, agus den chéad uair thug sé faoi deara an bhladhmsach mhór thine sa teallach. Ar chlos an mháistir dhó ag céimniú aníos an staighre d'fhéach an cléireach go faiteach ar an leabhar agus ar an bpeann a bhí leagtha amach roimhe, agus faoi sholas na tine d'iontaigh sé leathanach i ndiaidh leathanaigh dhe scríbhneoireacht chruinn néata siar go deireadh an leabhair.

Sa távairne bhí an caiptín Mac Cárthaigh ina sheasamh, a dhroim leis an tine, agus an scéal a bhí cloiste againn á mholadh aige i mbriathra fada fileata, agus é ag cur scéalta na hoíche i gcomparáid leis an gcantaireacht a níonn an t-éan a thuirlingíonn ar chrann seoil loinge amuigh ar an mbóchna agus é ar a thuras fada ó dheas go dtí na críocha teo.

Ar deireadh, nuair a bhí an Cárthach a dhul i bhfad scéil lena chaint adhmholtach thugas súil i mo thimpeall go bhfeicfinn an mé féin amháin a bhí á cheapadh sin agus féachaint dár thugas siar thar mo ghualainn chonac iníon an távairneora, Aiteall, ina seasamh sa doras agus thuigeas cén t-údar a bhí le saothar mór cainte an Mhuimhnigh.

Ar iarratas an chaiptín Mac Cárthaigh labhair Aiteall féin ansin agus dúirt gur thaitin an scéal go mór léi, rud a chuir an dá shúil ar lasadh sa bhFear Flatha Ó Gnímh agus a chuir an caiptín Mac Cárthaigh ina shuí aníos le teann ríméid. Ach má chuir, níorbh ar an gcaiptín Muimhneach ná ar an gcaivilír Ultach a bhí Aiteall ag féachaint ar chor ar bith ach ar fhear a bhí tagtha ar ais isteach an doras tamall gearr roimhe sin agus a bhí ag stánadh go dána uirthi agus a dhá shúil mhóra ar lasadh le mísc is le diabhlaíocht agus, is ródhócha, le meanmnaí óil, óir b'in é an cruitire Ó Dálaigh céanna a casadh orm níos túisce an oíche sin sa scioból.

Inseodsa scéal, a deir sé, agus ba léir gur le hAiteall agus le hAiteall amháin a bhí sé ag labhairt.

Bhí fear óg ann agus chuaigh sé chun cogaidh agus ní bhfuair ann ach bolg folamh, leaba fhliuch, agus speirtheacha ar a chosa. Agus mar bharr ar an donas nuair a tugadh briseadh agus bualadh dhon reisimint sa gcogadh .i. reisimint an chornail Ó Fearaíl i gCluain Eois sa mbliain 1643, loisceadh piléir leis, sádh le píce é, agus rinneadh meall brúite basctha dhe faoi chosa an mharcshlua. D'fhág an fear óg slán leis an reisimint agus thosaigh ag déanamh a bhealach abhaile. Ba ghearr a bhí sé ag siúl nuair a thánadar saighdiúirí reisimint iarla na Leamhna .i. reisimint Alastair Leaslaí, roimhe ar an mbóthar ina mboinéadaí gorma is a gcótaí dearga. Thug sé dho na bonnachaí é, ach má thug ba ghearr a rith. Do thánadar an rútmháistir Mac Cailín agus trúpa marcach ina dhiaidh .i. Caimbéalaigh Achadh na mBreac, thógadar é agus thugadar ar láimh é dho na coisithe. Thaispeánadar an chroch dhó agus uirlisí a chéasta agus fiafraíodh dhe an ngabhfadh sé san armáil agus d'fhreagair sé dhe ghlanbhéarla iad a rá go ngabhfadh.

Níorbh fhada ansin dó an t-am ar tugadh maidhm is briseadh d'armáil na nAlbanach .i. ar an mBinn Bhorb i dTír Eoghain sa mbliain 1646, agus go mb'éigean dó a chlogad is a phíce a chaitheamh uaidh agus a dhul i muinín a shnámha san Abhainn Mhór, ach má tháinig sé slán féin bhí sé dhe mhí-fhortún air gur caitheadh i dtír é i measc saighdiúirí a reisiminte féin .i. reisimint chornal na Leamhna a bhí an tráth sin faoi cheannas an chornail Seoirse Monró, agus iad ag cúlú ón gcath.

Ba ghearr mar sin dó gur fhág sé slán le mílord Monró agus gur éalaigh dhe shiúl oíche ón gcampa. Le héirí na gréine fuair sé trúpa Aodha Dhuibh Uí Néill ar an mbóthar roimhe. Thánadar na marcaigh roimhe agus d'fhiafraíodar dhe cén ghnáthaí a bhí aige ar an mbóthar chomh luath sin ar maidin agus dúirt gur cléireach a bhí ann ar ghnothaí a mháistir, ach d'aithníodar beirt dá sheanchompánaigh as reisiminint Uí Fhearaíl é agus d'insíodar dhon mharcshlua gur ag éalú óna gcomplacht a bhí sé.

Tógadh an fear óg agus ceanglaíodh agus craplaíodh é agus tugadh go dtí an caisleán é in Achadh an Dá Charad, mar a rabhadar a sheanchaiptín agus a bhean óg ar ceathrúin. D'ordaigh an caiptín dá chuid saighdiúirí an fear óg a chrochadh ar maidin agus chaitheadar i bpoll é dhon oíche.

Oíche 'dtánamar don teach rí-bhreá,
 gunna 's píce,
Is do goineadh mé le piléar grá
 d'fhág mé cloíte

Dhá chloíte dhá raibh an príosúnach nuair a chonaic an

ógbhean é ghlac trua mhór dhó agus labhair sí leis an gcaiptín agus d'iarr sí air gan an fear óg a chrochadh, agus is éard dúirt an caiptín dá mbeadh mianach cléirigh ann ar chor ar bith, mar a bhí á mhaíomh aige féin, nach gcrochfadh sé é ach go gcuirfeadh i mbun oibre é.

D'fhiafraigh an caiptín den fhear óg an raibh scríobh is léamh aige agus nuair a dúirt an fear go raibh dhún an caiptín i seomra i mbarr an chaisleáin é agus chuir ag scríobh leabhair é. Cé gur obair chrua a bhí ann ba mhór an faoiseamh dhon fhear óg go bhfeicfeadh sé an bhean óg ó am go chéile agus nuair a d'fheicfeadh ba bheag an chuimhne a bheadh aige ar na harraingreacha a bhí ina mhéara is ina láimh.

Thugas ar láimh m'ainnirín chaoindeas
  de shiúl oíche
is d'fhágamar caiptín Muimhneach
  i mbun caointe.

Lá dá raibh an chaoin-bhean sin ar cuairt aige nocht sé méid a ghrá dhi agus bhronn sí teora póg ar an bpríosúnach bocht, agus shíneadar siar in éineacht ar a leaba soip.

Faoi bhuntsoip tí thug di fáinne
  in ór glanbhuí
is do thug liom í abhaile
  i stór mo chroí.

I gcroílár na hoíche d'éirigh an fear óg agus chuir sé críoch le leabhar an chaiptín agus d'éalaíodar leo, é féin agus bean an chaiptín, agus ní fhaca an caiptín a bhean ná an scríobhaí riamh ó shin, agus b'in mar a d'inis Cearúll Buí Ó Dálaigh Úrscéal an tSaighdiúra in Ultaibh d'Ardscoil Áth an Chuilinn i mí Mheán Fómhair 1650.

146

Agus d'inis Cearúll Ó Dálaigh a scéal agus ba bhinne ná ceol cruite nó scolgháire an smólaigh é ag cur síos ar an saighdiúir bocht ar falróid roimhe agus é ar a theitheadh ón gcroch is ón gcat agus mar a gabhadh é is mar a mheall sé bean an chaiptín agus mar a d'éalaigh sé léi san oíche. Agus i gcaitheamh an ama a raibh an scéal á insint aige níor bhain sé a dhá shúil d'Aiteall agus nuair a bhí an scéal inste níor dhúirt sí tada, níor ghlac sí buíochas leis ná níor labhair sí focal molta mar a rinne leis na scéalaithe eile ach d'éirigh agus d'imigh amach go ciúin. Nuair a d'éirigh an caiptín chun a bhuíochas a ghlacadh leis an scéalaí bhí Cearúll ar a chosa cheana féin agus é ar a bhealach amach i ndiaidh na hógmhná.

Chonaiceadar an uile dhuine an doras á dhúnadh i ndiaidh an chruitire, agus an caiptín Mac Cárthaigh cromtha os cionn a phíopa agus é ag ligean air féin nach bhfaca sé an méid a tharla, agus ó mhonabhar íseal cainte na bhfear ba léir nach go rómholtach a bhíodar siúd i dtaobh an scéil. Go deimhin féin bhí sé tugtha faoi deara agam faoin tráth seo go rabhadar daoine inár measc nár ghnáth leo ceathrú na n-oifigeach a thaobhachtáil, agus ar fhéachaint i mo thimpeall sa meathsholas dom d'aithníos giollaí is saighdiúirí dhe chuid an gharda i gcúinní dorcha an tí. Cé go raibh sé deireanach agus go raibh tuirse ar na fearaibh, agus go raibh lá fada siúil amach romhainn, mheasas go mba chúis imní dhóibh a chóngaraí dhúinn is a bhí an namhaid, dar leo, agus bhí go leor dár líon a bhí chomh mór sin ar tinneall go mba dheacair dhóibh codladh a dhéanamh.

Ar deireadh labhair Toirealach Ó Conchúir. A chaiptín Mac Cárthaigh a bhrátháir liom, táim buíoch dhíot as do chuideachta ealaíonta sa teach seo anocht, agus ar a shon sin tá scéal agam dhuit, a deir sé, scéal ar fhear bréagtha na mban.

Thosaigh Toirealach ar a scéal ansin agus má bhí aon duine dhínn ag cuimhneamh ar Chearúll Ó Dálaigh a bhí in áit éigin taobh amuigh, mar a shamhlaíomar é, i ndáil cumainn le hiníon an távairneora, ba ghearr gur ligeadh chun dearmaid é sin agus an meirgire ag cur síos ar an ngruagach a mheall fear chun a thí agus a choinnigh ann é gur mheall sé a chuid scéalta ar fad uaidh, agus de réir mar a bhí a scéal á insint ag Toirealach Ó Conchúir bhí an duairceas ag leá dh'éadan an chaiptín agus é ag gáirí chomh maith linn féin.

Scéal an Ghruagaigh agus a iníne mar a d'aithris Toirealach Carach .i. Toirealach Ó Conchúir, é dhon chaiptín Cormac Mac Cárthaigh.

Bhí fear óg ar a bhealach abhaile ón gcogadh agus tháinig sé oíche fhíorfhliuch ar theach ar imeall na coille. Bhuail sé buille ar an doras, tháinig an doirseoir amach chuige agus d'fhiafraigh sé dhe cé a bhí ann. D'fhreagair an fear óg é a rá gur saighdiúir bocht é a bhí ag iarraidh dídean na hoíche, agus tar éis ala bhig d'fhill an doirseoir chuige agus thug isteach chuig an gcaiptín é i seomra mór ina raibh tine bhreá lasta sa teallach agus bord fada daraigh ar a raibh coinnleoir mór soilseach leagtha. Ina shuí cois tine bhí an caiptín .i. gruagach mór péacach a raibh meigeall is croiméal fada biorrach air, léine bhán línéadaigh agus ribíní dearga is bána, agus iníon chaomh dhea-chumtha ina seasamh lena ais.

D'fhiafraigh an caiptín den fhear óg an raibh scéal ar bith aige agus dúirt an fear óg go raibh, go leor.

An fhad is atá scéalta agatsa dhomsa, a deir an caiptín, gheobhaidh tú bia agus deoch agus lóistín na hoíche anseo.

Shuíodar chun suipéir ar dtús. Leagadh rompu ar an mbord nua gach bia is sean gach dí, agus nuair a bhíodar go subhach sásta d'iarr an caiptín scéal, agus cé go mba tuirseach traochta an fear óg d'inis sé scéal dó. Agus nuair a bhí an scéal sin inste aige d'iarr an caiptín scéal eile. Nuair a chonaic an iníon go mba leasc leis an bhfear óg a scéalta a thabhairt uaidh shuigh sí síos lena ais agus chuaigh ag labhairt go mín mánla leis agus ag caitheamh catsúile air is ag tabhairt féachaintí grámhara air nó gur inis sé scéal i ndiaidh scéil go raibh sé ina mhaidneachán lae.

D'fhógair an caiptín go raibh sé in am luí ansin, thaispeáin sé a leaba dhon fhear óg agus shín sé féin siar sa gcathaoir cois tine agus thit tromshuan codlata air.

Níorbh fhada dhon fhear óg ar a leaba gur thit néal codlata air agus chlis sé as an gcodladh sin nuair a taibhsíodh iníon álainn an chaiptín dhó i dtromnéal suain. D'éirigh sé sa meathsholas agus chuaigh ag lorg na hiníne. Tháinig sé ar an gcaiptín cois tine agus é ag srannadh go sámh agus d'éalaigh sé go ciúin thairis go dtáinig ar an iníon agus í ar a leaba, agus labhair sé léi dhe bhriathra milse mealltacha gur lig sí isteach ina leaba é.

Bhí an ghrian go hard ar an spéir agus an caiptín ag srannadh fós cois tine nuair a d'éirigh an fear óg. Thóg sé a hata is a mhaide siúil agus bhí ar tí imeacht nuair a ghlaoigh an iníon air.

Cá bhfuil do dheifir dho do thabhairt? ar sí. Nach fearr dhuit fanacht agus comhluadar a choimeád liomsa anseo anocht, óir ní fheicimse aon duine ó cheann ceann na bliana, agus tig leat imeacht moch maidin amárach?

Dúirt an fear óg go bhfanfadh sé agus níorbh fhada mar sin dóibh ag comhrá go caoin nuair a dhúisigh an caiptín agus gur iarr leann is feoil a thabhairt chuige. Lasadh soilse an tí ansin agus tugadh bia is deoch chucu agus d'itheadar agus d'óladar. Nuair a bhí a sá ite acu d'iarr an caiptín scéal.

D'inis an fear óg scéal dó agus d'iarr an caiptín scéal eile, agus d'inis an fear óg scéal i ndiaidh scéil nó go raibh sé ina mhaidneachan lae agus gur fhógair an caiptín go raibh sé in am luí. Shín sé é féin siar sa gcathaoir cois tine ansin agus thit tromshuan codlata air.

Cé go mba tuirseach traochta an fear óg tar éis na hoíche roimhe sin, níorbh fhada ar a leaba é gur éirigh agus go ndeachaigh ar lorg na hiníne arís agus bhíodar an fear óg is an iníon ar an leaba go raibh an ghrian thiar sa spéir agus an caiptín ag srannadh fós cois tine.

D'éirigh an fear óg ansin, thóg a hata is a mhaide siúil agus bhí ar tí imeacht in athuair nuair a ghlaoigh an iníon air.

Céard is fiú dhuit, ar sí, a bheith ag imeacht anois agus an lá a dhul ó sholas? Nach fearr dhuit fanacht anseo anocht agus imeacht moch maidin amárach?

Ní túisce ráite ag an bhfear óg go bhfanfadh sé ná dhúisigh an caiptín agus d'iarr leann is feoil a thabhairt aige. Lasadh na coinnle, tugadh bia is deoch isteach agus d'itheadar agus d'óladar a sá. Nuair a bhíodar go subhach sásta d'iarr an caiptín scéal.

D'inis an fear óg scéal dó, agus nuair a bhí an scéal sin inste aige d'iarr an caiptín scéal eile. Agus d'inis an fear óg scéal i ndiaidh scéil dó. Ar deireadh d'éirigh an fear óg ina sheasamh agus d'fhógair go raibh an uile scéal a bhí aige inste aige dhóibh agus go raibh sé in am codlata mar go gcaithfeadh sé féin an bóthar a bhualadh go moch maidin arna mhárach.

Tá go maith, a deir an Gruagach, agus leis sin fuair an fear óg é féin ina shuí leis féin ar thulán fuar fliuch agus liathsholas na maidine ag éirí in oirthear spéire.

D'éirigh an Fear Flatha Ó Gnímh ina sheasamh, chaith siar a chloigeann agus thug suaitheadh dá bhúclaí fada gur dhoirteadar ina dtonnta luascacha lasta idir sinn agus an tine.

Atá scéal agam ar phictiúr, a deir sé. Thug sé féachaint thart air ar an gcuideachta a bhí suite go dlúth timpeall na tine. Tabló, a deir sé, cosúil leo siúd atá le feiscint san ard-eaglais sa mBruiséil agus i bPáras agus i dteampallaibh is i bpálásaibh is i dtithe móra eile ar mhór-roinn na hEorpa.

Atáid feicthe agam, a deir an leitionant-chornal, agus thosaigh sé á n-ainmniú, Eaglais Naoimh Micheál is Naoimh Goidiúl, Eaglais Santa Caitríona is araile.

A leithéid seo, a deir an Fear Flatha agus é ag teacht roimhe. Ar bharr an tabló ar thaobh na láimhe clé faoi spéir dhearg an tráthnóna táid dhá chnocán ísle féaraigh agus iad ag titim go bog le fána anuas go dtí an abhainn mhór chiúin ar thaobh na láimhe deise. Thíos faoi sin i lár an tabló tá campa armála agus iliomad fear á ngléasadh chun catha, fir acu ag ceangal éide gaisce orthu féin, cótaí lúirigh agus clogaid, fir eile ag cur faobhar ar phící is ar lanna claimhte, fir eile fós ag cur diallaití ar chaiple. Agus chun tosaigh orthu sin, i lár báire, tá gríosach thine agus fear meánaosta ina sheasamh, féasóg liath air agus mullach catach rua, agus gan á chaitheamh aige ach a léine agus a bhríste. Ar chúl an fhir seo ar chlé tá giolla ag teacht le clogad chuige .i. morion ard Spáinneach mar a bhíos ar ár gcompánach, an maorsháirsint Ó Mealláin, ach níl aird ar bith ag an bhfear féasógach air, ach é ag amharc go brionglóideach in aibhleoga na tine.

D'amharc an Fear Flatha sna súile orainn inár nduine is inár nduine agus d'fhiafraigh dhínn ar aithníomar an pictiúr ón gcur síos a rinne sé dhúinn.

Ní cuimhneach liom a leithéid a fheiscint, a deir an leitionant-chornal, a raibh tréimhse blianta caite aige i mbailte móra na Mór-Roinne i seirvís rí na Spáinne. Ach déanta na fírinne, a deir sé agus é ag méanfach, bhí an dúrud acu ann. Do chonac manaigh is bráithre, ceart go leor, a deir sé, aingle is seiriúbanna agus an iliomad bréag-dhéithe págánacha.

Chonacsa pictiúr mar é, a deir Seán Mac Conraí, agus dúirt gur chuir an pictiúr scéal faoi Eoin Baiste i gcuimhne dhó, ach sula bhféadfadh sé a dhul níos faide leis an scéal sin tháinig Brian Ó Gnímh roimhe, fear nár leag cos thar sáile, a rá go mbíodh a mhacasamhail i dteach Uí Dhónaill, ach gur pictiúr dhen Mhaighdean Mhuire agus den Slánaitheoir a bhí ann. Agus dúirt duine eile go raibh pictiúr mar é ag Art Ó Néill sa Róimh.

Inseod daoibh, a deir an Fear Flatha leis an gcuideachta. An abhainn sin ar a chúl sin í an Abhainn Mhór i dTír

Eoghain agus an dá thulán sin, sin iad Droim Fliuch agus
Droim Craoibhe ar an mBinn Bhorb, áit ar bhriseamar ar
armáil an ghinearáil Monró i mbliain a daichead a sé. Na fir
sin i lár báire sin iad ár muintir féin .i. na cornail Féilim Rua
is Aodh Dubh Uí Néill, Risteard Ó Fearaíl, Alastar mac an iarla
Mac Dhónaill, Mánas Ó Dónaill, Pilib mac Aodha Ó
Raghallaigh, agus Mánas Ó Catháin. Agus chun tosaigh sin é
an fear arbh é ábhar an tabló é, agus é ag amharc go
brionglóideach sa tine, ár nginearál féin Eoghan Rua Ó Néill.

Ghuigh an chuideachta grásta Dé ar an nginearál, go fiú
iad siúd inár measc a bhain le páirtí Urmhumhan is Chlann
Riocaird agus nach raibh aon ghean acu air, agus d'fhógair an
caiptín Mac Cárthaigh go gcaithfeadh sé gur álainn agus gur
taibhsiúil an pictiúr é, agus d'fhiafraigh sé dhe cén áit a raibh
sé le feiscint.

I m'intinn féin atá an tabló, a deir an Fear Flatha, óir níor
cuireadh a mhacasamhail ar chlár fós, a deir sé, ach go ndéan-
fad féin é a ghreanadh nuair a bheas faill agus deis agam
chuige.

Is fíor a deir sé, a d'fhógair a dheartháir Brian Ó Gnímh,
óir is fear maith dathadóireachta é an Fear Flatha sin againne,
agus d'aontaíodar a chompánaigh leis sin, Toirealach Ó
Conchúir ach go háirithe a d'inis don chuideachta gurb é an
Fear Flatha a rinne bratach iarla Aontroma dhó. Ach má
d'aontaigh féin ba ghearr go rabhadar ag insint fios a ghnothaí
dhó, fear amháin ag fiafraí dhe cad chuige nach dtaispeánfaí
an ginearál ar a stail Mac an Iolair, agus fear eile a rá nach Mac
an Iolair ach Mac na Spéire a bhí ar an stail, fear eile a rá gur
chóir é a thaispeáint ag tumadh a chlaímh i ranga an namhad,

fear eile a rá gur chóra é a thaispeáint ag baint an chloiginn den Mhórach le piléar ghunna mhóir mar a tharla i Muileann an Iarla i mbliain a daichead a trí, agus fear eile fós a rá gur chóra Maircís Urmhumhan a thaispeáint, nó iarla Chlann Riocaird, tharla gurb é fear ionaid an rí é.

Ar deireadh labhair an Fear Flatha agus d'inis dhúinn cad chuige a mbeadh an ginearál á thaispeáint aige ag amharc sa tine an oíche úd roimh chath na Binne Boirbe, a rá gur sa nóiméad ciúnais sin roimh thuairteáil is scaoll an chatha a nochtann an duine a chroí agus a mheanma, mar a dhéanann Eoghan Rua sa bhféachaint sin a thugann sé sa tine. Agus gur sa bhféachaint díomhaoin sin a nochtar anam an duine, nó lena chur ar bhealach eile, go bhfaighimidne an deis dearcadh trí shúile an duine isteach agus a anam a fheiscint.

Agus fearacht Eoghain Rua sa bpictiúr sin in intinn an Fhir Fhlatha, thugamar an uile dhuine againn féachaint sa tine ansin agus chroitheamar ár gcloigne go tostach agus sinn ar aon intinn leis .i. an uile dhuine cé is moite dhen leitionant-chornal agus é ag srannadh go bog cois tine.

Tar éis tost beag gairid sheas Ruairí Ó Bruaide, thug féachaint ina thimpeall ar a chomhoifigigh agus labhair dhe bhriathra malla meáite. Is cuí agus is mithid, a deir sé, go ndéanfadh ár ndea-bhráthar féin, an Fear Flatha Ó Gnímh, ceiliúradh sna harts is sna hiúmanités ar ár stair agus ar ár ndúchas, agus guím nach fada uainn an lá go mbeimid ag ceiliúradh ár saoithiúlachta Gaelaí anseo in Éirinn mar a dheinid i Lováin agus i Salamanca, mar a dheinid Francaigh sa bhFrainc agus Spáinnigh sa Spáinn agus fiú an Mahamadach Mór i dtír an tSabhdáin, agus ár scoláirí féin á n-oiliúint sna healaíona ag máistrí is ag dochtúirí na n-arts is na n-iúmanités inár n-iúniversité féin.

Mar atá ag an uile chine eile sa gcruinne, a deir an Fear Flatha.

Mar a bheadh againn féin fadó murach an tSasanaigh, a deir sáirsint na Muimhneach, á fhreagairt.

Murach na n-eiriceach agus a gcairde mallaithe, a deir Ruairí Ó Cadhain, a bhí ar ais sa távairne in ainneoin na fainice a chuir sé orm féin.

Murach marach, a deir Ruairí Ó Bruaide go mí-fhoighdeach leo. Óir atá daoine anseo, a deir sé, a dhéanfadh an drochbheart gan chúnamh ó Shasanaigh ná ó eiricigh, agus daoine eile fós a bhfuil de mhisneach acu beart a dhéanamh beag beann ar fhuath ár naimhde agus ar shiléig ár muintire.

Dar fia, ach is fíor dhon mheirgire Ó Bruaide é, a deir Uaitéar an Bhreathnaigh. Is fúinn féin atá sé.

Dar m'anam, a deir Seán Mac Conraí, nár chóra dhúinn a bheith ag labhairt air seo anois in áit a bheith ag síorchogaint na seanchíre céanna mar a dhéanann an bhó?

Dar seo is dar siúd, a deir Ruairí Ó Bruaide, ach ba chóra dhúinn a bheith ag labhairt air seo agus ar leabhra nua, ar cheolta, ar thablónna, ar óráideanna, ar dhrámaí, ar fhisic, ar fhealsúnacht agus ar reitric. Féach, a deir sé, tá ár ndathadóir féin againn, iliomad scéalaithe is ceoltóirí. Tá fir léinn anseo oilte ar an Laidin is ar an nGréigis, ar an dlí is ar an diagacht. Tá mic fhilí is mic sheanchaithe inár measc, ceoltóirí is compostóirí ceoil.

Bhí an Fear Flatha ag éirí tógtha le hóráid Sheáin Mhic Conraí. Dar an leabhar, a deir sé, ach deirimse go bhfuilimid inár scoil anseo chomh maith is a bhí in aon scoil éigse riamh.

Ó bhí scoil ag Seanchán Torphéist.

Ó bhí scoileanna na hEamhna is na hAithne ann ann.

Chomh maith le scoileanna móra na Mór-Roinne.

Sea más ea, a deir an caiptín Mac Cárthaigh agus é ar a shainléim in athuair tar éis imeacht an tsaighdiúra Ó Dálaigh, fógródh an Fear Datha Ó Gnímh scoil Áth an Chuilinn ina suí.

Fóill ort, a deir Ruairí Ó Bruaide go dána le caiptín na Muimhneach. Más mian linn bheith ar comhchéim lenár mbráithre i Lováin, i Salamanca, in Oxfór agus i Monpeilíer nach mithid dúinn université a fhógairt?

Nó acadamh? a deir duine eile.

Bíodh an diabhal aige mar acadamh, a deir Toirealach Ó Conchúir go ríméadach, fógraímis parlaimint!

D'airíomar torann briosc agus theilg Ruairí Ó Cadhain cos bhriste an phíopa as a bhéal. Dhon diabhal riabhach an chaint seo ar pharlaimint ná ar rabhnd heds, a deir sé, nach bhféadfadh duine éigin scéal maith gnaíúil a insint?

Dhírigh sé é féin aníos gur thug súil go míchéatach ina thimpeall, óir ní maith a réitigh caint ar pharlaimint leis, ní a shamhlaigh sé féin agus mórchuid ríogaithe is Caitlicigh le heiriceachas is le dícheannú rí. Nuair a chonaic sé go raibh an leitionant-chornal ina chodladh d'fhéach sé go hachainníoch ar Sheán Mac Conraí, ach ní raibh aon aird ag Seán air, bhí sé siúd chomh tógtha linn féin le ceist seo na scoile.

Nach é Flaithrí Ó Maolchonaire a dúirt gur chóir parlaimint a bheith ar an uile thír? a deir Toirealach Ó Conchúir.

Dar lámh mo charas Críost ní hé, a deir Ruairí Ó Cadhain le teann déistine, is é a scríobh an t-athair Flaithrí ina leabhar Desiderius gurb iad an pobal a thug dho na ríthe a bhfuil de chumhachtaí acu.

Agus nach in é an rud ceannann céanna?

Is é Dia a thug dhóibh é.

Deir Ó Maolchonaire gurb é an pobal a thug an chumhacht sin dóibh le toil Dé.

Mar atá ag na Dúitsigh.

Mar atá ag na Sasanaigh is na hAlbanaigh.

Is é Dia a choisric rí Shasana agus an rud a thugann Dia dhúinn ní féidir leis an duine a bhaint dínn.

Reddite Caesari.

Agus cé a bhain an cloigeann de, mar sin?

An duine.

An peacach.

An mac mallaithe.

In aghaidh toil Dé.

Nach é Dia a thug na ríthe dár sinsear?

Agus nach iad na Sasanaigh a bhain dínn iad?

A bpeacaí féin is peacaí ár sinsear ba chúis leis sin.

Agus nár pheacaíodar na Sasanaigh?

Féach gur chailleadar a rí siúd freisin.

Agus Cromail? Cé a choisric Cromail murab é Cailvín féin é?

Agus sin agat do pharlaimint mhallaithe coisricthe ag Cailvín cáidheach agus baistithe ag Béalzabúl bréan!

Shín Ruairí Ó Bruaide a phíopa féin chuig Ruairí Ó Cadhain, agus iarracht á déanamh aige é a shásamh. Féach, a deir sé, ná labhraimís ar pharlaimint mar sin ach ar ardscoil agus fógraimis ina suí í in ainm an rí.

Cén rí? a d'fhiafraigh Toirealach Ó Conchúir dhe agus an dá shúil ina seasamh ina cheann le mísc.

A Thoirealaigh Charaigh Uí Chonchúir, a d'fhógair Ruairí Ó Bruaide go mífhoighdeach.

Atáid anseo, a deir Uaitéar an Bhreathnaigh go dorcha, a bhfuiltear in amhras fúthu nach bhfuilid dílis don rí.

Ach cén rí? a d'fhiafraigh Toirealach Ó Conchúir go dána in athuair.

Atá an rí Séarlas Stiubhardach, dár ndóigh, ár bhflaith dílis Gaelach féin! a deir Ruairí Ó Cadhain agus é ag ardú dhá thóin le teann cantail.

Ach nach ionann sinsear dho rí na Spáinne agus dúinn féin, a deir Toirealach Ó Conchúir.

Conas sin?

Is de shliocht Mhíle Spáinne sinne Gael, agus is den sliocht céanna ár rí Pilip.

Rath na raithní uirthi mar Spáinn, a deir Ruairí Ó Cadhain, is de shliocht Mhíle Easpáine sinn.

Agus Mahmat Mór?

Nílir a rá gur dhe shliocht Gael Sabhdán na Tuirce, an bhfuilir?

Atá Mahmat mór mac Mahmait Bhig mhic Serir mhic Ailill mhic Naoi, as a shíolraigh ciníocha an domhain. Agus más de shliocht Naoi an uile dhuine, an Sabhdán is an Stiubhardach is an Spáinneach agus sinn féin araon, nach rí chomh dlisteanach céanna dhúinn an sabhdán Mahmatach agus an Stiubhardach Liútarach, a deir Toirealach Ó Conchúir.

Stad stad stadaigí, a deir an caiptín Mac Cárthaigh, agus é ag féachaint ar Thoirealach Ó Conchúir ach go háirithe. Níl tada cloiste anseo agam nach bhfuil cloiste míle uair cheana agam agus mura bhfuil sibh ag iarraidh a dhul i ngreim píobáin ar a chéile éirígí as an gcaint seo agus mura maith libh parlaimint a thabhairt ar ár gcumann anseo anocht tugaigí ainm ar bith eile air as ucht Dé oraibh nó ná tugaigí ainm ar bith air nó beimis go maidin ag ithe is ag gearradh a chéile agus gan aon mhaith déanta.

Sea más ea, a deir Brian Ó Gnímh, tá sé in am an scoil seo a chur ina suí.

An ollscoil seo!

Ollscoil nó iolscoil?

An ardscoil seo.

Molaimse Mathúin Ó hUiginn i gcathaoir na hard-ollúnachta, a deir Ruairí Ó Bruaide.

Ollamh?

Atá dhe cheart ag an scoil seo againne ollamh a ghairm chomh maith le taoiseach ar bith.

Chomh maith leis an bhFlathartach!

Thug Seán Mac Conraí súil imníoch in airde an dréimire sular labhair sé. Atá, a deir sé, agus dhe cheart ag ardscoil ardollamh a ghairm!

An maor scoir? Cá bhfuil an maor scoir? Ba chóir go mbeadh Mathúin Ó hUiginn anseo.

Is dóigh gur chóir, a deir Brian Ó Gnímh, ach níl a fhios agam an gcuirfinn i mbun ollúnachta é. Shílfeá gur obair í seo dho dhuine óg, dho dhuine éigin atá eolasach ar na smaointe nua.

Mathúin Ó hUiginn? a deir Ruairí Ó Cadhain de gháir.
Mathúin mór na binn-Ghaeilge?

> *Mathúin na nGael, file lán stuaim,*
> > *Gártha gruaim!*
> *Canann dán 'chuireann cách ina suan,*
> > *Go lá an Luain!*
> *'S ní thuigfeadh Fionn focal as a bhéal,*
> > *Mathúin na nGael!*

Nuair a chiúnaigh gártha na bhfear, agus go deimhin, ba iad
cairde Mhathúna féin ba mhó a rinne gáirí, labhair Ruairí Ó
Bruaide agus d'iarr ar an gcaiptín Mac Cárthaigh a dhul i
mbannaí orainn mar bhenefactóir.

Shuigh an caiptín Mac Cárthaigh aníos go sásta, ach sula
bhfuair sé deis óráid an bheineafactóra a thabhairt d'éirigh an
Fear Flatha Ó Gnímh ina sheasamh agus Seán Mac Conraí á
mholadh aige mar uachtarán agus mé féin, an máistir airm,
mar ardchléireach ar an scoil, tharla, a deir sé, gur duine dhínn
féin mé is go raibh peann is pár agam. Go deimhin, b'fhíor
dhó i dtaobh na hoirnéise, óir ní hamháin gur mé a choimeád
leabhar na gcuntas don chornal, ach ba mé a choimeád
tuarascáil ar imeachtaí an chogaidh don athair Mac Giolla
Coinnigh, rud a thosaíos ar a dhéanamh ar mo bhealach
tútach bearnach féin, gan léann an scríobhaí orm, gramadach
an fhile, ná cuimhne ghrinn an staraí. Ach mar a dúras, bhí
an t-ábhar scríbhneoireachta agam agus cé nach chun na
hoibre sin a tugadh an t-ábhar sin dom, ghlacas go fonnmhar
leis an gcúram a chuir mo chompánaigh orm.

D'aontaíomar dh'aon ghuth ar thoghadh na n-oifigeach,
an uile dhuine againn ansin cés moite dhe Thoirealach Ó

Conchúir, óir chonacthas a dhul amach doras na cistine é agus cé gur cuireadh giolla an chaiptín amach á iarraidh ní bhfuaireamar tásc air. Socraíodh leanacht d'obair na hardscoile dá ainneoin agus ainmníodh na hoifigigh a toghadh .i. an t-uachtarán Mac Conraí, an beineafactóir Mac Cárthaigh, agus mé féin an cléireach Ó Dubháin. Tugadh bord beag amach as an gcistin, síneadh stóla chugainn, agus cuireadh inár suí sinn, agus nuair a bhí mo leabhar oscailte romham .i. leabhar an athar Brian, agus mo pheann tumtha sa dúch agam fógraíodh in athuair an ardscoil ina suí.

Ach ní túisce ina suí an scoil go raibh caint ar ionad suite na scoile agus cé nach raibh locht ar Áth an Chuilinn bhraitheamar an uile dhuine againn go mbeadh ionad éigin taobh thiar dhen tSionainn níos fóintí dhon léann is don ealaín in aimsir chogaidh. Bhíodar Luimneach is Baile Átha Luain á mholadh ag na Muimhnigh, Port Omna ag na Connachtaigh agus Gaillimh á mholadh ag na hUltaigh.

Leanadh dhen díospóireacht sin go cionn i bhfad, agus ar deireadh, sula mb'fhéidir teacht ar réiteach faoi shuí na scoile osclaíodh doras an tí agus isteach le Toirealach Ó Conchúir agus Mathúin Ó hUiginn ag teacht go drogallach ina dhiaidh aniar.

D'fhéach Mathúin ina thimpeall, a dhá shúil leathnaithe ann amhail is go raibh duine éigin á lorg aige sa dorchadas. An cornal? a deir sé.

Ní hé an cornal ach an caiptín Mac Cárthaigh a chur fios ort, a deir Toirealach Ó Conchúir go leithscéalach.

Ba léir nár thuig Mathúin ná an caiptín Mac Cárthaigh féin céard a bhí ag titim amach. D'fhéach Mathúin go milleánach ar Thoirealach Ó Conchúir, ghéaraigh a shúile le hamhras agus d'ísligh a lámh go dorn a chlaímh. D'iompaigh Toirealach chuig an gcaiptín Mac Cárthaigh, agus labhair in athuair. D'ordaís a chaiptín, a deir sé, fios a chur ar an maor scoir Ó hUiginn chun é a insealbhú in ollúnacht na scoile.

Chuala gártha molta ó Sheán Mac Conraí is ó Ruairí Ó Bruaide agus bhí tost arís ann agus an uile dhuine ag faire an chaiptín. Níor lig an caiptín Mác Cárthaigh a náire air féin, ach d'éirigh ina sheasamh, chrom sé a cheann le cúirtéis don uachtarán Mac Conraí, ghlac buíochas le Toirealach Ó Conchúir, ansin thóg sé an taoscán fíona a bhí lena ais agus chroch go hard é. A Mhathúin Uí Uiginn, a d'fhogair sé dhe ghlór ard toll, leis an gcumhacht a bronnadh orm mar bheineafactóir agus le cead an uachtaráin, insealbhaím thú in oifig agus i gcúram na hardollúnachta ar ardscoil Áth an Chuilinn i mbliain ár dtiarna 1650.

D'fhéach Mathúin Ó hUiginn go fiafraitheach ar Ruairí Ó Bruaide, ansin ar Sheán Mac Conraí. Thug Seán Mac Conraí croitheadh dá cheann agus d'fhéach Mathúin ar ais ar an gcaiptín Mac Cárthaigh.

Tugtar deoch dhon ardollamh, a deir an caiptín Mac Cárthaigh, agus iarrfaimid air a chéad chúram a ghlacadh, is é sin sláinte na scoile a ghairm.

Ligeadh liú eile as an gcuideachta. Shín an caiptín an taoscán fíona i lámh Mhathúna agus chaith Mathúin siar an deoch dhe léim. Agus ní raibh duine sa teach nár airigh an snag i nglór an fhile agus é ag gabháil den dán buíochais Sonas agus Séan Oraibh a Chairde na Páirte. Tugadh féachaintí dorcha ar bheirt nó triúr a bhí ag cogarnach le linn reacaireachta sin Mhathúna agus rann i ndiaidh rainn á aithris aige, a shúile dúnta agus na deora ag sní go mall anuas le taobh a shróine.

Lean tost dán Mhathúna. Ar deireadh d'éirigh an caiptín Mac Cárthaigh agus chaith a dhá lámh timpeall ar a ghuaillí ar an seanfhile gur bhronn teora póg air. D'éirigh Ruairí Ó Bruaide agus rinne mar an gcéanna. Bhí Mathúin á thabhairt timpeall an tseomra, bosa á mbualadh le slinneán air is a lámh á fáisceadh, nó gur dhírigh sé aníos i lár an urláir agus thug féachaint ina thimpeall. Thuirling a shúil ar Thoirealach Ó Conchúir cromtha os cionn a phíopa sa doras. Nuair a d'ardaigh Toirealach a cheann fuair sé Mathúin ina sheasamh roimhe. D'amharcadar beirt sa tsúil ar a chéile ar feadh leathmheandar, ansin d'umhlaigh Mathúin a cheann do Thoirealach, shín amach a dhá lámh chuige, á fháisceadh chuige féin agus á phógadh ar an dá leiceann. Agus ní ar Mhathúin amháin a bhí na deora, óir bhíodar fir ag ligean a racht go hoscailte agus an caiptín Mac Cárthaigh féin tachtaithe le meacan an chaointe agus é tosaithe ar aitheasc an bheineafactóra.

Nuair a bhí gnó an toghcháin curtha i gcrích d'iarr Mathúin cúpla cairt fíona ó bhean an tí, in onóir na hócáide, agus chuir giolla an chaiptín thart an deoch in athuair. Agus ba ansin a thugas faoi deara go raibh an líon tí a dhul i méid i gcónaí agus go rabhadar giollaí is saighdiúirí tagtha isteach inár measc chun cluas a thabhairt don chaint is don reacaireacht, óir ba bheag a thiteadh amach i gceathrú na n-oifigeach nach raibh eolas cruinn air ar fud an champa taobh istigh dh'achar gearr. D'aithris Toirealach Ó Conchúir dán dá chuid ar iarratas speisialta an ardollaimh, agus mar chomhartha muintearais idir chúigí d'aithris an Fear Flatha Ó Gnímh dán de chuid an Fheiritéaraigh .i. an file agus an caiptín Duibhneach, agus chan an caiptín Mac Cárthaigh rann molta d'Ultaibh. Ag doras na cistine bhíodar meadrachtaí, comhardaí is nua-chaint á bplé ag Mathúin is ag Toirealach Ó Conchúir, agus focail nua á gcumadh cois tine, á mbaisteadh le biotáille, agus á gcur thart ag Ruairí Ó Bruaide, ag Uaitéar an Bhreathnaigh, ag Seán Mac Conraí is ag an sáirsint Ó Donnchú. Bhí Marbhna na Leathláimhe a scairteadh amach in ard a chinn ag an máistir ceathrún Ó Gnímh nuair a osclaíodh an doras de thuairt agus phléascadar isteach ceathrar saighdiúirí agus phreabamar an uile dhuine againn a bhí sa seomra aníos agus chuamar ag cuardach ár n-arm sa dorchadas óir shíleamar go rabhadar an namhaid sa mullach orainn. Ach in áit scéala a bhreith chugainn ón ngarda foraire, mar a shíleamar, is amhlaidh a labhair an chéad fhear acu go práinneach a rá go raibh fear ina chuideachta a thabharfadh tuairisc is tuarascáil na Saltar dhúinn, agus chuaigh ansin ag gabháil dá uillinn ar an saighdiúir ba neasa dhó ag iarraidh air labhairt.

Tharla é ag míogarnach go codlatach le m'ais thugas sonc sna heasnacha do sháirsint an gharda, Ruairí Ó Cadhain, á chur ina shuí, agus d'éirigh sé go doicheallach chun an doras a dhúnadh ar an mbrúisc a bhí ag pulcadh isteach sa mullach orainn.

D'éirigh an caiptín Mac Cárthaigh ina sheasamh agus d'fhéach ina thimpeall agus nuair a chonaic go raibh an t-oifigeach sinsearach a bhí i láthair ina chodladh .i. an leitionant-chornal Bairéad, labhair sé go teann leis an gceann feadhna.

Inis dúinn cé thú féin ar dtús, a deir sé, agus ansin inis dúinn cé hiad na fir seo a thugais isteach chugainn an tráth seo d'oíche agus cén t-údar a bheadh againn leo.

Dhírigh fear na cainte é féin aníos láithreach ar chlos ghuth ceannúsach an chaiptín dó, agus chuir na saighdiúirí eile cuma umhal orthu féin mar an gcéanna. Chuir sé é féin in aithne dhon chaiptín ar dtús, a rá gurb é an píceadóir Eoghan Mac Conaola é as complacht an leitionant-chornail, ansin ghabh sé leithscéal leis a rá go raibh sé tagtha le finné fírinneach, mar a thug sé féin ar an saighdiúir a bhí lena ais, a d'inseodh scéal na Saltrach dhúinn .i. Saltair an Easpaig, a raibh oiread cloiste againn fúithi an oíche sin. Sular éirigh leis an saighdiúir an finné a chur in aithne dhó tháinig an caiptín roimhe agus labhair go díreach leis an dara saighdiúir ag iarraidh a ainm is a shloinne is a chomplacht air.

D'fhreagair an saighdiúir é go humhal agus dúirt gur Cú Mhaigh mac Éinrí Uí Chatháin a bhí air, gur píceadóir a bhí ann i gcomplacht Uí Mhealláin agus go mb'as Ciannacht Chúige Uladh é.

Chuir an caiptín an saighdiúir faoi mhionna ansin agus d'iarr air a insint dúinn ar dtús cé mar a tharla dhó a theacht anseo .i. sa távairne.

Adúirt an saighdiúir gurb iad a chompánaigh a dhúisigh as a chodladh é a rá leis go raibh fios curtha air go ceathrú na n-oifigeach, agus go deimhin is go dearfa dhó bhí an chuma air gur stróiceadh as a shuan é agus gur tarraingíodh i ndiaidh a chosa an bealach ar fad anuas as an gcrosbhealach é bhí an oiread mionbhruscar raithní is luachra ina chuid gruaige is ina chuid éadaí.

D'fhiafraigh an caiptín de cérbh iad a chompánaigh, agus d'fhreagair an saighdiúir é a rá gurbh é an saighdiúir réamhráite Mac Conaola ó chomplacht an leitionant-chornail agus beirt dá chomplacht féin, na muscaedóirí Mac Artáin agus Mac Canna, a dhúisigh é agus a thug chomh fada leis an teach é mar aon le huimhir mhór eile dhe shaighdiúirí na reisiminte a tháinig feadh an bhealaigh leo.

An rabhais i dTír Chonaill i mbliain a daichead a dó?

Bhí, a chaiptín, bhíos i láthair i nGleann Mhic Coinn nuair a briseadh an scrín.

Agus an rabhais i láthair nuair a osclaíodh an scrín?

Bhí, a deir an Cathánach.

Agus an bhfacaís le do shúile cinn gach a raibh sa scrín?

Chonaic, a chaiptín.

Inis dhúinn cad a chonacais.

Chonac leabhar, a chaiptín.

Agus an bhfacaís cén leabhar í féin?

Níl scríobh ná léamh agam, a chaiptín, ach chonac gur leabhar lámhscríofa a bhí inti agus chonac freisin go raibh andíomá ar an uile dhuine a bhí i láthair.

Inis dúinn ar dtús cé a bhí i láthair.

Bhí an ginearál Féilim Ó Néill i láthair, agus Séamas mac Colla Chiotaigh agus cúigear nó seisear dá mhuintir siúd.

An raibh Alastar Cholla Chiotaigh i láthair?

Iompraíodh ann é, go ndéana Dia maith air, agus cuireadh ina luí leis na heaslána é, ach ní shílim go bhfaca sé an leabhar.

Dónall Geimhleach Ó Catháin?

Ní shílim go bhfaca an maorghinearál Ó Catháin an leabhar ach an oiread, go ndéana Dia maith air, óir ba i gcuideachta Alastair Cholla Chiotaigh a bhí sé siúd.

Agus an sáirsint Cú Mhaigh Mac Einrí?

Bhí a leithéid ann, sílim, i measc muintir Cholla Chiotaigh.

Dúraís go raibh díomá orthu seo. Cad ina thaobh a raibh díomá orthu?

Dúradar nárbh í an leabhar beannaithe a bhí ann. Dúradar nach raibh ann ach na Rialacha.

Na Rialacha?

Labhair an Fear Flatha Ó Gnímh agus thug teideal an leabhair .i. Leabhar ar Rialacha agus ar Inneall an Chogaidh ar a ndearna Eoghan Rua Mac an Bhaird tiontú i nGaeilge air d'Ó Dónaill, agus ghlac an caiptín Mac Cárthaigh buíochas leis sular lean dhen cheistiúchán.

Chonaiceadar an uile dhuine acu í?

Chonaic. Cuireadh thart ó lámh go lámh í. Bhí sí i mo lámha agam féin, ach mar a dúras, níl an léamh agam.

Go raibh maith agat, a Chú Mhaigh Uí Chatháin. Measaim gurb in é anois agus go bhfuil an scéal ar fad réitithe, nach bhfuil?

Bhí an caiptín ar tí ordú a thabhairt don sáirsint Ó Donnchú na saighdiúirí a thabhairt as an teach nuair a tháinig an Cathánach roimhe.

A chaiptín, a deir sé, bhí rud éigin eile ann.

Abair.

An ginearál a chaiptín, an ginearál Féilim, óir is é a bhí ina ghinearál orainn an t-am sin roimh theacht Eoghain Rua, nuair a thóg sé an leabhar ina lámh chuir sé ar ais sa scrín í agus cé go raibh an scrín ina chipíní d'éirigh leis í a chlúdach inti, agus ansin d'iarr sé ar na daoine go léir a bhí i láthair móid a thabhairt.

Ar an leabhar?

Níorbh ea. Ach móid a thabhairt gan an scéal a insint do dhuine ar bith beo.

Thugais féin an mhóid?

Níor thug a chaiptín. Cé go rabhas i gcuideachta an ghinearáil agus go bhfacas an uile rud a tharla níor iarradh ormsa an mhóid a thabhairt. Tharla sé agus an leabhar á cur ar ais sa scrín gur cuireadh fios orm, agus go mb'éigean dom cuidiú a thabhairt do na hógánaigh a bhí ag cur Alastair Cholla Chiotaigh ar an eileatram. Tugadh ar an eileatram é agus d'imigh sé i gcuideachta Dhónaill Gheimhligh is a mhuintire. Nuair a tháinig mé ar ais chonaic mé an ginearál Féilim ag tabhairt leis an scrín, an scrín chéanna a chonaic ag an nginearál Eoghan Rua ceithre bliana ina dhiaidh sin agus í á taispeáint don slua aige roimh chath na Binne Boirbe chun a bheannacht a thabhairt do na saighdiúirí.

Bhís i láthair?

Bhí, a chaiptín.

Do chonaic an scrín ar an mBinn Bhorb?

Do chonac a chaiptín. Bhí sí curtha i gcaoi.

Agus do fógraíodh gurb í an tSaltair a bhí inti?

Ní rabhas i ngaireacht don ghinearál Eoghan Rua agus níor chuala le mo chluasa féin cén chaint a rinneadh ach bhí sí á crochadh in airde ag duine dá chuid maor agus á taispeáint aige dhon slua agus bhí an ginearál Eoghan ina chuideachta.

D'éirigh Brian Ó Gnímh de léim. Thugais t'éitheach is do dheargéitheach!

Ach sula bhfuair sé deis a chlaíomh a tharraingt as a thruaill, bhí fear eile i lár an tslua agus an uile Bréaga Bréaga Bréaga as agus a shlat draighin á luascadh is á lascadh ar chloigne is ar mhéaracha aige. Ardaíodh allair is ollghártha ar gach taobh dhíom agus b'éigean don chaiptín agus do shaighdiúirí an gharda éirí go scafánta lena theacht i gcabhair go sciobtha ar na fearaibh a bhí ag fulaingt na mbuillí, óir cé nach fear mór a bhí sa ngiolla bhí sé ag éirí as a chorp le teann gealtachais agus é ag tabhairt gach rúscadh dhen slat d'aon duine a thagadh i ngar dhó ionas go mba deacair é a cheansú. Agus cé gur fhullaing na fir liúradh is leadradh uaidh cheapadar é lena gclócaí agus, cé gur ghoineadar is gur ghearradar lena gclaimhte é, murach gur aithníodar gurb é giolla an tsagairt a bhí acu bheadh sé curtha dhe dhroim an tsaoil acu le teann feirge. Ach ar deireadh d'éirigh leo an giolla a smachtú agus é a thabhairt isteach go dtí an chistin, mar a cheanglaíodar anuas ar chlár an bhoird é agus mar a d'fháisc bean an tí ceirteanna ar a chréachta.

Thug Mathúin Brian Ó Gnímh leis amach ar an tsráid chun é a shuaimhniú, agus bhí sé fós le clos ag clamhsán go míshásta ar an tsráid amuigh nuair a chualathas díoscán na gclár os ár gcionn. Chuir an caiptín Mac Cárthaigh a sháirsint amach ansin chun iad a chiúiniú agus faoin am a dtáinig an cornal aniar as an lota ní raibh smid le clos istigh ná amuigh. Sheas an cornal ina léine ar cheann an dréimire, bun coinnle lasta ina lámh aige, agus d'fhiafraigh dhen chaiptín Mac Cárthaigh de ghlór ard ceannúsach céard a bhí ar bun aige.

D'éirigh an caiptín Mac Cárthaigh ina sheasamh agus d'fhreagair mar an gcéanna é. Atáimse, a d'fhógair sé go teann, i mbun bhardacht an tí seo ar son ghinearál na Mumhan, Donncha Mac Cárthaigh iarla Mhúscraí. Tá aiféala orm gur dhúisíomar as do shuan thú a chornail, agus déanfad deimhin de le mo phearsan féin nach ndúiseofar arís thú.

D'fhreagair an cornal é go binbeach searbhasach. Táim cinnte nach é do ghinearál a d'ordaigh an pharlaimint seo a thionól. Féach chuige nach dtarlóidh sé arís.

Rinne an caiptín Mac Cárthaigh cuirtéis go humhal don chornal, sheas an cornal meandar ag féachaint go géar anuas orainn gur luigh a shúil orm agus d'fhan mar sin scaitheamh gan a shúil a bhaint díom.

A chléirigh, a deir sé go ceannúsach.

Níor chríochnaigh sé an abairt, óir níor ba ghá dhó. B'in é an chéad uair a thug sé Cléireach orm ó thugas cúraimí an mháistir airm ar láimh i gCluain Meala, ach den chéad uair d'fháiltíos roimh an teideal. D'éiríos ar mo chosa, mar ba dhual dom a dhéanamh dhon chornal, agus sheasas go bródúil ina láthair.

A chornail, a deirim.

Níor labhair sé ina dhiaidh sin, ná níor chúbas-sa mo shúil uaidh. Ar deireadh chas an cornal ar a chois agus d'fhill ar a leaba. Agus a dhoras á phlabadh aige chualathas cogar ó Sheán Mac Conraí, Parlaimint an chaiptín Mac Cárthaigh, dar fia!

VI

An Maor

Teistiméireacht á breaca síos i nGailliv ar an 5ú lá Ianáir 1652
ó Éamon Ó Maoldóráin, Clann-Bhreasail in Ultaiv, ag Seán Ó
Línsigh cléireach, Tuaim-Dhá-Ghualainn, i láthair Chormaic
Mhic Cártha captaen agus Artúir Uí Lonagáin séiplíneach in
Eaglais S. Niocól, Gailliv.

Is mé Éamon Ó Maoldóráin an tríú mac le Murcha mac
Dónaill maor Shaltair an Easpaig agus airchinneach Choill-
Locha i gClann-Bhreasail. Ba sa bhliain 1588 a saolaíodh mé
d'Onóra iníon an Mháistir Rua Ó hUid ón Bhráid, bean
dlisteanach m'athar, ar dheisláiv Dé go ravadar beirt.

Sula lavarfad ar imeachtaí na bliana 1620 sa Bhoihéim tá
sé de rún agam cúpla focal a rá maidir leis na nithe a thug ann
mé agus a ba chúis le m'imeacht ó armáil sin na hImpireachta
agus, maille leis sin, lavarfad ar na nithe ba chúis leis na tríocha
bliana deireanacha a chaithe ar fálróid ó thír go tír gan sos gan
chónaí, gan ainm gan sloinne.

173

In aois a dhá bhliain déag dom cuireadh ar seirvís mé leis
an athair Enrí Mac Síomóin sagart i gCumann Íosa. Ba é mian
m'athar gurb é mo dheartháir ba shine Dónall Óg a thiocfach
i gco-arbacht air héin in airchinneacht agus i maoirseacht Uí
Mhaoldóráin agus go gcuirfí mo dheartháir Tayg le sagart-
óireacht, agus chuir sé mise faoi choimirce an athar Enrí Mac
Síomóin, sagart a tháinig ón Fhrainc tamall roive sin, ionas go
gcuirfeach seisean fólaim orm d'fhonn mé a réiteach le hay
poist chléireachais, agus b'in mar a tharla mé i seirvís an
tsagairt sin.

Ba bheag fólaim a chur an t-athair Enrí orm óir ba mhó a
shuim i m'anam ná i m'intinn agus bhíomar cho minic sin ar
an bhóthar nach rav an deis aige an aibidil héin a theagasc
dom, ach mé a chur ag aithris seanmóintí is paidreacha nó go
rav siad de glanmheavair agam. Shiúlamar Cúige Ula is Cúige
Laighean agus an t-athair Enrí ag seanmóireacht i dtithe uaisle
is ísle in ay chlanna Chailvín is Liútair. Bhíomar i nDroichead-
Á nuair a chualathas dom go raibh creach is slad á dhéana ag
Gallaiv i gClann-Bhreasail agus ghav imní mhór mé i dtaov
mo mhuintire. D'iarras cead imeachta ar an sagart ach is é a
dúirt sé liom go rav obair thávachtach á déana againn ar son
na hEaglaise agus d'fhanas leis nó gur ghav na Gaill é agus gur
rugadar leo go Baile-Á-Clia é, áit ar choinníodar i gcillín fuar
dorcha é sa chaisleán.

Ar fea sé seachtainí choinníos-sa bia is deoch leis, cé gur
minic go ndeacha mé héin á n-uireasa, fad a bhí seisean ag
coinneáil tinte Ifrinn le lucht Liútair, á losca is á scalla óna
fhuinneoigín bheag ina chillín mar a rinne Eón Baiste le
muintir Hearóid in Iarúsailéim trá. Go deivin ní fhaca mé cho

sásta riav é agus a bhí sé ansin ag fulaingt mairtíreachta ar son
an chreide. Ar deire, nuair ab fhacthas dom nach mé héin
aváin a bhí ag coinneáil bia leis óir bhí lucht an fhíorchreide
sa bhaile idir Ghaeil is Ghaill á bheathú faoi rún, agus gur ag
leathnú a bhí an sagart ina chillín fad a bhíos-sa ag lagú leis an
ocras taov amu, chasas ar mo chois agus thug m'ay abhaile.

Ní vfuaireas róm i gCoill-Locha ach ballóga dóite an tí
agus seanbhean mhuinteartha a d'inis dom go rav m'athair is
mo dheartháir Dónall Óg marv ag Gallaiv agus go rav mo
mháthair imithe lena muintir héin ag caoiríocht ar Shliav Síos.
Coicís a thóg sé orm teacht uirthi. Bhí sí, mar a dúirt an
tseanbhean, i measc muintir Uid na Bráide ag buachailleacht
i Má-Dhá-Locha, óir bhí a gcuid tala héin á chreach ag
saydiúirí ó gharastún na nGall i gCarraig-Fheargais. Nuair a
chonaic sí chuici mé ar leataov an tsléive d'fháisc sí lena
brollach mé agus thug teora póg dom agus ghav buíochas do
Dhia as mo thúirt slán abhaile chuici. D'inis sí dom ansin go
rav mo dheartháir Tayg i gcoinvint na mBráithre i bPáras agus
gur ormsa anois a thit maoirseacht Uí Mhaoldóráin. Thug sí
mála leathair as an bhráca a bhí acu ar an bhuaile agus bhronn
ormsa an leavar a bhronn Naov Dórán ar mo shinsear, ar
Chormac Maol Dóráin, agus a bhí i seilv mo mhuintirse le
seacht gcéad bliain, ansin shín chugam tríocha marc i sparán
agus sheol ar mo bhealach mé le beannachtaí na naov is na
n-aspal.

Mar nach vfuil sí feicthe agaiv ní miste cur síos a dhéana
ar an leavar. Leavar beag atá inti, ar aonmhéid le do dhá ghlaic
oscailte amach agus clúdach donn leathair uirthi. Tá na
leathanaí beaga breactha le hurnaithe Naoiv Dórán i

scrívneoireacht dhlú gan mhaisíocht gan ornáid. Maidir leis an scrín, cófra beag miotalach í, de bheagán níos mó ná an leavar héin. Tá clocha beaga bua, carrvogail is seoda daite uirthi agus faoina bun tá scríofa, mar a thaispeánach m'athair dom go mion minic, Muireartach mac Cába a rinne do Riceard Easpag Ard-Mhacha agus dá mhaor Conall Ó Maoldóráin 1370.

Tar éis dom mo chead a fhágáil ag mo mháthair thugas m'ay siar ar Chonnachta. Bhí an tír breac le saydiúirí agus bhí contúirt ar na bóithre agus b'éigean dom dul ar an fhosca i gcoillte is i riasca fea an bhealaí dom. Níor bhaineas Gailliv amach go deire na bliana sin. Fuaireas aíocht i dteach na mBráthar taov amu de Ghailliv agus chuas ag iarra loinge a thúrfach bealach don Fhrainc nó don Spáinn dom. Oíche aváin, ag fille ar mo lóistín dom thug drong d'ógánaí an bhaile fúm agus chuadar ag gaváil de mhaidí orm gur leagadar go tala mé agus gur bhaineadar díom mo mhála ina rav an scrín agus cáca mine. Nuair a d'imíodar d'éiríos i mo sheasa agus fuaireas na tríocha marc a thug mo mháthair dom slán faoi mo chrios agus an tSaltair is an scrín crochta leo acu.

Dhá lá a chaitheas ag cur tuairisc an leavair go vfuaireas a tásc ó cheannaí a chuir go teach ósta mé ar an chala mór. I measc gná-chuideachta an tí fuaireas beirt fhear dhea-ghléasta ag losca laidine lena chéile agus mo leavar, leavar mo shinsir, agus an scrín leagtha rompu ar chlár. D'inis mé dóiv gur liomsa an leavar. D'éire an chéad fhear, fear de Bhlácach, agus chua ag caithe carraigeacha móra laidine liom agus nuair nár fhreagraíos go líofa sa teanga sin é d'éire an dara fear, Línseach, agus é ag fiafraí díom cén gnó a bhéach ag mo leithéid d'ainviosán gioblach gránna le leavar nach ravas héin in ann a léav. Níor lig mise leo é ach d'agair mé gadaíocht an leavair orthu agus ba ghearr go rav garda an bhaile glaoite agus tagtha. Ba é deire an scéil gur caitheadh i gcillín an gharda mise agus go mb'éigean fios a chur ar na bráithre an mhaidin dár gcionn chun go ngavaidís i mbannaí orm.

An oíche dár gcionn chuas ar thóir na Saltar. Fuaireas tuairisc an Línsí. Bhí sé ar aíocht i dteach le cladach ar an taov thiar de mhúrtha an bhaile, láv le Teampall-Mhuire. D'fhanas aon oíche aváin ag faire na háite gur aithin mé an Blácach ag fágáil an tí. Thugas rúsca de mo mhaide dó agus nuair a d'iarr an Blácach trócaire orm d'iarras-sa an leavar air. D'inis sé dom gur ag an Línseach a bhí sí. D'fhanas gur thug an Blácach a chosa leis go ndeachas ar a tóir. Bhuaileas ar dhoras an tí. D'insíos do bhean an tí go rav teachtaireacht agam don Línseach agus lig sí in airde an staighre mé. Nuair a d'oscail an Línseach a dhoras níorv éigean dom ach barr mo bhróige a chur sa doras agus mo mhaide a thaispeáint dó. Shín sé an scrín agus an leavar chugam agus bhailíos liom.

Ní dhearnas aon chónaí i nGailliv ach rinne mo bhealach don Fhrainc. Thugas an leavar liom go Páras lena túirt do mo dheartháir, ach fuaireas imithe ar ghnóthaí an Oird é agus tar éis seachtain a chaithe ar an droichead nua ag iarra déirce shocraíos ay a thúirt ar na hÍseal-Tíortha mar a ravadar ag liostáil Éireannach in armáil na Spáinne. Ní túisce i vFlóndras mé ná liostáileas i reisimint Stanlaí, agus ina dhia sin i reisimint Thír-Eóin. Ceal airgid, ba mar ghná-shaydiúir a liostálas san armáil ar an tuiscint go mbainfinn grád is gradam amach a bhéach níos cuiúla do mo shinsearacht nuair a bhéach luach capaill is diallait agam, óir ba mar mharcaí a throid mo shinsearsa gualainn ar ghualainn le Niallaí is Dálaí.

Pé ar bith scéal é, ba ansin a chuireas aithne ar dtús ar thriúr camrádaithe a bhí in aon bhuíon is in aon bhandera liom, Seán Ó Fearaíl, dea-shaydiúir a bhí i mo chuideachta faoi bhratach Stanlaí, Baolach Ó Cléire ó Thír-Chonaill, agus an Bodach Ó Cealla ó Bhéal-Á-na-Slua, triúr a roinn go fial liom gach a rav acu, triúr a sheas go dílis liom i gcaismirtí sráide is i gcluichí óil, triúr a fhanann i mo phaidreacha gach lá beo. Ceithre bliana déag a chaitheas ansin go vfuaireas cead scoir chun liostáil in armáil nua a bhí á shlóga ag an Impire i dTournaí chun crosáid a chur ar na heiricí a bhí ag bailiú nirt i ríocht na hOstáire. Liostálas i gcomplacht muscaed an chaptaein Sovairle Mac Dhónail, mac mic Shovairle Bhuí, agus ba ghearr ansin mé go vfacas róm lá an sagart, an t-athair Enrí Mac Síomóin, agus é i gcuideachta ár máistir campa héin Don Verdugo agus ghinearál na harmála an cúnta Búcva. Cé go vfaca cúpla uair ina dhia sin é ar ár mbealach ó dheas dúinn, agus go rav de cháil air go mbíoch sé ag ól is ag imirt chártaí i gcuideachta na saydiúirí, ní vfuaireas deis lavartha leis nó gur bhaineamar an Bhoihéim amach.

Sa Bhoihéim chaitheamar an savra agus an fóvar ar ár gcosa, lá ag máirseáil in ay na n-eiriceach agus lá eile ag teithe rompu. Cúpla lá tar éis na Savna, tar éis dhá lá dianmháirseála rinneamar foslongfort ar bhóthar Phrág. An tránóna sin cho maith lenár seiplíneach héin, an t-athair Ó Briain, tháinig an t-athair Enrí chugainn ag éisteacht faoistine. Rinneas faoistin leis agus, roiv imeacht uai, óir ba deacair lavairt leis agus scuaine fhada fear taov thiar díom ag fanacht ar a ndeis héin, chuireas mé héin in aithne dó. Cé nár aithin sé ar dtús mé nuair a d'eachtraíos dó mar a bhíos ina chuideachta nuair a gavadh i mBaile-Á-Clia é phóg sé ar an dá leiceann mé agus ghuí chun Dé mé a thúirt slán as gach contúirt. D'éiríos ansin agus d'fhágas m'áit ag an fhear a bhí taov thiar díom sa líne.

Ní túisce i mo sheasa mé ná tháinig an sáirsint chugam le hordú dom teacht i láthair an chaptaein agus mo leavar a thúirt liom. Ghav imní mé. Ní haváin nár lavair an captaen liom roive sin ach ní rav a fhios agam go rav a fhios aigesan a leithéid de leavar a bheith i mo sheilv agam ná cén glaca a bhéach aige leis sin. Rugas liom an scrín go paiviliún an chaptaein mar a rav vaigíní is carranna an bhagáiste. Cé nach rav an captaen ann róm lavair mé lena ghiolla, seansaydiúir ó Luimneach a bhí ar lea-chois, agus lig sé isteach sa phuball mé. Ní rav súil ar bith agam lena vfaca mé ansin. Ar chlár aymaid i lár an phubaill bhí a hocht nó naoi gcinn de leavair, leavair mhóra chlóbhuailte a vformhór agus cúpla leavar lávscríofa ina measc. Chonaic an giolla ag avarc ar na leavair mé agus chonaic an scrín i mo láva agam agus dúirt gur dói gur fear mór leavar a bhí ionam héin freisin. Ní dúirt mise dada ach chua anonn ag breathnú na leavar, á láivseáil agus ag oscailt na leathanach orthu agus ag breathnú an chló dhlú dhuiv, na gciúiseanna díreacha, na litreacha beaga ar cho-mhéid agus na litreacha móra maisithe. Agus na pictiúir, bhí leavair ann le pictiúir de chapaill is de chúnna, de shaydiúirí is de ghunnaí, de chaisleáin is de dhúnta cosanta. Ghav gliondar ar dtús mé ar fheiscint na n-iontas seo dom, ansin ghav náire mé ar chuivne dom ar mo leavairín héin Saltair an Easpaig a scríovadh le láv gan phictiúr gan chló gan chiúiseanna breátha bána ná litreacha móra daite agus í cho beag go gcuirfeá i bpóca do chóta í.

Ba mar sin dom nuair a tháinig an captaen Sovairle isteach. Cé nach fear mór a bhí sa chaptaen, saydiúir go smior a bhí ann a rav cáil bainte amach aige i gcogaí na hAlban agus na hÉireann, agus ba cúis iontais dom a spéis i leavair. Ar m'fheiscint dó d'fhiafra sé díom cén leavar ab ansa liom. Ní rav orm mo mhachnav a dhéana ar an gceist sin, leagas mo mhéar caol díreach ar an leavar ina rav na pictiúir de na capaill is na cúnna agus na hainvithe seilge. D'iarr sé orm mo leavar héin a thaispeáint dó agus thugas an scrín amach as an mála, leagas ar an chlár í agus d'osclaíos í leis an eochair a bhí ceangailte faoi mo mhuineál agam. Shíneas chuige an leavar. Shuigh an captaen agus chaith achar fada ag léav léis héin go ciúin sular chuivne sé go ravas ann ar chor ar bith.

An mó atá tú ag iarra uirthi, a d'fhiafra sé díom.

Níl sí ar díol a chaptaein, a deir mise go cúramach.

An dtúrfa tú dom í ar an leavar seilge?

Ní liomsa í a dhíol a chaptaein, a deir mise, óir is le maoirseacht atá sí agam agus ní le seilv.

Atá go maith, a deir an captaen. Dhún sé an leavar, shín chugam í agus chuireas-sa an leavar ar ais faoi ghlas sa scrín. An dtúrfa tú cead cóip a dhéana di?

Túrfa agus fáilte, a deir mise leis, ach aisce aváin agam ort, an leavar á fhágáil faoi do choimirce go mbeimid ar ceathrúin don gheivre, agus mura mairim í a thúirt do mo dheartháir Tayg atá i gcoláiste na sagart i bPáras.

Dúirt an captaen go ndéanfach sé é sin. Ba dheas, a deir sé, í a thaispeáint don chomplacht ar maidin agus a beannacht a thúirt do na saydiúirí roiv ay a thúirt ar an navaid. Thúrfach sí ugach dóiv.

D'aontaíos leis sin, shíneas an scrín chuig an chaptaen agus ghlao sé giolla na lea-choise chuige agus d'iarr air an leavar a chur sa vaigín. Agus nuair a chonaic nach rav gnóthaí ag an gcaptaen liom níos mó d'imíos liom.

Ní vfuaireamar mórán codlata an oíche sin. Dhúise na sáirsintí sinn sa dorchadas ár gcur inár suí, agus le solas na lóchrann cuireadh sa siúl arís sinn. Bhí an máistir campa héin ag marcaíocht leis an chaptaen ar ár gceann. Nuair a d'éire an ghrian fuaireamar sinn héin ag máirseáil trí cheo throm agus fós gan avarc againn ar an navaid, agus níor stadamar den mháirseáil gur thrasnaíomar droichead beag agus go vfuaireamar sinn héin inár seasa faoi bhun an aird agus ár sáirsintí dár gcur inár línte is inár ranganna. Bhíomarna muscaedóirí an chaptaein Sovairle sa ranga tosaí ar eite dheis na harmála. Ar ár gcúla in aon chorp aváin go dlú ar a chéile bhí ár bpící héin .i. pící Don Verdugo. Agus ar a gcúla sin bhí corp na harmála uile, mar a cheapamar, tercio Búcva ar ár láv chlé .i. reisimint an chúnta Búcva, agus na hAlmánaí in áit éigin taov thiar díov sin.

Ní fada inár seasa ansin sinn gur chualamar gártha áthais ó na saydiúirí ar chúl an tslua agus go vfacamar ár n-oifigí ag marcaíocht aníos idir sinn agus tercio Búcva. Chua an focal thart go rav cath le túirt don navaid, agus d'ardaíomar ár nglórtha le gártha ár gcomrádaithe agus crochadh go hard bratacha na gcaptaen agus Aspa dearg is bán na Spáinne i lár báire. Tharla sinn sa ranga tosaí fuaireamar avarc orthu nach rav ag na pící ar mo chúl, an cúnta Búcva ina shuí in airde ar a stail in ainneoin an ghortú a bhain dó cúpla lá roive sin, ár máistir campa héin Don Verdugo lena láv dheas, agus taov thiar díov an t-athair Enrí agus an sagart caipisíneach an t-athair Doiminíc ina fhallaing bhán agus an tabló crochta in airde aige lena thaispeáint don slua ar fad.

B'in é an tabló cáiliúil de na haoirí ar cuairt ar an leanv Íosa ar a dtugtar fós íocóin an tSléive-Bháin. Is éard a bhí ann pictiúr a fuarthas i dteach ar an bhóthar aniar cúpla lá roive sin agus í millte ag na deavain eiriceacha céanna a bhí amach os ár gcóir anois ar mhullach an tSléive-Bháin. Bhí an pictiúr pollta acu agus na súile bainte as cloigne na naov i mó diamhaslach a chuirfeach uafás ar aon duine baistí. Thart timpeall ar mhuineál an tsagairt a bhí an tabló ar crocha, agus an Chrois Ró-Naofa ina láv chlé aige agus é ag imeacht suas tharainn. Ach baineadh stanga asam ar fheiscint an athar Enrí dom ag marcaíocht ar a chúl, lúireach iarainn air agus claíov lena chorróg mar ba nós leis, agus mo scrín-se, scrín Shaltair an Easpaig, crochta in airde aige agus í á taispeáint don slua. Cé gur cheadaíos don chaptaen í a thaispeáint ba bheag a cheapas go mbeadh sí á taispeáint ag duine ar bith seachas agam héin, maor Shaltair an Easpaig, mar a rinne mo shinsear le trí chéad bliain. Cé gur mhór mo mhíshása níor lig mo náire dom lavairt ach choinníos i mo bholg é agus thugas móid dom héin nach ligfinn as mo sheilv arís í, agus nuair a chroch an t-athair Enrí a ghlór sa salve regina ba le mífhonn a chanas amach ar dtús, ach ar cloisint glórtha mo chomrádaithe dom d'ardaíos mo ghlór in éineacht leo nó go rav na scórtha is na céadta is na mílte á rá in éineacht agus na flaithis héin ag éisteacht linn.

Buaileadh na drumaí ansin agus ardaíodh troimpéid is tiompáin agus chuireamar chun siúil suas in ay an aird agus an cheo throm ag ceilt an bhealaí orainn. Chualamar gleo toirní arís agus arís eile agus d'éire an tala in airde de phléasca agus thuigeamar go rav tús curtha leis an ngunnadóireacht. Chuala torman na gcapall ansin agus tháinig trúpa cúireasadóirí aníos tharainn agus d'imíodar sa cheo. Ní rav avarc fós ar an navaid, agus bhí an ghunnadóireacht ag éirí níos tréine agus an pléasca ag teacht níos gaire dúinn.

Ligeadh béic agus chualamar marcaí chugainn, marcshlua an navad an iarra seo. Ar fhaitíos an mharcshlua chúlaíomar in ord agus in eagar go cearnóg dhlú na bpící agus sheasamar muscaed faoi réir agus pící le sála agus sinn ag fanacht go dtiocfach an navaid chugainn as an cheo, agus mise i gcaithe an ama ag déana imní faoin tSaltair óir ní rav a fhios agam cá rav sí nó cé aige a rav sí agus bhí faitíos orm mura mbéach an lá linn go gcaillfí nó go millfí í. Níor tháinig marcaí an navad. D'fhanamar agus gan a fhios againn an ravadar ag teacht nó an ravadar imithe siar tharainn agus an rav an cath á throid in áit éigin eile ar ár gcúla, ansin d'éire an tala de phléasca faoinár gcosa agus caitheadh fir is airm anuas le mo thaov.

Scairteadh amach in athuair an t-ordú siúil. D'fhágamar ár gcomrádaithe inár ndia ag béiceach is ag túirt na gcor ar an fhéar agus dhreapamar in ay an aird arís, ag sciorra is ag sleavnú gur bhaineamar barr an chnoic amach agus sinn ag fógairt Santa Maria d'aon ghu, ansin scoireadh den ghunnadóireacht agus chiúnaíomar. Agus ar fea scaithe bhig chonacamar díonta Phrág, mar a cheapamar, ag éirí aníos as an cheo os ár gcóir amach, ansin leanamar den siúl soir thar an chnoc agus anuas tríd an cheo. Bhí an scéala á chur thart go rav an cath buaite, go rav na heiricí ar a dteithe. D'fhéachas thar mo chúl agus ní fhaca aon avarc ar na pící. Chuala marcaí chugainn sa cheo agus d'orda an sáirsint dúinn seasa faoi réir nó gur imíodar soir tharainn. Chuireamar chun siúil arís ansin gur shroiseamar droichidín beag ar an bhóthar taov thoir den mhainistir agus cad é a bhéach ann róinn ach vaigín an chaptaein ag fanacht orainn agus an sean-ghiolla lea-chosach agus beirt de lucht an bhagáiste, rud a chur iontas ar chuid againn a d'fhógair go ravamar tar éis casa ar ais i vfáinne agus fille ar ár lorg héin arís, agus ar chuid eile a dúirt gur ag teithe ón navaid a bhíomar héin. Ach níorv in é a tharla mar a d'inis an giolla don chaptaen ach go rav an armáil tar éis gluaiseacht cho fada chun cinn i ndia an navad gur tháinig faitíos orthu sa champa go ndéanfach an navaid ath-ionsaí agus go vfágfaí iad héin gan chosaint agus mar sin gur shocraíodar an armáil a leanúint. Rud a rinneadar, ar sé, ach gur imíodar rófhada chun tosaí agus go rav marcshlua an navad anois ar a sála.

Agus b'fhíor don ghiolla é nó níorv fhada ansin dúinn gur chualamar trup na gcapall chugainn agus d'éire trúpa mór marcach aniar as an cheo. D'orda an sáirsint seasa agus ghlao amach ar na trúpéirí. Ní dhearna an chéad trúipéir ach a chlaíov a bhuala anuas ar an sáirsint á leagan go tala agus bhíodar inár measc ag gearra fúthu is tharstu. Ba bheag an mhaith ár gcuid gunnaí ná ár gcuid claivte gearra in ay na marcach. Sinne a thug ár gcosa linn as an chéad sléacht seo chúlaíomar soir cho fada leis an droichead beag agus d'orda an captaen dúinn seasa le chéile go dlú idir an droichead agus an vaigín, a rá nach gcloisfeach an t-impire caint ar mheatacht

Ghael. Leagadh an vaigín sa scliúchas agus doirteadh an bagáiste amach ar an fhéar. In ainneoin méid ár gcomrádaíthe a thit leo, theip ar na marcaí an bhuíon dhlú muscaedóirí a bhí ar chúl an vaigín a bhrise agus tharraingíodar siar. Stopadh den lávach fad a bhí an captaen ag athchóiriú líne na muscaedóirí ag an droichead agus chuas-sa i measc na vfear ag an vaigín agus chua ag ransaíl tríd an bhagáiste a bhí dóirte amach ar an bhóthar agus mé ar thóir na scríne. Nuair nach vfaca sa bhagáiste í, ghav díomá mór mé, óir cheapas gur ag an athair Enrí a bhí sí agus gur baolach gur caillte nó scriosta a bhí sí agus nach vfeicfinn go deo arís oyreacht mo mhuintire is mo shinsir. Ar m'fheiscint dó i mbun na hoibre sin agus málaí is saiceanna á gcaithe anonn is anall agam d'fhiafra an giolla díom arv í an scrín a bhí á lorg agam agus thaispeáin dom í caite amach i measc leavair an chaptaein ar an fhéar. Ghlacas buíochas leis ó chroí agus, nuair a bhí an scrín i ngreim agam, thugas súil i mo thimpeall. In áit imeacht uainn, mar a cheapas ar dtús, bhí na marcaí ag cruinniú le chéile chun ionsaí eile a dhéana orainn. Nuair ba léir dom gur líonvaire na marcaí ná sinne agus gurv fada uainn fortacht nó fóirithint shocraíos i m'intinn an tSaltair a thúirt slán. Bhí meáchan sa scrín, agus toirt. Go scafánta d'osclaíos í le m'eochair agus thóg amach an tSaltair agus shac isteach faoi mo chóta í. D'fhágas an scrín ar ais leis an bhagáiste a bhí doirte amach le taov an vaigín, ansin nuair a cheapas nach rav duine ar bith ag avarc orm shleavnaíos go ciúin síos le taov an droichid. Ligeadh béic i mo dhia agus scairteadh amach m'ainm. Ba é an Baolach a d'aithin mé. Chuala an captaen ansin, agus fead piléir le mo chluas, chaitheas uaim mo mhuscaed is mo chrios armlóin, agus d'ime liom ag scinne tríd na toim soir le bruach na havann.

Trí lá a thóg sé orm imeacht ó bhlár an chatha ag éalú trí fhíonghoirt is ag luí faoi dhriseacha. Ag pointe aváin chua díorma Albanach soir tharam ar a dteithe. D'fhanas luite fúm ar an tala gur ritheadar anoir arís agus trúpa husár Polannach ag déana satailt is sceanairt orthu. Chuala na fir bhochta ag glaoch chun Dé ag iarra A thrócaire i ndea-Ghaeilge agus na Polannaigh ag bagairt na Maydine orthu ina dteanga siúd. Chiúnaíodar iad lena gclaivte. D'fhanas mar sin gan chorraí gur tháinig fir is mná an bhagáiste ag baint na n-éadaí is na mbróga de na mairv. Ó am go chéile thánadar ar shaydiúir ina bheatha agus b'éigin dom éisteacht go faiteach le gol is caoine agus iad ag impí a mbeo ar shuitléirí is ar ghiollaí campa a bhí ag tarraingt na mbróg is na n-éadaí díov sula mbásfaidis iad. Nuair a chonaiceadar mise d'éiríos agus thugas do na boinn é.

Chaitheas an lá dár gcionn sínte i gclais fhliuch faoi thom aitinn agus marcaí ag dul siar is aniar tharam agus mé ag ceapa gach nóiméad go dtiocfach trúipéir Polannach orm is go dtarraingeofaí amach ar an fhéar mé chun mo bhróga is mo chuid éadaí a bhaint díom sula sáfach sé rinn chlaív ionam. Thugas an leavar amach as a cúdach .i. seanléine a bhaineas de shaydiúir a fuaireas béal faoi i lochán uisce, agus d'osclaíos í agus d'iompaíos na leathanach agus mé ag cuimilt mo mhéara is ag bolú den seanphár buí agus mé ag iarra taitniv a thúirt do gach litir is líne mar a chonac m'athair ag déana go minic roive sin agus mé ag cana smutaí beaga urnaithe is duanta as mo chuivne dom héin chun mo mhisneach a mhúscailt. Ach bíoch

is go vfuaireas faoiseav éigin ann níor fhéadas an leavar a
dhealú ó thréigean mo chuid comrádaithe, ná ón riocht
truavéileach ina ravas, agus mar bharr ar an donas bhí an baol
fós ann go gcaillfí mé héin agus an leavar a cuireadh faoi mo
chúram, agus rith sé liom níos mó ná uair aváin gur mallacht
a bhí sa leavar agus chuivne mé ar í a chaithe uaim, ach ghav
aiféaltas mé agus ghuíos maithiúnas ar Dhia, agus gheallas
dom héin agus don leavar go dtiocfaimis as seo ar fad ar
bhealach éigin.

Ar deire fuaireas bheith isti i dteach feirme taov ó dheas de
Phrág inar síneadh cois tine mé agus inar beathaíodh mé go
ravas i mo shláinte arís. Le cavair ó mhuintir an tí, baintreach
fir agus a iníon a cheap gur chailvíneach a bhí ionam héin ag
éalú ó mhaím an tSléive-Bháin nó Bíla-Hóra mar a thugadar
héin air i gcanúint na háite, rinneas mo bhealach ó thua go
Pilsen mar a rav mathshlua Albanach de chuid an tiarna
Mansfeld ar ceathrúin, agus is ann a fuaireas mo shlánú.
Liostáileas leo agus d'fhilleamar tríd an Phailitín mar a
throideamar ar son na n-eiriceach in ay mo sheanchairde. Dhá
bhliain a chaitheas leo sular fhágas slán ag an gcomplacht ar
theorainn na Fraince agus, tar éis seal le déirceacht is seal eile
le giollaíocht chuas as sin go Páras agus thugas an leavar liom
go coinvint na bProinsiasach in athuair mar a fuaireas scéala
báis mo dhearthár Tayg, go ndéana Dia maith air, agus rugas
an leavar liom as sin agus liostáileas in athuair in armáil an
chúnta Mansfeld, agus throideas ar thaov na bProtastúnach i
gcoga sin na Réine in ay mo shean-chomrádaithe.

Tar éis leathbhliain a chaithe i mbun léigir is toghla
thánamar ar an navaid i bhFleurus mar a chaitheamar an lá ag

féachaint ár neart le chéile, ach i ndeire an lae nuair a chinn ar ár marcshlua coisithe an navad a bhrise thug an cúnta Mansfeld an t-ordú cúlú. Agus cé gur chúlaíomar in ord d'ime ár marcshlua héin róinn agus d'fhág gan chosaint sinn ar mharcaí an navad a tháinig ag tuairteáil inár ndia. Agus ba dobrónach cráite mé i mo sheasa an iarra seo gualainn ar ghualainn le coisithe na hAlban is na hAlmáine, agus mé ag cuivne ar mo sheanchomrádaithe a d'fhágas i mo dhia sa Bhóihéim, nó gur bhris an slua marcach ár línte agus gur leanadar ar fud an mhachaire sinn.

Ag iarra éalú thar sconsa a bhíos-sa nuair a tháinig trúipéir mór Vallúnach i mo dhia ag sá a phíce sa cholpa orm. Thiteas agus d'ime sé tharam de sciuird. Agus níor éiríos in athuair gur aire mé gleo an chatha ag dul i léig.

Dúitseach a chuir cóir leighis orm. Níor chailleas mórán fola ach fágadh le coiscéim bhacaíle mé a bheas agam le mo bheo. Gan lú na gcos ba gearr a thuig mé go rav deire le saydiúracht. Trí bliana a chaitheas ag siúl na mbóithre gur thugas ay ar an Ísiltír Spáinneach mar, dá mhéid m'fhaitíos roiv mo sheanchomrádaithe ba é an t-ocras ar deire a fuair an ceann is fearr orm. I mbliain a fiche cúig, bliain mhórléigear Bhreda, tháinig mé go Lováin. Cé go rav a fhios agam gur sa Bhruiséil in aice láive a bhí mo shean-chomrádaithe i reisimint Verdugo, bhí coláistí na nÍosánach is na bProinsiasach i mbaile Lóváin, áit a rav súil agam le déirce ó mo cho-thírí ach dul ina measc i mbréag-riocht.

Go deivin ní ravas i vfad sa bhaile sin nuair a casadh drong Ghael orm sa tsráid agus iad ar meisce, agus ar eagla go rav comrádaithe liom héin ina measc d'ime mé i ndia mo chúil uathu gur thit i mo phleist faoi chosa bráthair mhóir liath, Tayg an tSléive Ó Cléire nó an bráthar Michéal mar is fearr aithne anois air, bléitheach mór rua a chroch aníos den tala mé agus a bhain croithe maith asam. Scrúda sé mo cheann-ay ansin, do mo bholú féachaint an rav rian an óil orm agus, nuair nach rav, thug sé isteach sa choláiste mé chun mé a bheathú.

B'in mar a fuaireas mé héin i gcoláiste San Antoine de Padua i mbaile Lóváin. Nuair a tuigeadh gur Éireannach mé, cé nár nochtas m'fhíor-shloinne dóibh, fuaireas obair ó na sagairt sa teach cló. Go deivin nuair a leagas cois den chéad uair i dteach an chló ba le cillín an chéasta i gcaisleán Bhaile-Á-Clia a shavlaíos é, gona fháisceán mór duv-iarainn, casúir is pionsúir. Nuair a d'fhilleas air lá arna mhárach bhí tine lasta agus an fáisceán cló faoi lánseol, agus ní rav d'oyre ar an mbráthar beag déanta a bhí de shíor ag teanna is ag fáisce, agus ag ól as bolgán beorach le méid a chuid allais is saothair, ach Lon mac Líofa héin agus é ag gaivneacht don Fhiann in uaiv Chéis an Chorainn, ach gur oird is an inneoin a bhí aige siúd in áit fáisceán is clónna agus gurb iad airm na Féinne a bhí á múnlú aige in áit airm na hEaglaise. Níor mhaireas i vfad i dteach an chló nuair a tugadh faoi deara nár aithníos na clónna thar a chéile agus seoladh chun na cistine mé agus dearg-bheannachtaí an bhráthair Lúcás i mo dhia. Lá níos faide anonn, nuair a d'iarras ar an mbráthar Columbanus léav a mhúine dom, óir b'in é a bhí i gceannas orainn sa chistin, d'eite sé mé a rá nach rav aon ghá leis an léitheoireacht ach le léav na naovscrioptúr aváin, agus nach obair do ghiollaí é sin. Agus níorv é an diúltú is mó a chur as dom, ach go dtúrfaí giolla ar fhear de Mhaoldóránach ar den fhuil mhór chéanna sinn agus Ó Néill héin!

Pé ar bith scéal é ba ghearr sa chistin mé nuair a cuireadh le litir mé go teach na nÍosánach. Níor cuireadh de cheist orm ach an rav mé in ann suí in airde ar chapal, taispeánadh sean-mhúile dom agus cuireadh chun bóthair mé. As sin amach, cé gur sa chistin a bhí mo chúram, agus go deivin mo leaba, ba mhinicí mé i mo theachtaire ag teacht is ag imeacht le litreacha idir an t-athair Flairí agus teach Róise Ní Dhocharta bean Eóin Rua Uí Néill sa Bhruiséil. Nó idir é agus Eón Rua héin nuair a bhí sé ar ceathrúin leis an reisimint i mBreda. Cé go rav m'fhéasóg ligthe agam, agus clóca lia tugtha dom in ionad mo shean-éadaí, ní rav lá ar dtús i gcampa na saydiúirí nach rav mo chroí ag buala le teann faitís. Ach níor cuireadh isteach ná amach orm i gcaithe an ama sin. Go deivin, d'éiríos cho cleachtaithe ar theacht is ar imeacht i gcampa na reisiminte go ravas den tuairim go ravas imithe ó aithne ar fad, agus mhéada ar mo dhánaíocht go fiú is gur chuir mé tuairisc mo sheanchomrádaithe. Ach nuair a chuala gur cailleadh an Bodach Ó Cealla agus Seán Ó Fearáil sa chaismirt sin ag an droichead i mBíle-Hóra agus go rav an Baolach Ó Cléire fós i mbun saydiúrachta theip ar an mhisneach agus sheachnaíos co-luadar na saydiúirí in athuair.

Bhíos lá i dteach an mhaorsháirsint, mar a tugadh an uair sin air, taov amu de bhaile Bhreda mar a rav an navaid faoi léigear againn, agus mé ag fanacht ar fhreagra ar an litir a rugas chuige ón athair Flairí nuair a tháing sé héin isteach chugam .i. Eón Rua Ó Néill, agus d'iarr orm ar lé mé an litir a thugas dó. Cheiste sé go géar mé agus dúras nár lé mé an litir agus nach léifeach tharla nach rav léav agam. Ní dúirt sé tada leis sin ach thug litir eile dom le túirt ar ais don choláiste. Ach thuigeas ansin, den chéad uair, cén fáth a roghna an gairdian mé mar theachtaire.

B'in blianta móra na co-cheilge. Ba bheag den chistin a chonac sna blianta sin ach mé siar is aniar idir Lováin, an Bhruiséil, San Lít agus Dún Circe. I San Lít a bhí an reisimint ar dualgas. Bhí vaigíní púdair is gunnaí á dtúirt faoi cheilt ón mBruiséal. Bhí saydiúirí ón reisimint tugtha aníos le cósta i ngan fhios go Dún Circe. Bhí longa Spáinneacha amu ar an vfarraige ag fanacht lena dtúirt go hÉirinn. Bhí caint ar Ó Néill agus Ó Dónaill a thúirt go hÉirinn le cavair ón Spáinn. Bhí caint ar armada mhór. Bhí caint ar mhórchuid rudaí. Bhíos tagtha go Dún Circe mar a rav teach ag Róis Ní Dhocharta ag an am agus bratachaí nua na reisiminte agam di ón athair Flairí, nuair a tháinig scéala ón gcala go rav na longa Spáinneacha tar éis fille amach ar an dovain. Tháinig an máistir campa Eón isteach agus é ag splapa na mionn, fear lena ghualainn ag caoine os ard, agus an tAthair Flairí cho bán leis an bpáipear. Bhí fonn caointe orm héin. Ba í Róis aváin a bhí gan chorraí. Thóg sí láv an mháistir campa, cheansa sí na fir, agus d'orda sí dom an t-athair Flairí a thúirt ar ais chuig an choláiste. Ní túisce ar ais sa choláiste sinn ná bhí an t-athair Flairí ag réiteach chun fille ar an Spáinn ag iarra cavrach arís eile.

D'ime na blianta. Chailleamar an t-athair Flairí i Maidrid. Ba é an t-athair Ao Mac an Bhaird, Ao Buí mac Eóin, a bhí ina cheann ar an choláiste ina dhia, agus ba mhó caint ag proinn lena linn siúd ar léann is ar leavair agus ar Chambrensis is ar

Scotus ná ar airm is ar armlóin. Ba le linn an athar Ao a tugadh an captaen Sovairle isteach chugainn tránóna aváin ar eileatrom agus é ag éagaoin le fiavras. Tránóna geivre a bhí ann thart ar bhliain a tríocha haon. Bhí na bráithre fós ag nóin agus bhíos-sa agus duine de na giollaí cistine ag freastal ar an chaptaen agus, cé go vfaca sé go maith mé, bhíos cinnte nár aithin sé mé.

Nuair a shíneamar ar an leaba é tugadh isteach a chuid cófraí is truncanna, agus ar fheicéail mo scrín-se i measc a chuid leavar d'at mo chroí isti ionam. Nuair a fuaireas deis a chuid leavar a scrúdú chonac nár fhan an leavar seilge aige ná aon cheann de na leavair chlóbhuailte a rav pictiúir iontu, agus ghlacas trua dó óir ba léir dom gurv é an t-éigean ba chúis lena ndíol, agus nár fhan aige ach na leavair lávscríofa a chuir sé héin á scríov.

Chaith sé cúpla mí linn agus mise ag seachaint a sheomra le linn an lae tharla go mbíoch a chairde ón reisimint ag teacht ar cuairt chuige agus go rav faitíos orm go gcasfaí duine de mo sheanchomrádaithe héin orm agus go n-aithneofaí mé.

Dár ndó, bhí cúraimí eile orm. Bhí an t-athair Ao ag cur críche lena leavar mór ar Naov Rumaldo, pátrún na deoise sin .i. deoise Malines i vFlóndrás, agus bhínn-se ag coinneáil páipéir is dúch leis. Bhí athair an ghairdian linn freisin, an file Eón Mac an Bhaird. Eón Rua a bhí airsean freisin cé nár fhan ribe aige. Bhí sé fostaithe chun na leavair naovseanchais a tugadh ón Róiv a chur i nGaeilge, agus bhínn-se ag freastal air siúd, agus ag freastal ar na sagairt in am proinne.

In ainneoin na crua-oibre, óir ba go dian dícheallach a cuireadh i mbun ár gcúraim sinn, agus in ainneoin an trosca,

óir ba mhinice sinn ar céalacan ceal airgid ná le cúram ár
n-anama, bhíos sásta sa choláiste. Cé nach rav léav ná scríov
agam níor caitheadh liom mar a dhéantaí leis na giollaí, óir
bhí dlú-chairdeas eadrainn, an bráthar Micheál, Eón Rua Mac
an Bhaird, an t-athair Seán Mac Colgáin, an captaen, agus mé
héin. Go deivin, ba mhinic sinn cruinnithe sa tránóna i gcillín
an chaptaein, agus nuair a thagach a sheanchara Niall Gruama
Ó Catháin ar cuairt chuige bhéarach sé ualach brosna leis a
lasach muid sa teallach agus léach sé sleachta is rannta dúinn
as leavair an chaptaein, nó bhíoch sé héin is an captaen ag
sáraíocht ar a chéile faoi áiteanna is faoi dhaoine in Éirinn
nach vfaca siad le hos cionn scór bliain. Ansin tar éis paid-
reacha an fheascair thagach an t-athair Seán agus an bráthar
Micheál chugainn agus sinn ag seanchas nó ag aithris sean-
rannta is duanta nua, nó go deivin ag ardú ár nglórtha sa
disputio nó go mb'éigean don athair Ao an bráthar Colum-
banus a chur chugainn chun sinn a chiúnú, óir ní ligeach an
náire dó a athair héin a chur a chodla.

Ní hé nach mbíoch focail chrosta eatarthu, bhíoch. Chuala
i mbun argóna iad i ngáirdín an choláiste lá agus ón méid a
thuigeas uathu ba i dtaov leavar a scríov Eón d'Ó Dónaill ar
chúrsaí coga a bhíodar ag achrann. Bhí Eón a rá go gcaithfí an
leavar a chur i gcló ar mhaithe leis an reisimint agus an
t-athair Ao a rá nach acvainn dóibh a leithéid a dhéana. Le
fearg dúirt Eón lena mhac nárv in a bhí á chosc i ndáirire, ach
go rav sé ró-spleach ar Niallaí agus gur chóir dó ómós a thúirt
d'Ó Dónaill mar a rinne a shinsear roive. Ní dúirt an t-athair
Ao leis sin ach nach chun leavair is dánta a scríov d'Ó Dónaill
a bhí sé ar fostú sa choláiste ach chun eagar a chur ar na

naovscrioptúir, obair a rav moill rómhór uirthi dár leis, agus d'ime sé go crosta uai.

Bhí an captaen sé mhí ar a leaba agus sinn ag ceapa go rav feavas ag teacht air. I dtús an tsavra tholg sé aicíd a chua in ainsil air agus a d'fhág ag rávaillí san oíche é le fiavras. An lá seo thugas crúsca uisce chuige ina sheomra roiv matinas le fuarú a thúirt dó nuair a chroch sé a láv go tré-lag orm agus chromas chuige. Bhí a shúile deargtha ag sile agus ní rav neart ar bith ina ghlór. An mise a chuir an piléar i do chois? a d'fhiafra sé díom de chogar. Níor thuigeas céard a bhí i gceist aige ar dtús agus ligeas orm nár aire mé é. An leavar, ar sé. Arís níor ligeas orm gur chualas é, ach dhoirt braon uisce ar cheirt is chuimil dá bhaithis é. Cad é a rinne tú leis an leavar? a d'fhiafra sé ansin díom. Nuair a d'éiríos ón leaba fuaireas an t-athair Mac Giolla Coinne ina sheasa sa doras agus lorg an bhóthair ar a aibíd. Freagair é, ar seisean liom. Tá rávaillí air a athair, arsa mise leis. Ghluais sé isteach tharam agus shuí ar an leaba agus d'ime mise amach agus mo chroí i mo bhéal agam. Ní rav cúis imní agam, d'éag an caiptín Sovairle an oíche sin. D'fhág sé a chuid maoine, na cúpla leavar a bhíoch Niall Gruama ag léav dó, ag an choláiste. Cho maith leis an scrín.

Chuivne mé an t-am sin ar an tSaltair a chur ar ais inti, agus í a fhágáil sa seomra leavar ar mhaithe lena coimeád slán, ach ar deire shocraíos go mba liomsa í a choimeád slán agus go gcaithfinn héin ar bhealach éigin í a thúirt ar láiv do dhuine éigin de mo mhuintir in Éirinn.

Ach rinneas rud eile. Go gairid i ndia don chaptaen a anam a thúirt, thógas leavar coga Uí Dhónaill óna sheomra. Ní rav sé deacair orm í a aithint, óir bhí sí i vfolach aige leis na páipéir eile nár bhain le hobair an choláiste agus a mbíoch sé ag scríov amach faoi rún sa scriptorium, laoi mhór Ghoill mhic Morna agus na dánta a chum sé is a lé sé dúinn. Le maith a dhéana air, óir bhí a fhios agam gur d'Ó Dónaill a scríov Eón an leavar agus gurb é a mhian go dtúrfaí dó é, chuireas i measc maoin an chaptaein sa seomra leavar í agus é de rún agam í a thúirt ar láiv do dhuine éigin de mhuintir Uí Dhónaill nuair a bhéach faill agam chuige. Chuireas i vfolach i scrín Shaltair an Easpaig í, mar a vfuil sí fós is dócha.

Deirtear go dtagann an bás chugainn ina thréada. Bliain tar éis dúinn an captaen Sovairle a chur, cailleadh Eón, agus an bhliain ina dhia sin cailleadh an t-athair Ao, ar dheisláv Dé go ravadar.

Chuireamar tuille i mbliain a tríocha sé, nuair a sheas muintir an bhaile gualainn ar ghualainn le saydiúirí an chornail Preastan in ay léigear na nDúitseach.

I mbliain a tríocha hocht tháinig an tAthair Brian Mac Giolla Coinne ar ais mar ghairdian agus chua ag obair ar a leavar ar Riail Naoiv Proinsias. Bhí an Bráthar Micheál againn an t-am céanna, agus é tagtha ar ais as Éirinn le lán vaigín de leavair is de scrívinní ar naoiv is ar ríthe na nGael. Níor aithníos é. Bhí an toirt imithe as, agus logáin lia san áit a rav leicne móra dearga trá, ach ní rav an splanc múchta ina shúile. Ó d'fhill sé ar an choláiste chaitheach sé an lá cromtha os cionn cláir sa scriptorium ag obair ar an fhoclóir nua, agus an t-athair Seán ina chúinne héin ag obair ar an naovseanchas a chruinne an bráthar Micheál dó in Éirinn. Bhíos-sa gnóthach an bhliain sin ag dul idir an scriptorium agus an bráthar Lúcás sa teach cló. Ba é an bráithrín beag déanta céanna a bhí i vfeyl

an chló ó thánas-sa don choláiste ach go rav cruit anois air le
hualach na hoibre, saothar air le haois, agus srón mhór dhearg
air le hól. Bhíos-sa do mo chur le leathanaí clóite ón vfáisceán
go dtí an t-athair Brian, agus an t-athair Brian do mo chur ar
ais leis na leathanaí céanna agus iad breactha le scrívneoir-
eacht ina láv. Idir am feascair is coimpléid bhínn i gcillín an
bhráthair Micheál agus é ag cur tóiseanna focail orm, óir cé
nach vfuil léav ná scríov agam deireach sé go ravas ar fheavas
ar fad chun sleachta fada a chur de ghlanmheavair. Ní túisce
leavar an athar Brian i gcló ná fuaireamar scéala go rav sé ag
fille ar Éirinn. Go deivin bhí go leor plé ar Éirinn an t-am sin,
bhí an reisimint ar ais sa Bhruiséal in athuair agus an-chaint
arís ar ghunnaí is ar armlón.

Tharla sé gan choinne, bhíomar ag fágáil slán leis an athair
Brian ag geata an choláiste nuair a tháinig Ao Duv Ó Néill i
láthair. Captaen a bhí ann an t-am sin agus trúpa marcach
faoina cheannas. Ach ní ar an chaptaen a bhí m'aire ach ar
dhuine dá chompánaí. Ar fea ala bhig shíleas gurb é m'athair
héin a bhí tagtha chugam, ar dheisláv Dé go rav sé, bhí sé cho
cosúil leis i ndealrav agus i gcló. Cé nár thuigeas ag an am é, ba
é mo chol ceathrar héin, Cormac, a bhí ann, fear nach vfacas
ó bhí sé ina pháiste. Sheasas i mo staic ag stána air gur chuala
m'ainm is mo shloinne á thúirt orm, agus d'iompaíos go vfaca
an Baolach Ó Cléire agus a chlaíov as a thruaill aige. D'imíos
de rith ar ais isteach sa choláiste agus é ag béiceach i mo dhia,
suas is anuas an stayre linn agus siar is aniar trí phasáistí an
choláiste agus ainmneacha mo sheanchomrádaí á vfógairt aige
orm. Giolla de chuid na cistine a chuir i mbairille mé. Tháinig
an t-athair Brian orainn agus thug féachaint fiafraitheach orm.

Níor pheacaíos a athair, a deirimse.

Leis sin dúnadh claibín an bhairille anuas orm. Níor osclaíodh an bairille arís go ravamar ar an mbóthar go hOistinn. Ceithre lá ina dhia sin bhíomar ar bhord loinge ar ár mbealach go hÉirinn.

Deich mbliana a chaitheas leis an athair Brian idir Cill-Chainne agus an choinvint i Ros-Oirealaí láiv le Gailliv. Ní fhaca dé ar mo sheanbhaile in Ultaiv óir bhí an ceantar sin ina bhlár catha ag Gaeil is ag Albanaí ón mbliain 1641 amach. Bhíos i gcuideachta an athar Brian i nGailliv nuair a thug sé an chraov leis sa díospoireacht mhór in ay lucht na Mórghearána .i. lucht leanúna Iarla Urmhuvan, an t-athair Gearnan céanna a bhí linn i Lováin agus an t-athair Peadar Breathnach. Ba mhór an spórt dúinn a bheith ag éisteacht leis. Fiú agus é in aois a thrí scór go leith ní choinneoch an tÁvairseoir héin coinneal leis nuair a bhí lucht éisteachta aige. Níorv iad mo sheanchomrádaithe ba mhó imní dom anois, ach Buitléaraí Urmhuvan, óir bhíomar ina leavar duv ag an iarla. B'éigean dúinn éalú thar mhúrtha an dúin i gCluain-Meala agus é curtha inár leith go ravamar ag cothú achrainn i measc saydiúirí Chlann-Riocaird. B'éigean dúinn rith as Callann.

I gCill-Chainne bhí an Ardchovairle cruinnithe chun bagairt ionra na parlaiminte a phlé nuair a casadh an t-athair Gearnan agus an Breathnach orainn taov amu de sheomraí na Co-chovairle. Tharla Iarla Urmhuvan agus lucht an choinnealbháite i gCill-Chainne, agus ár gcairde féin in ísle brí ó cailleadh Eón Rua sa Bhréifne an bhliain roive sin, bhí lúcháir ar an athair Gearnan agus an Breathnach ár mbeag-chuideachta a fheiscint gan chosaint agus d'fhógair os ard go mba chóir fios a chur ar an gharda agus an t-athair Brian agus lucht an phroivinsiail a chur faoi smacht. D'fhreagair an t-athair Brian iad go pras a rá go rav a n-anama díolta leis na heiricí acu agus go mba chóra iad siúd a ruaige as an bhaile agus as an Ord mura ndéanaidís recantation. Tháinig an t-athair Cartúin agus an t-athair Barnvál i láthair ansin, beirt eile de dhrong na Mórghearána, agus bhí ag dul dian ar an athair Brian iad a fhreagairt bhí an oiread acu ina ay agus iad ag fógairt air in ard a gcinn, agus mise ag faire ár gcúla óir bhí faitíos orm go rav saydiúirí Urmhuvan glaoite agus go rav an baol ann gur sa charcair faoi chaisleán na mBuitléarach a chaithfí sinn.

Mar a tharla, níorv iad na saydiúirí a tháinig ar dtús ach slua de mhuintir an bhaile ag teacht de ruaig aníos bóthar cúng na hArdeaglaise chugainn ag fógairt go rav eiricí is apostaí i riocht sagart ag gaváil seilv ar an gCoinfidiréisean, rud a chuir faitíos ar an athair Gearnan is a cho-luadar ós rud é gurb iad an ghravaisc chéanna a d'ionsa an choinvint i gCill-Chainne roive sin agus iad ag iarra an Breathnach is Cartúin a chrocha. Nuair a líonadar an tsráid inár dtimpeall chonac duine ina measc a d'aithníos, mo sheanchara an t-athair Enrí Mac Síomóin, agus thuigeas cé a thug an slua i gcavair orainn.

Ach níorv aon dea-scéala domsa a bhí i dteacht an athar Enrí ná níorv aon chúis cheiliúrtha a chavair, óir cé go rav cruit ar a dhroim agus caime ina chois ní rav aon cheo ar a shúile. D'aithin sé i gco-luadar an athar Brian mé agus d'fhógair i mo thréigeadóir ón armáil mé. Ba bheag an mhaith mo chuid iarrachtaí a insint dóiv gur san Almáin a tharla sé sin os cionn scór bliain roive sin óir bhí an t-athair Gearnan tar éis a dheis a thapú. D'éire sé os cóir an tslua ag fógairt go rav spiaire is sceitheadóir inár láthair. Thuig an t-athair Brian cleas an athar Gearnan agus d'iompa sé chuig an slua lena gcur ar a n-airdeall ar bhréaga an apostaí mar a thug sé air, ach bhí bola na fola faighte ag an gcosmhuintir agus dearmad déanta acu ar lucht na Mórghearána, agus an t-athair Gearnan ag éirí den tala le díocas agus é ag gealla tinte Ifrinn do thréigeadóirí is d'fheallairí. Agus cé go ndearna an t-athair Brian tréan-iarracht mé a chosaint ar ionsuithe an athar Gearnan bhí fuar air, ach sa lea-mheandar sin nuair a bhí aird an tslua ar an seansagart thugas-sa léim thar sconsa agus léim eile thar claí agus, in ainneoin mo bhacaíle agus a bhuíochas do mheath-sholas na Savna, bhíos ag cur tala slán idir mé héin is an bhrúisc nó gur éire avainn mhór leathan na Feoire amach róm. Thugas féachaint suas is anuas le bruach, thug féachaint eile siar thar mo chúil go vfaca dea-mhuintir Chill-Chainne ag teacht faoi mo dhéin. D'imíos le bruach na havann, agus glamaíl na gravaisce ag teacht níos gaire is níos gaire dom, agus ar deire nuair a d'airíos an slua le mo shála d'éiríos de léim thar sconsa, mhothaíos pian lasrach i mo cholpa, agus thiteas béal fúm i gcró cearc agus an daoscar ag gaváil tharam, speala is grafáin á mbagairt acu, agus iad do mo thóraíocht ar bhruach na Feoire mar ar shíleadar mé imithe uathu sa snáv.

Thugas mo chosa liom, agus mo shean-chréacht do mo chiapa. Nuair a fuaireas mé héin taov amu den bhaile bhí an t-athair Brian fágtha i mo dhia agam. Bhíos dhá lá ar seachrán in Osraí nuair a chuala an drochscéala adua. Briseadh maím ar armáil an tuaiscirt i Scairv Sholais, maraíodh easpag an Chlochair, Enrí Óg, Féilim mac Tuathail agus mórchuid dár dtaoisí agus bhí an cúige ar fad i seilv na nAlbanach. Leis sin, shocraíos m'ay a thúirt ó thua. Mar a deirim, ní rav faill agam ar cuairt a thúirt ar mo mhuintir ó thánas go hÉirinn tharla go rav sé ina choga in Ultaiv, agus chuireas mo chuairt ó thua ar athló go mbéach an bua againn agus Clann-Bhreasail i seilv Gael in athuair. Ach tar éis bhás Eóin Rua agus bhrise arm an tuaiscirt bhí aislingí ár muintire imithe ina ghail soip, ach bhí deis anois agam cuairt a thúirt ar Chlann-Bhreasail. Bhí práinn leis an scéal anois, óir bhí os cionn trí scór bliana slánaithe agam, scór bliain díov sin caite i mbréag-riocht agam idir an Almáin is Flóndras agus naoi mbliana caite in Éirinn, agus gan aon duine muinteartha aimsithe agam a thógfach an Saltair ar láv uaim.

Bhuaileas liom ó thua agus tar éis coicíse ag siúl na móinte is na gcoillte bhaineas m'fhód dúchais amach. Thugas mo chéad shúil le leithchéad bliain ar bhaile Uí Mhaoldóráin ó fhothain coille le breaca lae, agus in áit an tí bhriste is na goirt loiscthe a d'fhágas i mo dhia chonac an má faoi bharr cruithneachta is coirce, ba is capaill ar bhánta, agus ballaí aolbhána faoi cheann nua tuí ag éirí go hard os cionn an úllghoirt mar ar chuala glórtha páistí is glagarnach gé. Níor fhéadas gan teanna leis na crainnte úlla mar a mbínn héin is Dónall Óg is Tayg ag dreapa agus ár máthair ag fógairt orainn ó shráid an tí. Agus ag avarc dom ar an teach ó chongar an úlloird chaoineas deora mo chinn agus bheinn ann fós ag caoine mo shinsir is mo shleachta murach gur aimse an madra mé. Agus thúrfainn an tsaltair gurb í ár Sceolán féin a bhí chugam, óir b'ionann í i gcruth is i ndath is i scéimh is i nguth leis an gcú dílis a bhí againn leathchéad bliain roive sin, agus í anois ag tafann go fraochta lena seanmháistir. Ghlaodar na páistí amach sa Sacsbhéarla agus chuala glór fir on tsráid agus thugas do na boinn é, mo leavairín dlú le mo bhrollach agam agus piléar gunna ag feadaíl le mo chluais, mar a tharla scór go leith bliana roive sin i mBíle-Hóra dom. Agus níor stadas de mo chamshiúl bhacach gur bhaineas fosca an tsléive amach.

Trí seachtainí a chaitheas ar fálróid i gClann-Bhreasail in Uí-Nialláin agus in Oirthear go vfuaireas scéala ar chol seachtar liom. Nuair a thánas air ag iarra déirce taov amu de theach távairne in Ard-Mhacha d'imíos gan lavairt leis agus d'fhágas slán ag Ultaiv.

An bhliain dár gcionn thánas ar an athair Brian in athuair. Ní go maith a chua Cill-Chainne dó óir b'éigean dó an baile a fhágáil agus saydiúirí Urmhuvan sna sála air, agus nuair a thánas-sa air ar an Teampall-Mór an bhliain dár gcionn, bhí armáil an rí ag imeacht i ndia a gcúil ó ionra na parlaiminte. Ghav sé buíochas chun Dé as ucht mo thúirt slán arís chuige, ach ní dhearna sé aon iontas de nuair a chonaic sé i mo bheatha mé. Dúirt sé go rav a fhios aige nach ngavfainn san Fheoir agus an leavar sin, mar a deir sé héin, ina bró mhuilinn faoi mo mhuineál, óir bhí níos mó ar eolas ag an athair Brian ná mar a ligfeach sé air héin. Gairid dúinn ar an Teampall-Mór nuair a thuairt gunnaí na nGall múrtha an bhaile agus gur éalaíomar i gcuideachta reisimint Uí Fhlatharta. Agus b'in mar a tharla mé in Á-an-Chuilinn oíche dá rav buíon saydiúirí as an reisimint chéanna sin, maille le buíon d'armáil thiarna Mhúscraí, ag seanchas agus mar a chuala mo scéal héin á chur as a riocht ag na saydiúirí agus mar a d'fhanas i mo thost ar fhaitíos mo nochta ach gur chlis ar m'fhoyd ar deire nuair a chuala go rav leavar bréagach curtha d'aon turas in áit na saltar agus chuas ag gaváilt de mo mhaide go héagórach ar lucht inste an scéil.

Sé mhí eile a chaitheas i vfochair an athar Brian sular scaradh ó chéile in athuair sinn ar oileán Mílic mar ar bhris na Gaill sinn ar an áth agus mar ar thiomáin a marcshlua sinn i ndia ár gcúil isteach sa tSionainn, ár marú ina gcéadta, agus cloisim gur in Ultaiv atá sé faoi láthair. Agus anois i nGailliv dom agus gan agam de mhaoin an tsaoil ach leavar mo shinsir i gcúdach le mo chneas, ní iarraim ach aon rud aváin, clú mo mhuintire a ghlana agus an leavar arb í a n-oyreacht í a leagan i láiv duine muinteartha liom a choimeádfach í le túirt ar láiv dár sliocht amach anseo.

Aige sin deire an chuntais seo, arna thógáil síos ón mbunscrívinn dá hathair ag Móir iníon Thayg Uí Dhuváin in Oistinn sa bhliain 1667.

VII

An Cuntas

Cúig bliana déag tar éis dúinn an tír a fhágáil bhíos ar dualgas i dtúr an gharda in Oistinn na hÍsiltíre mar a bhíos agus mar atá anois, chomh maith lena bheith i mo chléireach ar an ardscoil, i mo leitionant i mbarda an bhaile seo dár dea-rí Pilib IV. Bhíos ar dualgas garda, mar a deirim, nuair a tháinig sáirsint Pléimeannach dhe chuid an gharastúin chugam san adhmhaidin ag fógairt gur maraíodh Éireannach darbh ainm Karl nó Carol sa sráidbhaile agus go raibh a chorp á thabhairt isteach. Bhíos-sa i gcuideachta mo sheanchompánach Cormac Mac Cárthaigh, an bráthar Constaintín, nuair a chuala an scéal. Bhí seirvís an rí fágtha aige agus é i gaibhte i seirvís an Ardrí, mar a deireadh sé féin, i gcoinvint na mbráithre i Lóváin atá trí lá taistil as seo. Thagadh sé chugam ar cuairt, le caoinchead an ghairdiain, nuair a bhíodh sé ar ghnothaí an Oird i lóca na bProinsiasánach in Oistinn.

Bhí cúram ar leith air an iarraidh seo, mar a d'fhógair sé ar theacht isteach dhó. Leath meangadh mór ar a bhéal agus beart i gcumhdach línéadaigh á leagan anuas ar an gclár aige os mo chomhair amach. Agus cé gur mhór an t-athrú dhom an cloigeann bearrtha in áit an fhoilt fhada dhuibh is na féasóige, agus an aibíd liath in áit a chlóca is a léine lása, ní raibh aon bhlas de mhórchúis is de ghaisce an chaiptín Mhuimhnigh caillte ag an manach liath. Agus an beart á scaoileadh aige labhair sé liom dhe ghlór íseal, a rá gur casadh deartháir mo mhná air ag an gcalafort, Brian Óg Ó Gnímh agus é tagtha as Éirinn, agus go ndearna sé é a chomóradh go dtí mo theach, mar a rabhadar mo bhean is mo chlann ag súil liom. Ansin le geáitse dá lámh leath sé amach an t-éadach agus nocht leabhar glan nua faoi chumhdach donn, á fhógairt go bródúil gurb é an gairdian féin a chur chugam í.

Go deimhin ba mhinic chugam an bráthar Constaintín le cóip dhe cheann éigin de dhánta nó dh'aistí lucht na hard-scoile óir tá sé mar chúram ormsa, mar chléireach, cóip a dhéanamh agus a choimeád dá gcuid saothar, gnó a bhfuil cabhair an bhráthair Constaintín agam chuige, maille le beannacht an ghairdiain féin. I gcúiteamh ar an gcabhair sin déanaim cóip dhen uile ní a d'oirfeadh don choláiste. Ar an gcuma sin, chomh maith leis na leabhra iomadúla atá cruinnithe agam ar an eolaíocht is ar an diagacht, ar an matamataic is ar an gcogaíocht, ar an stair is ar an seanchas, tá leabhar eile agam ina bhfuil cóip dhe dhánta is de scríbhinní Thoirealaigh Uí Chonchúir, Chearúill Uí Dhálaigh, an Fhir Flatha Uí Ghnímh, is Mhathúna Uí Uiginn maille le scéalta is cainteanna a tógadh síos ó chuimhne, agus le dánta le filí eile ár n-aimsire féin, agus cé nach bhfuil greim fós faighte agam ar leabhar Mhic Dhónaill .i. leabhar an chaiptín Somhairle a raibh oiread sin tráchta air in Áth an Chuilinn, atáim ar a lorg agus tá dóchas agam nach imithe faoi dhiamhair ar fad atá sí.

Ach an iarraidh seo, ar fheiscint an leabhair nua seo dhom, thuigeas go raibh údar ceiliúrtha thar an gcoitiantacht againn. Gan an teideal a léamh uirthi bhí a fhios agam cén leabhar a bhí agam, óir b'fhada sinn ag fanacht leis an gCollectanea Santa, mar a raibh beatha Naoimh Columbanus a scríobh an t-athair Pléimeann i gcomhar leis an sean-ghairdian Aodh Mac an Bhaird, agus í tagtha faoi dheireadh ó theach cló an choláiste, clóbhuailte lena dháileadh ar ár muintir in Éirinn. In onóir na hócáide, cé gur eitigh sé ar dtús mé, thoiligh an bráthar Constaintín dom fios a chur ar bhuidéal malmasaí agus ar scadáin sailte a chaitheamar in éineacht agus mé ag breathnú an leabhair agus sinn ag léamh sleachta aisti in éineacht.

Ba mar sin dúinn i seomra an gharda nuair a foilsíodh scéala seo an choirp inár láthair agus féachaint dár thugas ar an mbráthar Constaintín chonaic gur bhíog sé ar chlos an ainm Carol dó agus chuimhníos, agus táim cinnte gur chuimhnigh sé féin, ar an bpíceadóir Ó Dálaigh. Go deimhin ba deacair dhom gan chuimhneamh agus an sáirsint ag caint, ar an oíche i dtávairne Átha an Chuilinn agus go sonrach ar an scéal a d'inis mo bhean dhom, scéal a chuala sí ó iníon an tí an mhaidin sin sular fhágamar an campa.

In aois a sé bliana déag dhi rinne an távairneoir cleamhnas dá iníon le muilleoir mustrach saibhir a bhí sa dúiche sin .i. Sliabh Féilim i dTuamhumhain. Agus í ag druidim le lá a pósta ní raibh a fhios aici ar mó a cumha ag fágáil an bhaile inar coinníodh ag sclábhaíocht sa távairne í ó mhaidin go faoithin nó a dhul chun cónaí le seanmhuilleoir a bhí cosúil leis na gráiscíní eile a bhíodh dhe shíor ag tarraingt aisti nuair a bhíodh an deoch istigh.

An oíche sin in Áth an Chuilinn nuair a leag sí súil ar an mbithiúnach óg binnbhriathrach bladarach bréagach Ó Dálaigh b'éasca dhi dearmad a dhéanamh ar obair an lae sin is ar an saol a bhí amach roimpi agus aon oíche amháin a chaitheamh ag gáirí leis an bhfear óg a raibh an easumhlaíocht is an ábhailleacht ag rince ina shúile.

Thug sé féachaint dána uirthi agus d'fhreagair sise é le catshúil i nganfhios don chomhluadar agus d'imigh sí amach ar an tsráid le súil go leanfadh sé í. Agus nuair a lean, bhí sí ina seasamh roimhe sa dorchadas ag fanacht leis, a droim le balla an tí aici, brat a máthar fáiscthe ina timpeall in aghaidh ghoimh na hoíche agus, mar a dúirt sí féin, na réalta á gcomhaireamh aici. Chuaigh sé anonn chuici agus thug sé a hainm uirthi agus lig sí uirthi féin go raibh iontas uirthi go raibh a hainm ar eolas aige.

D'aithneoinn aiteall thar na múrtha ban, a deir sé.

In áit a bheith ag faire na fearthainne, ar sí, nach fearra dhuit a bheith istigh ag éisteacht na bhfear.

Táim dóthanach dhe scéalta, a deir sé, b'fhearr liom aon oíche a bheith ag faire na spéire le réaltbhean.

Más ea, ar sí leis agus í ag gáirí, tá néal ort agus ní chreidim go bhfuil deireadh fós le do chuid scéalta.

Táir ag magadh fúm, a deir sé, go truacánta. Tá a fhios agat gur leanas amach anseo thú san oíche mar nach raibh aon neart agam air ach oiread is a bheadh ag an bhféileacán ar an gcoinneal, ach tá tusa anois, a deir sé, mar a bheadh an cat ann agus mise faoi do bhois agat.

Má cheapann tú go ndéanair cat is dhá eireaball dhíomsa a Chearúill Bhuí na nAmhrán is mór an dul amú atá ort!

Rinne sé gáirí ar dtús, ansin rinne sí féin gáirí agus lean Cearúll isteach sa teach í. Nuair a bhí sí cinnte go raibh a hathair ina chodladh sa gcathaoir, agus a máthair is an cailín aimsire sínte ina suan ar an tsráideog, chuir sí dréimire le balla agus dhreapadar in airde suas thar dhoras sheomra an chornail go dtánadar ar lota bheag faoi bhinn thoir an tí ina raibh málaí coirce is plúir. Leath sí a brat anuas ar na málaí agus shíneadar beirt siar.

Leag Cearúll a lámh thar a gualainn agus phóg sé ar an mbéal í. Bhain sí a lámh dá brollach agus d'iarr air labhairt léi.

Labhair sé léi agus d'inis sé dhi faoin gcluain a chuir sí air agus ar chluaisíní croí agus air seo is air siúd. Agus phóg sé arís í agus leag a lámh thar a brollach anonn, agus arís eile thóg sí a lámh, agus d'iarr sí air labhairt léi.

Labhair sé léi. Labhair sé léi faoina mall-rosg gorm is faoina rós-bhéilín meala is faoina mínchneas breá is faoina folt fada cumhra is faoina a brollach mín ómra, agus phóg sé arís í. Agus arís eile bhain sí a lámh dá brollach. Labhair liom, ar sí.

Labhair sé arís léi, agus labhair faoi fhear óg dárb ainm dó Cearúll is dár sloinne Ó Dálaigh ach nárbh é Cearúll na n-amhrán é ná Cearúll na mBan ná Cearúll na Ballseirce go fiú, agus cé nár cheil sé é sin ní raibh sé á fhógairt ach oiread, ach é seal dá shaol ina cheithearnach ag seoladh na ngamhna thar teorainn, seal eile ina cheoltóir ag déanamh aoibhnis do thuataigh ag bainiseacha is ag scléipeanna, seal eile ag siúl ó cheann ceann na tíre i seirvís an rí, agus seal eile fós ina rí ar gach cleasaíocht ar bhóithre uaigneacha faoi shíon is aimsir is gan aon neach beo ina ghaobhar, agus gan aige ach a phíce ina lámh. Labhair sé agus labhair sé agus choinnigh sé air ag labhairt, agus nuair a leag sé a lámh uirthi an uair seo níor bhain sí a lámh dá brollach ach ní raibh a fhios sin aige óir bhí sé ina shámhchodladh. Agus bhí sé ina chodladh fós nuair a shoilsigh an ghrian agus nuair a d'éirigh iníon an tí lena dhul ar ais i mbun a cuid cúramaí.

B'in é an scéal a d'inis mo bhean féin dom mar a chuala sí ó iníon an tí é. Níorbh é an chéad uair a raibh tuairisc Uí Dhálaigh faighte agam ó leagas súil go deireadh air in Áth an Chuilinn, más é an Cearúll sin é nó Cearúll eile, óir bhí a ainm in airde mar fhile is mar chluanaí ban ó shin. Ach níor ligeas a dhath orm féin tharla nár chuí dhom aon ní a rá go mbeadh an corp feicthe agam féin ná níor dhúras aon ní ina thaobh ach labhair leis an sáirsint Crúps ag iarraidh a thuairisc ina iomláine air.

Dúirt an sáirsint go raibh sé ar a bhealach abhaile trí mhargadh na n-iasc tar éis dó freastal ar aifreann nuair a casadh slua ina bhealach cruinnithe taobh amuigh dhe thávairne na dTrí Mharc. Agus é ag iarraidh a dhul thar an mathshlua sin chuala sé mianach a gcuid cainte is a gcuid comhrá .i. gur troideadh comhrac claímh idir bheirt mar gheall ar bhean agus gur mharaigh fear céile na mná saighdiúir Éireannach a bhí dar leis ag suirí lena bhean dhlisteanach féin. Ar chlos dó gur Éireannach a bhí sa bhfear a maraíodh rinne an sáirsint a bhealach tríd an mbrúisc go

210

bhfaca corp fir in éide saighdiúra sínte béal faoi ina chuid fola ar phávail na sráide. D'aithin sé ar a chuid éide nár dhen gharastún é, ach gur dhuine dhe na hearcaigh nua é a bhí ar ceathrúin sa mBruiséil. Bhí garda an chonstábla tagtha ar an láthair faoin am seo agus chuireadar an corp á iompú ar a dhroim go bhfeicidís cé a bhí acu. Chonaic an sáirsint go raibh droch-bhail ar an bhfear agus d'inis a chomharsa dó gur cuireadh rinn an chlaímh trína shúil. D'iarr sé ar an gconstábla an corp a thabhairt chun an túir agus tháinig sé féin caol díreach go dtí an túr leis an scéala.

Ghabhas mo leithscéal leis an mbráthar Constaintín agus thugas ordú do bheirt saighdiúirí bord a réiteach chun an corp a leagan air sa seomra mór thuas staighre agus d'ordaíos don sáirsint filleadh ar an láthair le seisear fear chun an corp a thionlacan don túr, nó a iompar dá mba ghá. Cé nach n-ólfadh an bráthar Constaintín aon bhraon eile, líonas mo ghloine féin agus sheasamar ag an bhfuinneog ag fanacht go dtabharfaí isteach an corp.

Níorbh fhada mar sin dúinn gur chualamar céimeanna na bhfear ar an tsráid thíos fúinn agus bhéiceas ordú ar an saighdiúir an doras a oscailt dóibh agus chuas-sa suas go dtí an seomra mór chun fáilte a chur rompu.

Tháinig an tsochraid aníos na céimeanna, an t-athair Ó Duibhín, séiplíneach an chomplachta, ar a gceann agus an corp á iompar ar eileatrom ag seisear fear agus buíon bheag dhe shaighdiúirí an gharastúin á thionlacain maille leis an gconstábla. Rinneas umhlú don sagart agus é ag teacht isteach an doras, liodán Laidine á chanadh go hard aige agus a dhá shúil ar lasadh le solas na córa. Leagadh anuas an corp agus chuas chomh fada leis an mbord go bhfeicfinn cé a bhí againn, agus chonaic go raibh an bráthar Constaintín ag féachaint thar mo ghualainn air. D'ardaíos an bhraillín, ach mar a dúirt an sáirsint ba thríd an tsúil a chuaigh rinn an chlaímh agus ní hamháin go raibh ceirt teann fáiscthe timpeall ar a cheann chun an fhuil a chosc ach bhí a aghaidh ataithe chomh mór is go mb'fhacthas dom nach bhféadfaí é a aithint. Leagas an bhraillín ar ais anuas air agus sheasas siar i measc an chuideachta a bhí ar a nglúine ag freagairt do phaidreacha an tsagairt.

Ba ansin a thugas faoi deara mo mhac féin Seán, a raibh aon bhliain déag slánaithe aige ag an am, agus é tagtha chugam le focal a chur i mo chluais, a rá go raibh a uncail Brian Óg tagtha. Níor ba léir dhom go dtí sin go raibh uair an mheán lae caite agus go raibh mo dhualgas faire istigh agus, bíodh is go raibh agus go raibh an sagart ag bá na súl ionam, dúras i gcogar le mo mhac go mbeadh moill bheag orm agus go leanfainn abhaile é.

Chuas ar mo dhá ghlúin ansin mar a raibh an uile dhuine eile sa seomra agus sinn ag freagairt do ghlór géar gíoscánach an tsagairt agus é ag déanamh idirghabháil ar son anam an mhairbh. Agus ar bhreathnú sin uile dhom chuimhníos ar chás thruamhéalach an fhir óig agus é gan mháthair ná bean a ghlanfadh a chuid fola dhen tsráid ná a chaoinfeadh é os ard.

Níos deireanaí, ag imeacht don athair Ó Duibhín d'insíos dó go raibh deartháir mo chéile tagtha as Éirinn agus dúirt sé go mbuailfeadh sé isteach chugainn tráthnóna chun sinn a fheiscint agus chun an uile scéala a bhí againn as Éirinn a chlos.

D'fhágas garda ar an gcorp ansin agus d'fhilleas leis an mbráthar Constaintín ar sheomra an gharda agus ar mo bhuidéal. Ní túisce inár suí sinn ná labhair an bráthar Constaintín agus dúirt gur chuir teacht an choirp an oíche sin in Áth an Chuilinn i gcuimhne dhó agus, cé nár luaigh sé Cearúll Ó Dálaigh, dúirt go raibh scéal aige ar an Maoldóránach .i. Éamonn Ó Maoldóráin ar insíodh ina thaobh gur éalaigh sé óna chomplacht sa mBóihéim le Saltair an Easpaig. D'inis sé dhom gur casadh Ó Maoldoráin air i nGaillimh sa mbliain 1652 nuair a bhí an baile sin á thimpeallú ag armáil an ghinearáil Cút.

I gcomhluadar a chomhoifigigh a bhí sé nuair a cuireadh an seansaighdiúir seo in aithne dhó, faoi ainm bréige mar a tharla, agus níos deireanaí san oíche nuair a bhí braon ólta acu beirt tharraing an strainséara aníos scéal Shaltair an Easpaig agus dúirt gurb é féin Éamonn sin Ó Maoldóráin maor Shaltair an Easpaig. Ní raibh sé sásta níos mó a rá, ach dúirt go dtiocfadh sé chuige an lá dár gcionn lena scéal a insint dó. Agus tháinig. D'inis Éamonn Ó Maoldóráin a scéal don chaiptín os comhair cléirigh is finnéithe d'fhonn, mar a dúirt sé féin, a cháil is cáil a mhuintire a ghlanadh, agus d'iarr sé ar an gcaiptín cóip dhen scríbhinn a chur chuig ardeaspag Ard Mhacha, ós ó chomharba Phádraig a bhí maoirseacht na Saltar ag Ó Maoldóráin. D'inis an caiptín, nó an bráthar Constaintín, an scéal a d'inis Ó Maoldóráin dom ansin, agus a chur sé chugam dhá bhliain ina dhiaidh sin, go gairid roimh bhás dó, maille le páipéirí pearsanta eile is leabhra.

Nuair a bhí a scéal inste ag an mbráthar Constaintín d'fhanamar inár dtost scaitheamh ag amharc ar a chéile sula ndearnas gáirí beag brónach, óir cé go mba brónach an scéal é scéal Leabhar Uí Mhaoldóráin bhí sásamh áirithe ann dúinn i réiteach na ceiste sin tar éis an oiread sin de bhlianta. D'fhiafraíos den bhráthar Constaintín arbh bheo dhon Mhaoldóránach agus dúirt sé liom gur dóigh nár mhair sé, óir d'fhág sé an tír le reisimint Uí Fhearaíl agus cailleadh a bhfurmhór dhíobh sin le hocras nó leis an bplá i dtuaisceart na Spáinne. Ghuíos sonas ar anam Éamoinn Uí Mhaoldóráin pé ar bith aird den domhan ina raibh sé, beo nó marbh.

Leag an bráthar Constaintín a ghloine fholamh ar an mbord, óir dheonaigh sé glacadh le braon eile dhen fhíon uaim agus a scéal á aithris aige, agus labhair. An dhe bhuanna an duine an sonas, a deir sé, nó an ní é a gcaithfear an duine a oiliúint lena aimsiú, amhail sinne bráithre is cliar a lorgaíos an sonas trí mhachnamh ar rúndiamhair na Páise nó an scoláire a thagas air i mblúirí seanchais is i leathanaigh bhreacbhuí.

Nó amhail an fhir óig, a deirimse, a aimsíonn é i soilsiú na gréine ar chúl dlaoitheach éigin agus a choinníonn an sonas sin ina chroí i bhfad tar éis don ghile trádh as a shúile. Thugas croitheadh do mo ghuaillí, líonas an dá ghloine in athuair agus d'ólamar gan focal.

Nuair a shroicheas an baile .i. dhá sheomra i mbarr tí ag amharc anuas ar an gcaladh, fuaireas Móirín is Tomás i measc páistí na gcomharsan romham ar bharr an staighre i ngreim go ríméadach i mBrian Óg agus an patachán beag ina ghóil

aige .i. an Fear Flatha, agus iad ag scairteadh amach i bPléim-
eannais, canúint nár éirigh liom féin a thabhairt liom go
cruinn ariamh, cé gur Pléimeannaigh ba mhó a bhí sa
gcomplacht anois ó thosaigh an rabharta fear as Éirinn ag trá.
Chuireas fáilte roimh Bhrian Óg mar a dhéanfainn le
deartháirín dílis dom féin agus, nuair a d'éirigh liom na páistí
a chur dhíom le geallúint go n-inseoinn scéal roimh dhul a
chodladh dhóibh, d'iarras tuairisc ár muintire air.

Agus ba dobrónach an scéala é, óir bhí Murchadh na Mart
.i. an Flathartach, caillte agus curtha in Árainn, agus ní raibh
an dochtúir Ó Ceannabháin .i. mac an mháistir a cailleadh i
gCluain Meala, ag tabhairt mórán ama eile do Dhúdarach
Mór, deartháir m'athar, agus níor fhan de ghabhaltas mo
mhuintire ach an leathbhaile sléibhe a bhí ar cíos ag Dúdarach
ón mBlácach. Agus más duairc domheanmnach sinn ar chlos
scéala ár muintire dúinn, ba ghearr gur thóg Brian Óg ár
gcroíthe in athuair lena chuid scéalta grinn is ábhailleachta.

Go luath sa tráthnóna shuíomar an uile dhuine againn
chun boird go gealgháireach glórach. Nuair a d'insíos do mo
bhean go raibh súil leis an sagart d'fhreagair sí mé le spadhar,
a rá nach raibh a fhios aici cén gnothaí a bhí aige linn óir
d'fheicfeadh sé sinn ar aifreann ar maidin dá mba mhian leis
é. Mheasas go mb'fhearr dhom gan labhairt air níos mó óir, cé
nach raibh rian den ruaichte fanta ina mullach fada craobhach
a bhí anois ar dhath an airgid, bhí a croí chomh lasánta is a bhí
ariamh. Ghlacamar buíochas do Dhia ansin as an mbeatha a
thug sé dhúinn agus as ár mbráthar a thabhairt slán chugainn
thar toinn agus d'itheamar ár gcuid go sásta.

Níos deireanaí nuair a bhí an t-ál curtha a chodladh

shuíomar cois tine go n-ólaimis cairt is go n-inseodh Brian
Óg tuilleadh de scéalta ár dtíre is ár muintire dhúinn. Tar éis
tamaill chainte ar dhaoine muintearacha is ar shean-
chompánaigh na reisiminte dúirt sé go raibh rud éigin aige le
taispeáint dúinn agus thug ciste beag adhmaid amach a bhí
tugtha leis as Éirinn. Cófra Dheaide, a d'fhógair Mairéad de
gháir áthais, agus Brian á oscailt dúinn. As an gciste thug sé
eochair amach, eochair mhór throm a d'osclódh an glas a bhí
ar a seanteach i Latharna a bhí anois i seilbh na nAlbanach, a
dúirt sé. Ansin thug sé gúna fada gorm is flannbhuí amach a
rá gur iarr a mháthair air, sular cailleadh í, go ndéana Dia
grásta uirthi, a gúna a thabhairt chuig Mairéad. Chuir Mairéad
an gúna uirthi agus, cé go raibh sé sean-nósach ina chruth
agus ina dhéanamh, chuir sé an dá shúil ghlasa ag spréachar-
nach ina ceann agus mo chroí-se ar borradh le ríméad í a
fheiscint chomh sona.

Ar deireadh thug Brian Óg leabhar amach nó, déanta na
fírinne, thug sé cual mór leathanach amach a bhí breactha i
scríbhneoireacht bheag dhlúth gan chlúdach. Ar an gcéad
leathanach bhí scríofa i litreacha móra, An Bíobla Naofa ina
bhfuil Leabhair na Sean-Tiomna arna dtarraingt as an
Eabhrais go Gaeilge ag Uilliam Bedel Easpag Chille Móire, ní
a chuir uafás is alltacht orm óir ba chomhfheasach dhom féin
nárbh é Bedel ach an tEaspag Mac Suibhne fíor-easpag na
deoise sin agus gurb é a bhí sa mBedel seo Easpag eiriceach a
ainmníodh ag Gallaibh agus a cuireadh ann ar mhaithe le
pobal Dé a iompú óna gcreideamh fírinneach. Toisc gur
leabhar eiriceach a bhí sa leabhar chasaoid mé í go binbeach
le mo bhean is lena deartháir, ag cuimhneamh go háirithe ar

an mbráthar Constaintín dhom, agus ag meabhrú dhóibh go raibh súil leis an athair Ó Duibhín agus go mbeadh a leithéid de leabhar míthaitneamhach ina shúile siúd gan trácht ar a mhíthaitneamhaí is a bhí sí i súile Dé.

Éist, a deir mo bhean liom, agus inseod scéal an leabhair seo dhuit. Cé go rabhas míshásta go maith leo shuíos síos agus thugas cluas don mhéid a bhí le rá aici.

Bhí m'athair, a deir sí, ina sháirsint i gcomplacht an chornail Alastar Cholla Chiotaigh sula ndeachaigh sé ina mháistir ceathrún i reisimint an chornail Ó Flatharta ar an Teampall Mór mar a casadh ortsa é. Go deimhin bhí sé i láthair i nGleann Mhic Coinn i mbliain a daichead a dó, agus bhí sé ar an mbuíon a thug Alastair soir go dtí an tIúr tar éis a ghoineadh sa gcath sin. Agus tharla go gairid ina dhiaidh sin gur cuireadh le teachtaireacht é ón gcornal Alastar go dtí an ginearál Sir Féilim i gCloch Uachtair sa mBréifne. Ar a bhealach ar ais dó thug sé cuairt ar theach a chleamhnaí, Ó Sioradáin, muintir mo mháthar féin. Tharla an lá sin go raibh scéala faighte ag an Sioradánach gur cailleadh an fear seo Uilliam Bedel i dteach a fhir ghaoil, an ministir protastúnach Donncha Ó Sioradáin i nDroim Lobhar, agus go raibh an uile dhuine dhe na Sioradánaigh agus dream dhe mhuintir Raghallaigh ag cruinniú ar an tsochraid ag an gCill Mhór. Chuaigh m'athair ann in éineacht leo. Cé go mb'é an Uilliam Bedel seo easpag Protastúnach na deoise, bhí ardmheas ag muintir mo mháthar air agus, go deimhin, ag taoiseach na háite, an captaen Maolra Ó Raghallaigh.

Dhe réir mar a chuala an scéal ó mo mháthair, a deir sí, bhí an ministir ag fágáil an tí agus an chónra á hiompar ag clann mhac is ag dlúthchairde an easpaig nuair a casadh trúpa marcach an Raghallaigh an bealach chucu chomh maith le díorma muscaedóirí, agus shíleadar lucht na sochraide casadh ar ais le faitíos rompu. Ach tháinig an caiptín Ó Raghallaigh ag marcaíocht chucu, agus labhair go cneasta leo a rá nach ag cur cosc le sochraid an phrotastúnaigh a thánadar ach á thionlacan chun na reilige, rud a rinneadar go honórach. Go deimhin, agus an chónra á hísliú sa gcré labhair sagart na háite go hurramach os cionn an choirp agus scaoileadar na saighdiúirí rois piléar os cionn na huaighe.

Tar éis na sochraide chuadar go teach an mhinistir mar a raibh fíon so-chaite agus mórán sóláistí eile curtha ar fáil do lucht na sochraide, agus nuair a bhí an uile dhuine go subhach sásta rinne an ministir Ó Sioradáin dreas cainte lena fhear gaoil agus chuala uaidh go raibh m'athair-sa ag taisteal don Bhanna mar a rabhadar mac Colla Chiotaigh is a mhuintir ar ceathrúin. D'inis an ministir dho m'athair go raibh leabhar luachmhar a scríobh Uilliam Bedel féin ina sheilbh aige agus go raibh cóip déanta dhi aige ar mhaithe lena caomhnú, agus d'iarr sé air an chóip sin den leabhar a thabhairt go cara cléibh dhó féin a bhí ina chónaí i gCúil Raithin sa Rúta ar bhruach thoir na Banna. Cé go raibh sé ina chogadh sa gceantar sin agus go mba deacair taisteal ann gan chontúirt, agus gur in aghaidh a chlaonta a thug sé an leabhar eiriceach leis, gheall m'athair go ndéanfadh sé gach iarracht é sin a dhéanamh dhó.

Nuair a d'fhill m'athair ar an mBanna bhíodar armáil an ghinearáil Mhonró tagtha i dtír as Albain agus b'éigean do mhac Colla Chiotaigh is dá chuid fear imeacht ar a gcúl rompu siar thar an abhainn agus ó dheas trí Thír Eoghain. Ba ansin a chaill m'athair a leathlámh i gcomhrac le marcach Albanach i nDún Geanainn. D'éirigh cúrsaí an chogaidh chomh holc i gCúige Uladh ina dhiaidh sin nach raibh sé ar a chumas a gheallúint don mhinistir a chomhlíonadh. Pé ar bith scéal é, tar éis dhá mhí a chaitheamh ar shlat a dhroma sa gCraoibh i dTír Eoghain, ghluais sé ó dheas le harmáil an ghinearáil Sir Féilim agus an leabhar ina sheilbh aige go rúnda ar fhaitíos a chuid compánach féin go bhfeicidís aige í, agus i gcaitheamh na mblianta sin go léir, cé go raibh an léamh go maith aige, níor léigh sé líne ná litir as an leabhar ná ní cheadódh sé a léamh. Ar deireadh nuair a cailleadh é láimh le Port Omna leis na créachta a d'fhulaing sé ag áth Mhílic ar an tSionainn bhíodar an leabhar agus eochair sin an tí ar an mbeagán maoine a d'fhág sé ina dhiaidh.

Nuair a tháinig Mairéad go deireadh a scéil thóg sí an cual páipéir agus bhí sí lena chur i leataobh nuair a leagas mo lámh ar a láimh á cosc, agus á thógáil uaithi. D'iompaíos na leathanaigh gur luigh mo shúile ar an sliocht seo a léas os ard dom féin, *Agus insa sliabh seo déanfaidh Tiarna na Slua féasta don uile phobal de nithe méithe, féasta fíona arna taiscíodh i bhfad, nithe méithe lán de smior agus d'fhíon. Agus cuirfidh sé ar gcúl insa sliabh seo an aghaidh folaigh a teilgeadh os cionn an uile phobal, agus an scáth a leathnaíodh os cionn an uile críche. Slogfaidh sé suas an bás ina bhua agus triomóidh an Tiarna Dia deora de na huile aighthe, agus cuirfidh sé masla a phobail ar gcúl ón talamh uile, óir do labhair an Tiarna é.*

Agus nuair a bhíodar na focail sin á léamh agam d'éalaigh m'aird ó bhrí na bhfocal agus ar feadh scaithimh bhig bhí fear bhainte an fhómhair is a theaghlach os mo chomhair in

athuair agus an bás tagtha ina measc, agus an radharc sin
chomh hálainn mealltach is a bhí ar bhalla an tséipéil in Éirinn
an lá sin. Agus amhail Luisiféir i measc na n-aingeal, deirid go
dtagann an donas as an sonas, ach ní mar sin a facthas domsa
é ach a mhalairt, mar ghile an phéarla a aimsítear i salachar
bhun abhann nó mar bhinneas an smólaigh a chluintear i
gceobhrán thús geimhridh. Agus nuair a thánas go bun an
leathanaigh thógas mo shúil ón leabhar agus d'iarras ar mo
bhean a dhul síos chuig an gcomharsan agus dhá mharc a
thabhairt dó chun teachtaireacht a bhreith chuig an sagart a rá
go raibh tuirse is tinneas farraige ar Bhrian Óg agus go raibh
sé ar a leaba agus go dtabharfainnse chuige é tar éis an aifrinn
ar maidin. Níor dhúirt mo bhean tada leis sin ach chonaic a
haghaidh ar lasadh le lúcháir agus í ag rith amach an doras.
D'éiríos-sa ansin, leagas cual páipéir Bhedel go cúramach in
éindí leis an Collectanea Sacra agus mo chuid leabhar eile sa
gcófra, agus dhúnas na comhlaí ar na fuinneoga.

Dhúisíos san anmhaidin sínte ar bhrat luachra an urláir,
codladh diúilic i mo chiotóg agam agus Ruairí Ó Cadhain ag
srannadh le mo chluais. Bhí saighdiúir cromtha os mo chionn
agus é dho mo chroitheadh. In ainneoin an phian a bhí i mo
ghéag chrochas mo cheann aníos.

A mháistir, a deir an saighdiúir. D'aithníos maor an gharda
ar thánas air ag ól an oíche roimhe sin. A mháistír, a deir sé in
athuair, atá buíon eile tagtha isteach agus ceann de na caiple
ualaigh leo.

Sheas sé go bhfeicfeadh sé go raibh mé i mo dhúiseacht, ghlac buíochas go briotach liom as an trócaire a rinne mé air an oíche roimhe sin, agus d'imigh leis amach. Bhí an doras mór ar leathadh agus an seomra fuar préachta. Chuaigh bean an tí siar tharam agus ualach cipíní ina gabháil aici le cur ar ghríosach na tine agus chuala duine eile ag dreapadh in airde ar an dréimire. An fhad a bhíos ag fanacht go dtiocfadh an mhothú ar ais i mo ghéag chuimhníos ar an scaball a thógas ó shaighdiúirí an gharda .i. Leabhar Eoin Sheonaic Uí Allúráin, agus chuireas mo dheasóg faoi mo léine gur aimsíos mo thiachóg. Chuireas forrán ar bheirt a bhí ag cogarnaí sa doras agus dúirt an chéad fhear go raibh seachtar fear a shíleamar iad a bheith caillte sa raitréat ón Teampall Mór tagtha chugainn, agus go raibh sé ráite go raibh an marcshlua ag fágáil an fhoslongfoirt. D'fhiafraigh mé dhe an raibh an t-eolas sin ag an gcornal agus dúirt sé go raibh duine dhen gharda á dhúiseacht.

D'éiríos, agus d'aimsíos mo chuid éadaigh. Cé go raibh mo chóta bufa beagnach chomh fliuch céanna is a bhí nuair a bhaineas díom é, chuireas orm é faoi m'fhallaing agus d'imigh liom amach ar an tsráid sula dtiocfadh an cornal anuas.

Amuigh ar an tsráid bhí málaí á gcur ar na gearránaibh agus fir á múscailt ar fud an champa. Bhí Aiteall ina suí agus í ag caint le mná an bhagáiste. Ní fhaca an bhean rua. Sheasas amach ar an mbóthar san áit a raibh amharc soir ar champa an mharcshlua. B'fhíor dho na saighdiúirí é, bhíodar marcaigh an Bhúrcaigh cóirithe ina línte réidh chun imeachta, agus gach cosúlacht orthu nach raibh sé i gceist acu fanacht le hordú an chornail. D'fhéachas i dtreo an tsléibhe. Ní raibh aon ní le feiscint. Bhí an garda faire ina seasamh le hais an sconsa gan cor astu. Má b'fhíor dhon mhaorsháirsint é bhí an namhaid ar a mbealach siar timpeall an tsléibhe, rud a d'fhágfadh lá nó lá go leith againn orthu.

Nuair a d'iompaíos ar ais i dtreo an tí chonac an seachtar a raibh a dtuairisc cloiste agam, a gcompánaigh thart timpeall orthu go gealgháireach agus iad á mbeathú ag mná an bhagáiste cois tine. Thug mo shúil ar ghearrán a bhí ina seasamh lena n-ais agus d'aithníos an cheaig bheag a bhí ar a mhuin agus tháinig preabadh i mo chroí le ríméad. Ansin luigh mo shúil ar ghríosach na tine a bhí á coigilt ag duine dhe na mná agus thug léim as mo chraiceann. Ligeas béic fainice asam, ag rith chuig an ngearrán agus á thiomáint ón tine agus mé ag fógairt os ard ar na mná scanraithe a bhí ina timpeall go rabhadar féin agus an uile dhuine sa gcampa á gcur i mbaol acu.

Nuair a bhí an gearrán ceangailte dhe dhoras an stábla agus an cheaig púdair ghunna bainte dhó agam go sábháilte agus í á mionscrudú agam chuala glór an chornail ar mo chúl.

Cé faoi ndeara, a deir sé, gearrán an phúdair a bheith gan gharda? Bhí an cornal ina léine agus é deargtha suas le cantal.

Ba é Dúdarach Seoighe a d'fhreagair é .i. fear an chloiginn piléir. Seo é an gearrán ar thugadar na fir isteach sa gcampa anois beag a chornail.

Gearrán an phúdair? a deir sé. Bhí Dónall Ó Flatharta is Ruairí Ó Cadhain ar a mbealach go drogallach as an távairne. An bhfuilir a rá go raibh ceaig púdair imithe orainn i ngan fhios dúinn?

D'fhreagraíos-sa an cornal. Níl a chornail, a deirimse.

Rinneas cuntas an armlóin aréir agus chuas chugat lena thuairisc.

Agus cé gur sheasas os a chomhair amach mar a rinneas an oíche roimhe sin agus gur labhras lena bhéal leis níor lig sé air go bhfaca sé amháin mé ach dhírigh a dhá shúil amach roimhe agus de ghlór ard d'iarr cuntas ar an máistir ceathrún i m'áit. Bhíos ar tí labhairt in athuair nuair a thug Dónall Ó Flatharta féachaint nimhneach orm a rá go raibh cuma thuirseach orm agus gur chóra dhom codladh a dhéanamh in áit a bheith ag coinneáil droch-chomhluadair.

Rinne an cornal gnúsacht bheag ansin agus thug sé súil ina thimpeall ar an tsráid go bhfaca na heasláin á gcrochadh ar eileatroim agus na gearráin ualaigh á lochtú. Chualathas druma beag á bhualadh i gcampa an mharcshlua, ach níor lig an cornal air féin gur chuala sé aon ní ná, go deimhin, go raibh imeacht na dtrúipéirí ag déanamh aon imní dhó, ach chuaigh ag déanamh maoirseacht ar lucht an bhagáiste amhail is nach raibh tada ag titim amach.

Nuair ba léir nach raibh aon ghnothaí ag an gcornal dom d'fhilleas ar an teach chun mo dhiallait is mo mhála a thabhairt liom. Bhíodar an líon tí ina suí anois, an cuideachta á scaipeadh agus an uile dhuine ag tabhairt aghaidh ar a ionad cuí féin san armáil. Tháinig an Fear Flatha Ó Gnímh ag iarraidh a dhiallait féin agus shiúlamar amach as an távairne in éineacht. Ní haon dea-scéala é, a deir sé, an marcshlua ár dtréigean agus an namhaid sna sála orainn.

Ar thóir mo ghearráin dom casadh an saighdiúir Ó Dálaigh orm ag teacht as an távairne dhó, a dhá shúil thiar ina chloigeann agus a ghruaig ina seasamh in airde ar a mhullach.

Bhíodar na fir ag baint as, a rá go raibh fear an tí ina dhiaidh agus, níos measa fós, go raibh an tlú á dheargadh ag bean an tí dhó. Ní dhearna sé ach gáirí agus imeacht roimhe go mórtasach gaisciúil ina chóta paistithe riabhach, a chruit i mála ar a ghualainn aige, agus é ag imeacht ar thóir a chuid compánach agus an uile shúil sa reisimint ina dhiaidh.

Agus ár mbrioscaí min choirce á n-alpadh siar faoi dheifir againn chualamar trup agus drumadóireacht thoir ar an gcrosbhealach agus na marcaigh ag imeacht leo, agus chuimhníos ar an leitionant Búrc, fear nach bhfuaireas de thuairisc ina dhiaidh sin air ach scéala a bháis i Míleac ar an tSionainn.

Tóraíocht an Ghiolla Deacair orthu, a deir Seán Mac Conraí.

Tóraíocht an Ghiolla Deacair go Tír na dTurcach!

As an aird a d'imíodar an marcshlua chonaiceamar an t-athair Mac Giolla Coinnigh ag teacht chugainn ar bogshodar agus chuimhníos ar Sheonac Ó hAllúráin sínte faoi charnán cloch ar fhána an tsléibhe agus d'fháisceas mo lámh ar an tiachóg ina raibh a scaball agam. Le linn dom a bheith ag cur paidir ar son anam Sheonaic chuaigh giolla an tslait amach tharam chun fáilte a chur roimh an sagart. Cé go raibh lorga na troda air b'iontach liom é a fheiceáil ina sheasamh ar chor ar bith tar éis na drochíde a d'fhulaing sé, agus b'iontaí liom fós an tslat mhór dhraighneach a fheiceáil ar ais ina sheilbh, ach bhí áthas orm gur scaoileadh na ceangail air sula bhfeicfeadh an sagart é.

Tháinig an cornal trasna na sráide chugainn ansin, Dónall Ó Flatharta agus an Seilmide lena shála agus, amhail is nár bhain imeacht an mharcshlua leis beag ná mór, thug an cornal an t-ordú, bualadh na drumaí móra, agus thiteadar na coisithe isteach ina línte.

Sular éiríos ar mhuin an ghearráin tháinig Ruairí Ó Cadhain chugam agus é ag cur smigeanna air féin. Níor thugais aon aird orm, a deir sé. Tá ordú agam dhuit ón gcornal. Deir sé nár thugais cuntas na n-arm dhó inné mar a bhís ceaptha a dhéanamh. Táir ag marcaíocht leis an máistir ceathrún sa mbagáiste inniu, a deir sé, chun aire níos fearr a thabhairt dho do chuid leabhar.

Níor thugas aon fhreagra air, agus cé nach bhféadfainn a rá go fírinneach nach rabhas ag súil leis seo, lasas le náire ar chlos na bhfocal sin dom. Ach má las féin bhíos buíoch gur fágadh an cúram sin féin orm agus, dár ndóigh, na leabhair is an dúch. D'imigh sé leis agus streill gháirí air. Shuíos in airde sa diallait agus d'fhanas go raibh na trí chomplacht choisithe imithe romhainn, agus ansin nuair a ghluaiseadar an máistir ceathrún .i. Brian Ó Gnímh, agus an t-óganach rua tharam sa líne thugas mo ghearrán amach sa siúl agus fuaireas máthair Mhórag le m'ais. Tá a hainm ar eolas anois agam, rud nach raibh an uair sin. Mairéad .i. mo Mhairéad-sa, Mairéad Ní Ghnímh, iníon an mháistir cheathrún, a bhfuil leaba dhearg déanta i mo chroí aici ó shin. Bhí Mórag bheag á hiompar ag an tseanbhean .i. seanmháthair an linbh, agus Mairéad ag tabhairt an ghearráin léi ar théad. Chonaic sí mé agus d'fhreagair sí cúirtéis na hoíche roimhe sin le claonadh beag dá ceann is le mionghaire meallthach. Bheannaíos di agus dheargaigh sí go bun na gcluas dhom, agus deirim liom féin nach minic a thagann an donas gan an sonas ina horlaí tríd.

Agus sinn ag máirseáil amach as an gcampa osclaíonn na

spéartha agus doirteann an bháisteach anuas ar na saighdiúirí is ar na caiple ar na buachaillí is ar na mná is ar na heaslána. Ach ar bhealach éigin tá an bháisteach níos boige, tá an fraoch níos cumhraí, tá an spéir níos gile, agus tá teas éigin de thine na hoíche inár gcnámha.

BUÍOCHAS

Tá mé go mór faoi chomaoin ag na scríbhneoirí agus ag na heagarthóirí a chuir téacsanna an 17ú hAois ar fáil dúinn. Ar na hailt is ar na leabhair ba mhó a raibh mé ag brath orthu tá 'Cín Lae Ó Mealláin' a chuir Tadhg Ó Donnchadha in eagar in *Analecta Hibernica 3*; 'Toirdhealbhach Ó Conchubhair'; a chuir Cuthberth Mhág Craith OFM in eagar in *Father Luke Wadding* leis na Bráithre Proinsiasacha; *Alasdair mac Colla*, le Seosamh Laoide; agus *La Bataille de la Montaigne Blanche*, le hOlivier Chaline.

Táim buíoch díobh siúd a léigh dréachta den úrscéal dom agus a chuir comhairle orm, do Phól Breathanach agus do Liam Mac Cóil ach go háirithe, agus do Dhónall Ó Braonáin is do Louis de Paor a cheadaigh dom sleachta léirmheasa leo a chur ar chlúdach an leabhair.

Ba mhaith liom mo bhuíochas a chur in iúl leis an gComhairle Ealaíon as an sparántacht a bhronn siad orm chun am a chaitheamh leis an saothar seo, agus le hOireachtas na Gaeilge agus le Proibhinse Phroinsiasach na hÉireann a bhronn duais ar an úrscéal.

Foilsíodh sliocht as an úrscéal in *Bliainiris*, agus táim an-bhuíoch de na heagarthóirí, an Dr Ruairí Ó hUiginn agus Liam Mac Cóil, as an deis sin a chur ar fáil dom.

Dár ndóigh, is mé féin amháin atá freagrach as aon dearmad nó earráid atá sa leabhar.

Leis an údar céanna:

An Braon Aníos

De réir mar atá an taoile ag éirí ar Mhicil is Nóra déantar plé ar na ceist-eanna móra: ardú na farraige agus cúlú na Gaeltachta, mná tí cantalacha agus coláistí samhraidh, Osama bin Laden agus an tÓsón Léar, agus, dár ndóigh, an GRÁ.

NÓRA: Bhfuil tú ag éisteacht liom ar chor ar bith? Tá an teach báite, a deirim. Tá an taoile isteach an doras orainn. Breathnaigh!

MICIL: Sea sea sea. Tá sé cloiste míle uair cheana agam, "ceithre horlaigh uisce ar an tsráid agus poll ar an Ósón Léar" – is gearr gur i bpoll a bheas mé fhéin agat!

NÓRA: A Mhicil!

MICIL: Tá mé ag éirí. . . . Ó? Tá an bháisteach stoptha. A Nóra! A Nóra! Cé scaoil an t-uisce? Tá an t-urlár báite! Tá an t-urlár báite, a deirim. A Nóra!

Is beag duine dá chomhaoisigh a bhfuil an chlisteacht chumadóireachta agus an t-imeartas teanga léirithe (go poiblí) aige is atá á léiriú anseo arís ag Darach Ó Scolaí. Tá sé tráthúil, cliste, ar bhealach nach bhfuil mórán eile de dhrámadóirí comhaimseartha na Gaeilge. —Feargal Ó Béarra, LÁ

Coinneáil Orainn

Nuair a théann cigire deireanach na Roinne sa tóir ar an mbeirt chainteoirí dúchasacha deireanacha ardaítear ceisteanna a théann buille beag róghar don chnámh. . . .

CIGIRE ROINNE — Ach tá an bheirt Ghaeilgeoirí sin aimsithe agam...

RÚNAÍ ROINNE — Seafóid, a Chigire. Ní chreideann duine ar bith go bhfuil aon Ghaeilgeoir dúchasach fanta sa tír. Ní chreideann duine ar bith é, cés moite dhe na hanachain sin i gConradh na Gaeilge, sa mBiúró Eorpach Um Teangacha Neamhfhorleath-ana, na híocóirí cánach . . . agus corrdhuine i rannóg na gcuntas béal dorais.

CIGIRE ROINNE — Ach, tá siad agam ar téip.

Ghnóthaigh an dráma seo Gradam Bháitéir Uí Mhaicín 2005, agus Gradam BBC Stewart Parker 2006

Leis an údar céanna:

An Ceithearnach Caolriabhach

Chonaiceadar óglach caolriabhach isteach chucu, leath a chlaímh taobh thiar dá thóin, an t-uisce ag plobarnaíl ina bhróga, barra a dhá chluas amach trína sheanbhrat. . . .'

Agus leis sin cuirtear tús le himeachtaí a chuireann idir thaoisigh, ghallóglaigh, chláirseoirí, agus chrochadóirí na tíre as a gcranna cumhachta.

Scríbhneoir anaithnid a scríobh 'An Ceithearnach Caolriabhach' thart faoin mbliain 1500. Sa leagan nua seo den seanscéal — le peann, le scuab, agus le gártha graosta — déantar ceiliúradh ar chamchuairt ghrinn a thosaigh cúig chéad bliain ó shin agus a bhfuil oiread gean ag Gaeil uirthi ó shin.

Feis Tigh Chonáin

Nuair a théann Fionn mac Cumhaill amú i ndorchadas na coille castar i dteach a naimhde é agus cuirtear tús le hoíche scéalaíochta a mhaireann go dtí an lá atá inniu ann, agus le feis is bainis a chríochnóidh le loscadh tí agus le marú ar bhruacha Loch Deirgeirt.

Am éigin sa cheathrú nó sa chúigiú haois déag a scríobhadh Feis Tigh Chonáin Chinn tSléibhe, scéal i dtraidisiún mór na fiannaíochta ar nós Tóraíocht Dhiarmada agus Ghráinne agus Agallamh na Seanórach. Le cúpla céad bliain anuas tá an scéal seo á bhreacadh ag scríobhaithe agus á léamh ag Gaeil cois teallaigh. Sa leagan nua seo le Darach Ó Scolaí tá an seanscéal curtha in oiriúint do léitheoirí ár linne.